中公文庫

世界警察 2

輻輳のウルトラマリン

沢村　鐵

中央公論新社

目次

主な登場人物

吉岡冬馬《よしおかとうま》……………警視庁刑事部捜査一課係長。警部
アイリス・D・神村《かみむら》………警視庁刑事部情報分析捜査室室長。総監付。警視
樋口《ひぐち》 尊《たける》……………警視庁公安部第一課課長。警視正

立石勇樹《たていしゆうき》……………警視庁警視総監
仁戸田正治《にとだまさはる》…………警視庁公安部部長
宮里《みやざと》ベンジャミン…………警視庁刑事部情報分析捜査室所属。警部補

朴《パク》 隆一《リュンイル》……………警視庁警備部特殊急襲部隊隊長
速水《はやみ》レイラ…………警視庁警備部特殊急襲部隊副隊長
早川威音《はやかわいおん》……………岡山県警特殊急襲部隊隊員

鈴木広夢《すずきひろむ》……………武装組織イザナギの頭首
サキ……………………武装組織イザナギの元幹部
鴇田《ときた》隆児《りゅうじ》……………武装組織イザナギの元メンバー

ソフィア・サンゴール………国連事務総長
クララ・マッケンジー………国連事務総長の秘書官
ジョシュ・ソローキン………国連の情報インテリジェンスチーム〝サーヴェイス〟のチーフ
エステル・ハヤトウ…………国連の情報インテリジェンスチーム〝サーヴェイス〟のサブチーフ
望月友哉《もちづきゆうや》……………国連の情報インテリジェンスチーム〝サーヴェイス〟のメンバー

クリスティン・ウォーカー……ユニヴァーサル・ガード　オセアニア警備隊司令官
マヌエラ・デ・ソウザ……ユニヴァーサル・ガード　南米警備隊司令官
ハリエット・リヒター……ユニヴァーサル・ガード　ヨーロッパ警備隊司令官
トム・ジェンキンス……ユニヴァーサル・ガード　北米警備隊司令官
アレクセイ・フョードロフ……ユニヴァーサル・ガード　ロシア警備隊司令官
イサ・オビク……ユニヴァーサル・ガード　アフリカ警備隊司令官
茂木一士《もぎかずし》……ユニヴァーサル・ガード　東アジア警備隊司令官

フランクリン・チャン……ＦＢＩ特別捜査官

内海史丈《うつみふみたけ》……日本国首相
岩見沢耕太郎《いわみさわこうたろう》……日本国元首相

世界警察2　輻輳《ふくそう》のウルトラマリン

われわれが、もし生存しつづけようとするなら、大戦争を恒久的に阻止する機関をつくることが至上命令である。そしてそのような機関になり得る唯一のものは世界連邦政府である。

バートランド・ラッセル

抑制が効かなくなる前に、いち早く脅威を発見しなくてはなりません。そのためには何らかの世界政府が必要になります。私の発言は破滅的に聞こえるかもしれませんが、私は楽観主義者です。いずれ人類はこれらの危機に対処するため立ち上がるでしょう。

スティーヴン・ホーキング

Ⅰ　セッションズ

1

「冬馬《とうま》。内海《うつみ》首相が礼を言っていたぞ」

警視総監は自らの席に着き、目の前にやって来た部下を労《ねぎら》った。

「救援部隊の見事な救出作戦と、丁重な扱いに感謝すると」

「それは、もったいないお言葉です」

吉岡《よしおか》冬馬は神妙に頭を下げた。

クーデター鎮圧の翌日。時刻は昼前。場所は新首都フクシマ。

福島《ふくしま》県警内の、警視総監が東京からやってきたときに使われる最上階の部屋に、二人でいる。

地下の秘密通路から首相官邸を目指し、イザナギのリーダーを確保。首相を無事救出した部下のことを、立石勇樹《たていしゆうき》警視総監は穏やかな笑みとともに見つめている。

冬馬は嬉《うれ》しかった。無事、任務を果《は》たして帰ってこられたことに心底安堵《あんど》している。立石の労いは充分な報酬だった。

立石総監は自分をファーストネームで呼ぶ。それは冬馬の親も、祖父も、警察に関わりが深いからだ。吉岡家は何代も前から警察官だった。吉岡と呼ぶと、他の人間を指すこともあり得る。

「首相に、お前が評判の〝説教師〟で、人型兵器を相手に一人で踏ん張ったと伝えたら、感心していた」

「えっ。指揮官の立石総監こそ、いちばんの殊勲者《しゅくんしゃ》じゃないですか！」

照れからの言葉ではない。冬馬の本心だった。世界最強の軍隊を相手に、少数精鋭を迅速に送り込んで勝利を収めた。指揮官の英断があってこそだ。

立石は表情筋一つ動かさなかった。むしろ部下に頭を下げる。

「俺からも礼を言う。よく持ちこたえた」

「シールドのおかげです。こちらこそお礼を」

本当にシールドのおかげだ。あの強力な人型兵器に押しつぶされそうになっても死なずに済んだことには、感謝しかない。

ただし、生き残れた要因はシールドだけではなかった。

「総監。俺を救った謎の力については？　正体をご存じですか？」

「調査中だ」

立石も疑問に思っていることが分かった。冬馬は繰り返し頷《うなず》く。

「調査してくれているのは、アイリスですか？　直接訊こうかな」

立石は止めなかった。

「俺を守ってくれてるのは、シールドだけじゃない。そんな気がして、どうにも、畏《おそ》れ多い気持ちです」

立石が、なにか言いたそうにして黙った。

冬馬は首を傾《かし》げながら続ける。

「たぶん、あのヒューマノイドを機能停止に追い込んだのは、相当に強烈なレーザーです。ただ、どこから来たのか分かりません。首相官邸の中庭は、そんなに広くはないですから。壁に囲まれたあの空間のどこにも、レーザー兵器は見えなかった。空も見ましたが、雲一つない快晴でした。ドローンもヘリも見えなかった」

立石は頷いた。腕組みをしたまま黙っている。

「助けてくれたのは、総監ではないんですか」

すると立石は驚いたように目を見開いた。

「俺じゃない」

「俺のスマートゴーグルのカメラを通して、ご覧になっていたんでしょう。なにか、隠し球みたいな機能を使ってくれたんじゃないですか？」

「隠し球なんかない。ゴーグルはゴーグルでしかない」

「ですよね」

冬馬は納得してみせたが、再び小首を傾げてしまう。

すると立石が表情を緩めた。

「お前はよくやってくれた。生きて帰ってきてよかった」

いささか面食らった。上司と部下ではない、肉親のように温かい言葉だ。

「樋口《ひぐち》さんに手柄を獲《と》られました」

冬馬は自虐的に笑う。半ば照れ隠しだった。

「お見事でした……俺では、茂木《もぎ》さんを説得できなかったかも知れません」

「説得。あいつがやったのが、説得ならいいんだが」

立石が顔をしかめた。公安のエースは時に手段を選ばない。いったいあの公安課長はどうやって茂木一士《かずし》を投降させたのか？

だがそれ以上に気になることがある。

「茂木さんの事情聴取は……」

「このあとだ」

「担当はどなたが？」

「俺がやる」

「警視総監自ら、ですか」

驚いたが、すぐ納得する。立石と茂木の関係性を考えればむしろ、そうでなくてはならない。

互いに、日本の治安の責任者。友人同士でもあった。だが敵同士になった。冬馬は悲哀の念を抑え、訊くべきことを訊いた。

「武装解除は順調ですか」

「国連の管轄《かんかつ》だから、俺も細かい状況までは分からないが、つつがなく進んでいる。ウォーカー司令官は有能だ。任せていて間違いはなかろう」

冬馬は頷いた。自分の仕事にこそ思いを致す。

「俺は、鈴木広夢《すずきひろむ》の取り調べに行って参ります」

2

これだけテクノロジーが進み、リモートでのコミュニケーションが標準的になった時代でも、対面でないと意味をなさない事柄がある。

被疑者の取り調べはその最たるものだろう。相手の顔色を見、眼差しを観察し、息遣いに耳を傾ける。身体の反応一つ一つを見逃さない。瞬《まばた》きすることとさえ惜しい。

狭い個室の中で一対一で対峙《たいじ》する。刑事の伝統だ。これだけは、未来永劫《みらいえいごう》変わらない様式かもしれない。

椅子に座らされた男を冬馬は見下ろした。数日前は逆の立場だった。

「サキだけが、まんまと逃げおおせた。あんたの指示か？」

冬馬が訊いても、鈴木広夢はむっつり黙ったままだった。そもそも刑事には何一つ答えたくないのだろうが、輪をかけて答えたくない質問らしい。

「あんたらイザナギをあっさり見捨てて、一人だけ離脱するなんて、仲間とは言えない。裏切り者だ。そうじゃないか？」

鈴木の怒りに火を点けたかった。

「あの女の断罪に一役買いたい。あんただって、ほんとはぶちのめしたいんじゃないのか」

イザナギの頭首は首を傾げた。とぼけた様子に苛立《いらだ》ちを覚えるが、冬馬は機嫌よく笑ってみせた。

「あの女は外部から来た。それは、調べがついている」

鎌をかけつつ、相手の様子を見ながら冬馬は漸進《ぜんしん》した。

「鳥取《とっとり》でお前らに捕まったとき、分かったんだ。サキは俺を捕まえた道具をうまく扱ってた。闇市場からいろんなものを調達してくる役割だろ？　別の組織とのパイプになってた。

そう考えれば筋が通る」

鈴木の表情が歪んだ。図星を突いたことを冬馬は悟る。

「あのガキに聞いたんだな」

鈴木が声に怨念《おんねん》を込めた。

「それぐらい、聞かなくても分かる」

冬馬は思わず鼻で笑う。

「リュウジは回復してるぞ。イザナギにとことん失望して、あんたを裏切った。人として
よっぽど真っ当だよ、あんたに比べたら」

「許さん」

ぽつりと言ったが、冬馬は聞き逃さない。

「許さん、じゃない。あの若僧は目を覚ましただけだ」

言ってやらなくてはならない。まるで通じなかったとしても。

「お前らが、気に食わない人間を殺すしか能の無い連中だと気づいたんだよ。お前らこそ
国のためにならない。そんな奴らの仲間をやってるのが、嫌になったんだ」

鈴木はふて腐れたように黙る。冬馬はぐいと顔を近づけた。

「教えろ。サキのことを。あのヒューマノイドも、サキが調達したんだろ?」

鈴木は目を合わせない。

「鈴木。サキは、地下兵器産業と通じていた。そうだろ?」

鈴木広夢は落ち着かない様子になり、眼差しは怯《おび》えで曇《くも》った。よくない傾向だ。

「復讐が怖いのか?」

冬馬は呆《あき》れたように頭を振り、厳しく言い渡した。

「吐け。どうせお前は、もう娑婆《しゃば》には出られない。お前を見捨てた奴なんかかばうな」

鈴木広夢は少し震え、弱々しく言った。

「サキのことは、私もよく知らない」

「なんだと?」

冬馬は声を尖らせた。

「呆れたことを言うな。お前はイザナギのリーダーだろうが」

「ぬるいことをやってるなよ」

冬馬の背後から声が飛んできた。目の前の男に集中していたので、取調室のドアが開いたことに気づかなかったのだ。

「おい説教師さんよ。いつまで人道的な取り調べにこだわってるんだ? その男は、大量殺人鬼だぞ」

持ち前の毒を振りまきながら公安課長が乗り込んできた。

「鈴木。あの女はウルから来た。そうだろ?」

その固有名詞が耳に入ると、反射的に背筋が固まる。予想できなかった名前ではない。が、いざ聞くと平静を保てない。

「しらばっくれても無駄だぞ。時間潰しはやめようぜ、お互い」

妙に気だるい、投げやりな乱暴さが取調室を支配する。

そもそも鈴木広夢は、公安とは長く宿敵同士だ。樋口尊《たける》の顔も、その恐ろしさもむろん熟知している。

「ウルから来た女だ」

いきなり腰が砕けたように、あっさり認めた。

「直接派遣されてきたのか？」

「そうだ。だから、うかつに扱えない」

顔が引《ひ》き攣《つ》っている。どうやら恥じ入っているらしい。地下組織の頭首の威厳は消滅した。

「サキを、好きにさせていた……私の活動を後押しこそすれ、邪魔することはなかったからな。道具もいろいろ持ってきてくれた」

「武器目当てか」

派手な舌打ちが取調室に響く。

「お前の痕跡を絶つためのフェイスチェンジャーも、幽霊タクシーもぜんぶ、サキが調達してたのか？　ウル様々《さまさま》じゃねえか。そのくせ、本名も知らないんだろ。役立たねえな」

樋口は徹底的にこき下ろした。床に唾でも吐きそうだ。冬馬はそこに、イザナギを過大評価していた自分たちへの怒りを見た。

正体が見えた。イザナギという組織は、サキ一人で底上げしていたのだ。鈴木広夢はただの表看板。その陰に隠れていたサキさえ押さえれば、一網打尽にできていたのかもしれない。冬馬は言わずにはいられなかった。

「早く分かっていれば、クーデター自体、防ぐことができていたかも」

激昂《げきこう》するかと思ったが、樋口は意外に淡々と言った。

「ウルの神髄《しんずい》が分かるな。こうやって、世界中のテロ組織を裏から支援して、世界を危険な場所にしようとしてる。ウルこそ癌《がん》だ。おい、鈴木」

冷静さに感心した。樋口には大局が見えている。ここぞとばかりに鈴木を締め上げた。

「お前と茂木さんを結びつけたのも、ウルだろ。サキが間に入ったのか？」

「違う。私と茂木司令は、ずっと前からのつきあいだ」

冬馬は立ち上がりかける。嘘を言うなと怒鳴りたかった。

「本当か？」

「もちろんだ。秘密裏《ひみつり》に、茂木司令の代理人から連絡をもらったのは去年のことだ」

ここで嘘をつく必然性はない。イザナギと茂木一士はずいぶん前から内通していた？

冬馬は認めたくない。茂木はそれほどまでして、日本を簒奪《さんだつ》したかったのか。誰から唆《そそのか》されるでもなく、自らテロリストに接触したのか。なんという恥だ。そこまで堕《お》ちるか。

イザナギを支援するウルには、恰好《かっこう》の相手だっただろう。茂木の野望につけ込んで武器市場を活性化させるのが狙いだ。日本発のクーデターは世界を一気に不安に陥れる。

「でも、茂木さんは……ウルに便宜を図ってもらったわけじゃない」

冬馬はできる形で茂木を擁護《ようご》してしまう。

「結んだのはイザナギだ。ウルに直接、武器供与を頼んだりはしていない」

「いや」

樋口があっさり否定した。

「たとえそうだしても、背後にウルがいることは絶対知ってた。ただのテロリストが、あんな人型兵器を調達できるわけないんだから」

「でも、使ってたのはイザナギだ」

虚《むな》しいと知りながら冬馬は続ける。

「自分の指揮で、東アジア警備隊《EAG》の力で、事を成し遂げようとした。語弊はあるけど、正々堂々と。根回しをせずに」

「違うな」

樋口は顔全体で嘲《あざわら》った。

「口ではなんと言おうと、茂木さんはウルを頼りにしたんだ。直接連絡を取ってた可能性が高い、と俺は踏んでる」

「そんな……」

「茂木さんを確保したのは俺だぞ。俺の感触を信じろよ、説教師」

あからさまな揶揄《やゆ》。冬馬はぐうの音も出ない。

「東アジア警備隊だけで行動を起こす。茂木さんがそこにこだわったのは確かだろうが、美しく散る気なんかなかった。そうだろ？　鈴木」

樋口はますます調子づいた。鈴木も殴られたように冴えない。

「世界中が自分に呼応してくれることを望んだんだ。茂木さんらしいが、他のどの勢力も叛乱《はんらん》を起こさなかった。このタイミングを求めていなかったようだな。間抜けだよ、茂木さんは」

冬馬は口を開けない。樋口が一から十まで正しい気がしてきた。

「おい鈴木。茂木さんは、他のガードの蜂起《ほうき》を期待していたんだろ。どこのだれだか聞いてないか？」

「私は知らされていない。本当だ」

鈴木は両手を振って無実を主張する。

「嘘をつけ」

確信したように樋口はせせら笑った。

「嘘じゃない！　ただ、アメリカだろうとみんな思ってるのは知ってる。茂木さんは、ジェンキンスと馬が合った」

誰でも言えることを言うだけだった。

「ジェンキンス司令には、利用されてるだけだ」

冬馬は吐き捨てる。以前から腹に据えかねていたことだ。なぜ問題発言の多い北米司令官と仲良くしているのか。茂木はかつての二国間の関係を尊重しすぎ、アメリカに遠慮している。ずっとそう思っていた。

だが、志を同じくしているとしたら？

「叛乱の兆候は？　北米警備隊《NAG》に」

冬馬が樋口に向かって訊くと、

「山ほどある。いつアメリカ軍を名乗って独立を宣言するか分からないぞ。北米警備隊の担当エリアとしては、カナダとメキシコの同意さえ得れば意思統一ができるわけだからな」

言う樋口の口元は歪みきっている。ふざけているのか真剣な分析なのか分かりにくかった。

「アメリカ政府と、ジェンキンスはほとんど一体でしょう」

気が進まなくても、いまは言うべきだった。

「覇権主義が甦《よみがえ》っている。ジェンキンスが世界連邦の離脱を宣言したら、本当に北米の人たちも賛成しそうだ」

「ああ。かつての超大国のメンタリティが生きてる」

樋口のふやけたような笑みが消えた。アメリカのことは、話せば話すほど希望が陰る。分かっていても言わざるを得なかった。

「世界最強の、米軍の幻が頭から消えないんだ。昔に戻ろうとする力は、日本の比じゃない」

樋口の唸《うな》り声はどこまでも陰鬱《いんうつ》だった。

「吉岡。ちょっと来い」

樋口は言って、取調室のドアを開けた。鈴木の前ではできない話をする気だ。

「呆れたな。鈴木はなんにも知らん」

廊下に出ると、樋口は呪いの念を吐き出した。

「俺たちをさんざん手こずらせたイザナギの頭があの程度とは、まったくやり切れねえ」

冬馬はなんとも返せず、ただ頷いた。

「アメリカの話だがな」

樋口は少しトーンを落として喋り出す。

「アメリカに限らず、ロシアと中国、三大国の武装解除は難航した。まあ、お前もよく知ってるだろうが」

世界史の話だ。冬馬はじっと相手を見るのみ。世界連邦体制の守護者の自覚があるなら、近代史はよくわきまえておかなくてはならない。警視庁の刑事なら当然だ。

「その三つの国は、核兵器を山ほど持ってた国ですからね」

「核だけじゃない。通常兵器の量も常軌を逸してた。すべてを廃棄《はいき》したり、国外に持ち出して管理することは、しょせん不可能だ」

「いや。多くは国連の管理下にあります。各国政府に、使用の権限はない」

「それが幻想だってことは、当然分かってるよな？」

反論は即座に腐《くさ》された。冬馬はめげない。

「いえ。完全とは言いませんが、多くの兵器の厳重な管理に成功しています。前にアイリスから、詳しい現状を聞いたんです」

すると樋口の顔に歪んだ笑みが戻った。

「国連事務総長の親友さんか！　すると神村《かみむら》は、意外な権力者ってことになるな」

ひねくれ切った称賛。樋口のアイリスに対する屈折は想像以上のものがある。

「だけど、事実ですよ。電子的に統御できるミサイルシステムは、ほぼ完璧に管理できてる。国連の招集に応じた、各国最高の頭脳で組んだ専門家チームが、最強の量子暗号でロックをかけたんです」

「ふん」

「ほんとです。電子管理下の兵器は、解体作業の際にのみ、部分的な暗号解除が許される。いまや人間が兵器に触れることが許されるのは、廃棄する場合のみだと」

「人類史上、最も尊い仕事だってか？」

樋口尊という男は、腐したりけなしたりするのが習い性の生き物だ。だから冬馬はあえて真逆の立場に立つ。

「そうですよ。大量破壊兵器をまとめて無効にするなんて！　もっと早く生まれてたら携わりたかった。子々孫々に伝えられる仕事だ。核兵器を全面的に使用不能にできたのは、本当に大きい」

「それはほんとに、専門家の仕事か？」

睨《ね》めつける樋口の視線は鋭い。

「いや。いろんな異説がありますけど」

口調が澱《よど》む。お互いに分かっている。この先は行き止まりだと。

「今世紀中盤に起きたことは、本当に奇蹟《きせき》だ」

あえて続けた。樋口の反応を見ておきたかった。冬馬は学びたての学生のような役回りを続ける。

「残された武器で、ユニヴァーサル・ガードを編成したんです」

「それでも、大量の兵器が残ってる。世界中のガードに配って、軍隊じゃない、とみんなで呪文を唱えたとしても、軍隊は軍隊だ」

樋口のキャラクターは揺るがない。強大な武力を保持するユニヴァーサル《U》・ガード《G》のことを警備隊、という名で飾らず軍隊と呼ぶ。冬馬は頷いた。

「でも、一隊につき、最大でも三十万人に抑えた。数百万人規模の軍隊にすべきだという声の方が大きかったのに」

「そこが英断なのは認める」

樋口は少しだけ軟化した。

「軍属を減らして、武器産業に歯止めをかけて、軍事対立をなくしたおかげで、膨大な資金が社会福祉に回ったからな」

「ええ。それによって貧困率が減りました」

無駄な軍備を削減するだけで大勢が幸せになった。これはだれにも動かせない事実だ。

「だが、使い切れない武器が残ってるのは同じだ。廃棄が決まった武器の解体も簡単じゃない。国連は相当な費用をつぎ込んでるんだろう？」

「必要なコストです。問題にするべきではないと考えます」

「ハイテク兵器の管理はともかく、昔ながらの通常兵器はそうはいかん。小火器なんかいくらでも隠せる。大国が隠した闇武器の量は半端じゃねえぞ」

「それは、そうですが」

認めるしかなかった。残された頭の痛い問題だ。

「あぶれた軍属も、元戦闘員も、地下に潜ってテロリストになってる。いま、そいつらが不満を抑えられなくなって、噴出しだしてるんだ。分かってるだろ？」

否定のしようもない。それこそが現代。世界中の警察組織と万人警備隊《ユニヴァーサル・ガード》が直面する課題だ。

「俺たちにできるのは、物騒な動きを煽《あお》ってる奴らを検挙することだ。イザナギを殲滅《せんめつ》したってしょうがない。元締めは日本の外にいるんだから」

「ウルですね」

「ああ。元締めの有力候補だ」

元締めと断言しないのが気になった。公安課長はまだ、冬馬の知らない情報を隠し持っている。

「茂木さんを煽った落とし前をつけさせる。本気で行くぞ」

樋口はしばし黙考したあとに言い放った。

それは望むところだ。冬馬の闘志にも火が点く。

「いま、立石総監が茂木さんに当たってます。そこで、ウルについて重要な証言を得られれば……」

二人は思わず上層階を見上げた。

立石と茂木がいままさに、一対一で対峙している。

3

「成功すると思っていたんですか？」

警視総監の問いに、叛逆者《はんぎやくしや》は答えなかった。

「日本を制圧できたとしても、いずれ必ず、世界中の警備隊《ガード》があなたを止めにやって来る。どう迎え撃つつもりだったんですか」

立石は訊かずにいられない。工夫のない問い方と知りつつも、技巧を発揮する余裕もなかった。

本丸を落とさなくてはならない。前代未聞の叛乱劇の首魁《しゆかい》を。

立石勇樹警視総監が取り調べに臨んでいる。相手は、かつての防衛庁長官にして、ユニヴァーサル・ガードの司令官まで上り詰めた男。

警察と防衛の生え抜きのエリート二人が、取り調べの場で相対《あいたい》した。日常的に情報交換し、プライベートでも互いの家族同士で食事をした仲だ。立石は相手を同志と信じてきた。

だが再会したのは、取り調べのための密室でだった。

「茂木さん、これはあなただけの問題ではないのです。日本だけの問題でもない」

喋るだけで苦痛だが、引き受けなくてはならなかった。責任を。

「立石さん。面目《めんぼく》ない」

詫びの言葉がこぼれ落ちた。

「あんたに、こんな敗残者の相手をさせることになるとは」

「ならば、話してください。すべてを」

悲痛な思いを飾らずに伝える。

「あなたが、なにを根拠に、叛乱の成功を信じていたのかを」

ところが茂木は黙ってしまう。肝心なところで。

立石は挫《くじ》けそうになる。茂木一士という男を解錠する鍵が見つからない。

「共謀を疑っています」

まるで自分は取り調べの素人《しろうと》だ、と思った。

「あなたの盟友とも言われている、トム・ジェンキンス司令官には、事前に蜂起を知らせていたのではないですか」

〝隻腕《せきわん》将軍〟——北米警備隊司令官の名を口にする。避けることはできなかった。たとえそれで、禁断の扉を開くことになろうとも。

「馬鹿な。知らせるはずがない」

返ってくるのはひたすらに、乾いた笑いだった。

「知らせたら、世に公表されてしまう」

「確かに、あなたの通信ログにはそういう内容は残っていない」

調査結果を基に茂木に挑み続ける。オセアニア《O》警備隊《G》は警視庁の捜査に全面協力してくれている。茂木の指示記録について真っ先に調査したのだ。

「だが、あなたが、秘密通信専門の部下を用意し、口頭で命令していれば話は別です」

茂木は微動だにしなかった。立石は手応えを覚える。

「全士官の通信ログを調べている最中です。必要なら、ＥＡＧ全兵士のログを調べます」

根気強く、共謀の証拠を探す覚悟を知らせた。これによって自供を引き出せれば最上だが、茂木は口を閉ざすばかり。

「あなたは、ウルとも繋《つな》がった。よりによって、地下兵器産業と通じるとは」

新しいカードを切る。ウル。

「それは違う」

と即座に否定した。やはり〝恥〟に抵触する。立石は畳みかけた。

「イザナギはウルから武器提供を受けていた。あなたがそれを知らなかったとは言わせません」

「我々自身は提供を受けていない」

茂木のプライドに障っている。眉を怒らせて答えた。

「我々が使用したのは、正規の武器と装備ばかりだ。それがガーディアンだ、と君も知っているだろう。闇組織の手を借りてはいない」

「詭弁《きべん》です。イザナギはウルに支援されていたのですから。間接的にあなたも支援されたのです。あのヒューマノイド」

口にした瞬間に、茂木は顔に嫌悪感を滲ませた。立石は怒りを覚える。

「なぜ他人事《ひとごと》にできるんですか？　責任逃れはあなたらしくない。イザナギが活用したあの人型兵器によって、警護課の刑事が殉職《じゅんしょく》しました。突入時に狙い撃ちにされたんです」

震える声で告げると、茂木はぐっと口を結んだ。

ここが攻めどころだ。自分の責任において生じた犠牲に、心動かない人ではない。

「我々があなたを確保したとき、あなたが身につけていた赤い法衣《ほうえ》。あれは何ですか？」

茂木は目を逸らす。その様子はとりわけ卑怯《ひきょう》に映る。

「どうも解《げ》せない。ユニヴァーサル・ガードという部隊にあんなものはそぐわない。あなたは、いったい……何を気取っていたんだ」

打っても響かなかった。茂木は目を合わせない。

「カリスマ性でも演出していたんですか。私には信じられない。どうしても、あなたの行動を肯定できないんです。せめてこれからは、同じことが起きないように、協力してもらえませんか」

立石の懇願にもだんまりを決め込む。思わず睨《にら》みつけると、茂木はふいに口元を綻《ほころ》ばせた。目を合わせないまま。

「茂木さん、笑いましたね。私との友情を終わらせる気だ」

「なぜ世界連邦のイヌになった」

相手の反撃は堂々としていない。全く堂々としていないと思った。

「私がイヌなら、あなたはゾンビだ」

即答する。

「いないものに忠誠を誓っている。もう死んだものにしがみついている」

「お前は日本を殺す気か？」

茂木の軸も揺らがない。立石は腰を浮かし、姿勢を整えた。

「日本は死んでいません。それはあなたの勘違いだ。あなた好みの日本が見当たらないからと言って、武力で国を奪おうとするなんて。なんと野蛮なことをしたんですか」

「ふん。魂を売ったお前に、日本のなにが分かる」

堕ちた司令官は、苦痛を笑みで表現した。

「こんな不毛なやり取りはしたくなかった。あなたとは」

立石は率直に無念を伝える。

「鈴木広夢は、本物の日本人ですか？　あんな人殺しが？」

茂木からどうしても後悔を引き出したい。理を尽くして行動を否定したい。

だが茂木は動かなかった。発作的な怒りに乗っ取られそうになる。一度深く息をついた。

「茂木さん。あなたが手段を選ばなかったことで、あなたの行動も正当性を失った。この理屈は、分かりますね？」

「致し方なかった。大義の前の小事だ」

「人殺し集団を利用することが小事だとは、私は思いません」

立石は厳しく言い切った。この男への幻滅も度を越えつつある。

「テロリストはいつだって、勝手な大義を理由に殺人を正当化する。つまり、第一歩目から間違えている。それを許さないのが文明社会です」

説教師と呼ばれている部下がいる。まさにいまの自分もそうだ。

「茂木さん。我々は彼らの殺人を許さないのではなく、すべての殺人を許さないのです。それが〝公〟のあり方であり、筋の通し方です。法と人道を守る。それができなければ、どんな集団のリーダーにもなるべきではありません」

すると茂木はあからさまにうんざりした表情を作った。

「あなたは、最も大事な一線を踏みにじった」

立石は退《ひ》かない。

「今日《こんにち》は道徳も科学と等しい。道義に背いた行動をとれば、正義は毀損《きそん》され、人道から外れる。道理の基礎計算を間違えたのです。必ずあなたを罪に問います」

「ずいぶんな、佐々木《ささき》教徒だな」

佐々木教徒――皮肉にまみれた悪罵《あくば》が飛んできた。

「よくもそんな、建前で塗り固めた言い草を！　警察だって、俺にそっくりな男を抱えているじゃないか」

せせら笑いを目の前に見て、立石の心が翳《かげ》る。

「あの公安刑事は手段を選ばなかった。イザナギの連中を、ずいぶん殺したぞ」

分かりやすく急所を突かれた。投げた礫《つぶて》が壁に当たって跳ね返ってきたようなものだ。

「咎《とが》めは負います」

神妙にするしかなかった。

「予定された行動ではなかった」

「やむをえなかったと？　それこそ責任逃れだ。最高責任者は立石さん、あんただろう」

抗弁できない。公安という、警察が抱える〝業《ごう》〟について思う。切り落とせない暗部。彼らは時に、意図して法に背く。あらゆる脱法に精通している。目的のためには手段を選ぶな。そんなモットーが脊髄《せきずい》に詰まっているのだ。

「俺は絶対に、降伏するつもりなどなかった。特にあの公安刑事なんかにはな」

茂木一士は心底無念そうだった。

「あの樋口って奴、本物のろくでなしだ。俺の家族に、なにが起きても知らんと脅しやがった」

「なんですと」

さすがに色めき立った。耳に入れたくなかった、と弱音を吐く自分がいる。

「立石さん。俺は、かえって天晴《あっぱ》れだと思ったよ」

茂木の表情が妙な諦観《ていかん》を帯びる。

「正攻法だけじゃない。あんたが、汚れ役もしっかり育ててるんだと思ってな」

「それは……」

恥の感覚に痺《しび》れた。実際に樋口を教育したのは仁戸田正治《にとだまさはる》公安部長だが、自分はそれを止めなかった。責任はある。

「あんたの与《あずか》り知らないことか？」

茂木の顔に悟り切った笑みが浮かんだ。

「ぜんぶ、仁戸田さんの差し金か。だとしても、あんたはいま、最高責任者だ」

黙り込む立石を見て、茂木は引導を渡しに来た。

「あの人に頼るなら、立石さん。あんたも罪人だ。俺を笑えない」

是非に及ばず。

立石は立ち上がり、その場をあとにした。確かめなくては。

4

「樋口！」

立石勇樹は自室に公安課長を呼び出した。

「お前、茂木さんを脅したのか。家族に危害を加えるとほのめかしたのか？」

「あれはただの念押しです」

樋口はまったく悪びれていない。

「茂木さんは、落ちかけてました。脅しをかけなくても結局落ちてましたが、意地を張ってうんと言わなかった。うんと言いたいくせにね。だから背中を押してあげただけです。降伏する理由が欲しかった。だからこっちが悪ぶってみせた」

「お前……そんな言い草が通ると思うか」

「先方だって分かった上ですよ。いやしくも日本警察が、茂木さんの家族に危害を加えるわけないでしょう。ヤクザじゃないんだから」

一瞬、なにが真実か分からなくなった。開き直り？　悪質な嘘か？

怒りを保て。立石は己に強いた。

「脅したこと自体が問題だと言ってるんだ！」

「気に障ったのなら謝ります」

非を認める気がない。この男はここまで腹が据わっている。内心では感心しながら、立石は厳しく訊いた。

「仁戸田さんの指示か？」

「いいえ。とっさのアドリブです」

樋口の視線は逃げない。自分で引き受ける気だ。

「兵士たちが、異常に気づいて殺到してきたんでね。茂木さんのいる部屋はすっかり取り囲まれて、手段を選んでる場合じゃなかった。ですから、仁戸田さんには責任がありません。処分するならどうか私を」

立石が樋口に驚かされるのはこれが初めてではなかった。堂に入った役者だ。仁戸田に鍛えられると、ここまで厄介者になれる。公安はいまや仁戸田の私塾と化している。警察という組織が抱える影は、ごく少ない人数に連綿と受け継がれてきた。警察の指揮官たちは影なしにはやってこられなかった。

警察を去るその日まで、解けない呪縛《じゅばく》。それが公安だ。改めて胸に刺さる。

「特殊部隊チームをどうにか勢揃いさせて、茂木さんの部屋に籠城《ろうじょう》した。いつ踏み込んで来るか分からないガーディアンたちの圧迫の中で、茂木さんを落とそうと頑張っていたんです」

懊悩《おうのう》に囚《とら》われた上司の前で、公安課長は言い分をまくしたてた。

「あそこでグズグズしていたら、後発隊も含めて全滅。ミッションに失敗していたでしょう」

「分かった。もういい」

立石は部下を遮る。

茂木が裁判で、警視庁のやり口の違法性について言い立ててきたら、そのときだ。立石は腹を括る。開き直りと咎められようが、警視庁はクーデターを鎮圧することに成功した。世界最強の軍隊相手に何ができた？　はったりぐらい許せ。

「お前はよくやった。改めて礼を言う」

きっちり頭を下げた立石に、樋口はむしろたじろいだような顔をした。

立石は切り替える。茂木のところにとって返さないと。自分がやらなくて誰がやる。この縁《えにし》に決着をつけなくては。

思い返せば、長い歴史がある。茂木一士は防衛一族の血を受け継いできた。茂木の祖父、茂木肇《はじめ》は二〇一〇年代に世界を震撼させた〝東京ジャック〟事件当時に自衛隊の幕僚長で、責任者として争乱に向き合った。戦闘機まで発進させて東京を守ろうとした。警察と連携を取り、一介の大学講師であった民間人を司令塔に立てて危機を乗り切ったのだ。

その頃にできた伝統のおかげだ。自衛隊と警察が足並みを揃えられるようになったのは。

茂木家の功績は大きい。立石も若い頃から親しくさせてもらい、目をかけてもらった。立石が警視総監の座に上り詰められたのは、茂木家と懇意であることも助けになった。

互いに若い頃からの苦労をよく知っている間柄だからこそ、立石は茂木家の人々の苦悩を思わずにいられない。一士の妻子はもちろん、存命である一士の母親の胸中たるやいかばかりか。祖父の茂木肇は物故者だが、孫の起こした叛乱を知ったら草葉の陰で何を思う。不肖《ふしょう》の孫と叱責《しっせき》したいだろうか。

答えは誰にも分からない。

ただ、自分の思いの丈をぶつけよう。とことんまで。

立石は決意し、再び茂木のもとへ向かった。

5

「警視総監にお目玉を食らったか。やれやれ。引退は遠そうだな」

仁戸田正治は玉露《ぎょくろ》を啜《すす》りながら言った。

縁側の引退老人像をわざわざ演じているようなその姿に、樋口尊は眩暈《めまい》を覚える。ここが公安部長に与えられた、福島県警内の一室だと忘れそうになる。

だが、だれよりも知っているつもりだ。こんな見た目は嘘っぱちだと。この男の牙は長い。舌はだれよりも回る。この男の性根は、どんな陰険な権力者をも凌《しの》ぐ黒さだ。

何度顔を合わせても樋口は慣れることがない。今日も新鮮に心を痺れさせる。

「告げ口に来たわけではありません。総監も、結局は礼を言ってくれました」

樋口が言っても、どこか侘《わび》しい様子は消えない。

「懸命に頭を使わないと、いつの間にか国が盗《と》られてしまうな。もうよく回らない、この古頭をな」

そう言って、ほぼ総白髪《そうしらが》の自分の頭部を指差す。

「しんどい仕事だ。もう、ぜんぶお前に引き継いでもいいかな？」

「勘弁してください」

樋口は強張《こわば》った笑みを隠さない。

この公安部長なしには、この国を裏側から支えられない。それは火を見るより明らかで、時々戦慄《せんりつ》を覚える。不慮の死がこの男を襲えば、ぜんぶ自分が担わなくてはならなくなるのか。絶対に無理だ。

そう考えると、この国はたった一本の細い糸に支えられていることになる。

岩見沢耕太郎《いわみさわこうたろう》が光なら、この男が影。そんな時代が長く続いた。

惜しみない陽光も照らせない暗闇が、この世には至る所にある。仁戸田がいなければ岩見沢元首相はこの世にいない。暗殺されていた。それは間違いない。そして、太陽はとうに表舞台から消えた。影は警察に留まり、いまも目端を利かせている。皮肉だ。仁戸田正治の愛国心を疑ったことはない。樋口は内心は、日本一の愛国者だとさえ思っている。

なぜなら手段を選ばないから。自分の手を汚すことを厭《いと》わないからだ。綺麗事《きれいごと》では国を守れない。国民の命がいまにも奪われる。そういう目の前の脅威に対抗する術《すべ》を、理想主義者たちは持たない。

だから敵を殺す者が必要なのだ。誰が何と言おうと。

樋口尊は若くして仁戸田に帰依《きえ》した。自らの信念と同じだったからだ。最も国防に寄与しているのは、七十を過ぎたこの謀略マスターだと信じて疑わない。部下になったその日から、樋口は仁戸田に命を預けている。自分の選択に後悔はない。

ほとんどは。

ふとしたときに、地面が消え失せたような不安に襲われる。仏のような顔で、ときに苛《か》烈《れつ》なやり口を断行する仁戸田の凄みに腹の底が冷える。法を犯すのはもちろん、人権侵害は朝飯前。必要なら人命侵害も辞さない。

茂木一士確保作戦でもそうだった。新国会議事堂に雁首《がんくび》を並べていたあのイザナギの下っ端連中。表情も変えず皆殺しを命じた。樋口もそれ以外に解はないと思ったが、それにしても作戦に平気で〝皆殺し〟を組み込む胆力。人道主義にがんじがらめにされた現在の警視庁では不可能なことだ。

刑事全員が眉を顰《ひそ》めようと、仁戸田の采配が正しかったことを樋口は疑わない。あそこで皆殺しを躊躇って足止めを食えば、到底茂木まで辿《たど》り着《つ》けなかった。圧倒的に正しい。頭ではそう分かっていても、腹の底は冷えている。任務で人を殺《あや》めたことは初めてではないが、あれだけ纏《まと》めて手を下すのはさすがに珍しい。いくら国家存亡の危機だったとはいえ。

そして、目の前の男に、樋口が負った心の傷をケアするつもりは微塵《みじん》もなさそうだった。

「茂木氏は、すでに終わった人間。敗残者だ。総監の情はよく理解できる。だが、いつまでもこだわってても仕方がない」

乾ききったこの評価に痺れる。この男は常に正しい。

「だから我々が下支えしよう。これから必ず事を起こす不届き者を、先んじて洗い出す」

樋口は頷いた。ボスの判断こそ最善。老いたことは関係がない。

忠誠を誓う前、樋口は密《ひそ》かに仁戸田の過去を調べたことがある。

若き公安刑事時代、仁戸田はすぐに頭角を現し、歴代の警視総監に重宝された。出世が早く、年功序列を突き崩して早々に公安トップの座に就いた。樋口が警察のデータベースにアクセスして歴代の担当事件を確かめると錚々《そうそう》たる事件が列挙された。公安案件ゆえ開示されない機密も多かったが、仁戸田は全ての反社会分子やスパイを洗い出して検挙してきたのではないかと思うほどだった。

樋口が憧れる刑事像を体現しているのが仁戸田正治だった。分かりやすいヒーローになどなりたくもない。裏で最も効く男になる。それが樋口の美学だ。国家を裏支えするアンチヒーローでいたい。

だが最近、自信を失うことが増えた。俺は仁戸田を引き継げるような器ではないのではないか。心がちまちまと揺れてしまう。公安部員に最も不要な〝後悔〟を感じることがある。気の咎め、罪悪感も。そんなとき、所詮自分も凡才。ありふれた器しか持たぬのかと失望する。

仁戸田正治はなぜこの歳になっても警察を辞めないのか？
乞われているから。それも理由だろうが、正解は、本人が仕事に喜びを覚えているからではないか。樋口はそう疑っていた。死ぬその日まで陰険な策謀に耽《ふけ》る。そのために生まれてきたかのように。疑惑を吸い、裏切りを吐いて生きる。そんな生物にしかできない生き方がある。

警視庁にもし公安部がなかったら？　もしかすると仁戸田のような男は、ウルやテロ組織、あるいは大国の政府の諜報部に志願するのかもしれない。仕える相手は誰でもいいのだ。策謀の海で泳げればいい。

自分もそうだと思ってきた。だから馬が合うのだと。最近はその自信も陰っている。

「浮かない顔だな」

ふと言われた。だからこの男の前では気が抜けない。薄い笑みを皺《しわ》に載せ、広げる。

だが仁戸田もそれ以上は掘ってこなかった。

「ウルを押さえるのは当然だ。総監も今度こそ、世界規模の捜査を解禁する。だれ憚《はばか》ることなくな。もちろん我々も大いに精を出そう。樋口。お前はだれよりも成果を上げる」

仁戸田の腹の深さが知れない。自分が選んだ師の捉えがたさに、何度でも魅了される。

「分かるな？　世界を制したければ、ウルだけに気を取られていても勝てないと。もう一方の伝説にこだわるべし。タブーにこそ挑まなければ、公安など消滅した方がいい」

「分かります。トゥルバドール」

いま、自分の表情から翳《かげ》りは払拭《ふっしょく》されている。

仁戸田の掌《てのひら》の上で踊っている自覚はある。喜んで踊り狂ってみせようじゃないか。誰をも上回れるなら、本望だ。

想像の及ばない、到達し得ない場所に、独りだけで辿り着く。

それが俺の生き甲斐だ。

「お前ならできる。儚《はかな》く消えたかに見えた幻像の実在を、証《あか》せる」

白髪の男は魔王のように囁きかける。

「それだけではない。お前は会い、話す。伝説の存在と。お前の意志がそれを可能にする」

これほどの煽りはかつてない。樋口は震えた。予言に聞こえる。実現する気がする、この男が言うのなら。

吉岡冬馬には分かるまい。一生かかっても。

仁戸田はもはや父親と呼んで差し支えない存在だ。そんなことを相手に言ったことはないし、仁戸田も口にしない。そもそも情に訴えることがない。

「お前がいちばん先に着く。みんなが、お前に感謝する」

全身の血管に染み渡る喜悦。操られているのか？　まるで構わない。こういう瞬間のために生きている。警視庁公安課長という身分のこの先に、世界の頂点に立つ瞬間が見える。

6

冬馬が再び立石勇樹のもとを訪れる頃には日が暮れていた。

少ない成果を手に、しかし、相手には期待を感じながら立石を見た。

その顔は曇っていて、自分と同じ程度の成果しか得られていないと分かった。

部屋のモニタが点いている。映っているのは参謀の女性の顔だった。立石はアイリスと話し込んでいたようだ。冬馬の顔を見て立石も、モニタの中のアイリスも一瞬期待を込めて見てきたが、すぐに同類相哀れむ調子で一致する。

「鈴木広夢は、想像以上にでたらめなリーダーでした。逃亡したサキにおんぶにだっこだったことはよく分かりましたが、肝心のサキの逃亡先さえ知りません」

「俺も、茂木さんから決定的な証言は引き出せていない」

警視総監は正直だった。

「ウルと直接接触していないはずはないし、ジェンキンス司令官や、他の司令官とまったく通じていないということもあり得ないと思うが、認めない。あそこまで頑迷な人だったとは。俺は、自信をなくしそうだ」

なんと素直な弱音だろう。

モニタの中のアイリスが微《かす》かに眉を顰め、口を開いた。

『自白を得ることを、お二人とも諦めたわけではない。しかしいま、我々には、他に優先事項があるのではないでしょうか』

冬馬は思わず頷いた。差し迫った脅威は、捕らえた叛逆者から来るのではない。これから叛逆する人間から来る。

「そうだ。世界を蝕《むしば》む病根の除去に、我々は動かなくてはならない」

立石総監が同意した。

「捜査対象を当面、地下兵器産業を束ねる、通称〝ウル〟に定める」

「俺たちが直接、世界に出て行くんですね？」

冬馬は勇んで確認した。

「もちろん、世界各国の捜査機関にも協力を求める。だが、警視庁が主体的に捜査し、ウルの実態に迫る。そしてメンバーを国際逮捕だ」

「総監。思い切りましたね。全面賛同します」

冬馬は思わず両拳を握る。

「いま、世界を裏側から支配してる勢力を、放っておいてる場合じゃない。取り返しのつかない事態になる前に、動きましょう。それで」

確かめておかなくては。

「国際捜査に当たって、我々の身分はどうなりますか」

「手続きは心配要らない。国連にも認証をもらう」

『デジタルパスはすぐに出してもらえます』

アイリスが補足する。

『サンゴール事務総長は、そもそも警視庁の活動に理解がありますが。〝フクシマ・クーデター〟に直接関わる捜査ならなおさら歓迎するでしょう。私からも詳しく説明しておきます』

　ソフィア、とファーストネームで呼ぶことを避けていたが、二人が親友であることは立石もよく知っている。認識の共有に懸念はなかった。心強い、と冬馬は改めて思う。

「冬馬。刑事部の、国際捜査担当のリーダーになれ」

　警視総監から任命を受ける。

「必要な人間を徴用しろ」

「了解しました」

　冬馬は言って、首を傾げた。

「多くは要りません。身軽な方が」

「必要な情報は与える。樋口も呼んである。まもなく来る」

「はい。総監、ウルのことですが……」

　冬馬は迷いながら訊いた。

「各国の警察も、把握しているんでしょうか？　都市伝説としか思っていないところもあるかも」

「吉岡。そこが厄介なんだ」

　ノックもなしにドアを開けて入ってきた樋口尊が、いきなりまくしたてた。

「ウル自体は、自分たちの実在が曖昧《あいまい》なことにほくそ笑んでる」

立石には軽く会釈しただけで樋口は続ける。

「フリーメーソンやイルミナティや、ユダヤの支配なんてメジャーな陰謀論は、いつだって権力者に利用されてきた。自分の立場が危なくなったら、そういう組織のせいにして支持者を煽ればいいんだからな。陰謀論を信じ込む奴らは、実在しない組織を悪者にして騒ぎ立てる。実在してる組織も無理やり悪者に仕立てて攻撃する。恥知らずほど根拠のない陰謀論に左右されるのは、統計学上明らかだ。根性の汚い奴らを操る時に必須なんだ。ウルはそれを、逆に煙幕にしてる」

濃い分析だった。樋口はだいぶ前からウルについて調べている。

「利用されてる陰謀論の犠牲者みたいな顔をして、実は本当に世界の闇商売を繋げる役割を果たしてる。確証をつかむまでは時間がかかった。仁戸田さん以外に、問題の本質を理解している人はいなかったからな」

樋口は当てつけのように立石を見た。なんと無礼な、と冬馬は思ったが、立石は反応しない。

「吉岡。イザナギの鳥取支部でお前が見つけた、ちっちゃな模型があっただろ」

樋口は不遜なマイペースを維持する。

「調べたら分かった。あれはウルのシンボルだ」

「ええっ、そうなんですか？」

冬馬は天を仰ぐ。だとしたらなんという挑発。おそらくサキが置いていったものだ。

「あれはジグラット。ピラミッドの一種だ。ウルってのはそもそも、世界最初の都市の名前だ。古代イラクにあったといわれる。ウルクってのが正式名称だが、縮めて通称にしているようだ」

「世界最初の都市……ということは」

閃《ひらめ》きが冬馬の脳裏に去来した。

「ウルは、最初の国家ってわけですか」

言った冬馬が自分で頷いた。まさに象徴的だ。

「外敵に備えるために、仕切りを作った。堅牢《けんろう》な建物を建てて、それを取り囲む壁を造った……そういうことですか」

「ああ。そうなるか」

樋口は呆れたような顔をした。冬馬の、文学者じみた反応が意外だったようだ。

「人類が、一つじゃなくなった瞬間……〝敵〟が生じた。そして殺し合いが始まった」

「ウルは殺し合いを司ってる」

面白くなさそうに樋口は言った。

「人類は一つになれない。殺し合え、と言ってるんだ。俺は、分かる気がする」

「分かるんですか？」

冬馬は呆れた。敵の肩を持つのか。

「ああ。人間の宿命だ」

「なんですか、宿命って」

「憎しみだ。何のひねりもない言い方をすれば」

樋口のひん曲がった口元は、笑みに見えない。

「憎しみがある限り、それを煽ってりゃ儲《もう》かる。殺し合いが続けば、ウルはそれを喰《く》って長らえる」

痺れが走る。真理だ。

「佐々木先生の、言う通りだ」

冬馬の呟《つぶや》きに、樋口の笑みが青ざめる。

「相変わらず中学生みたいな奴だな、お前は。故人に先生付けか」

あからさまな侮蔑に冬馬は口を尖らせる。樋口はハッとした顔をした。

「そうか。お前は、会ったことがあるのか？」

「小さい時に」

冬馬は胸を張ってみせた。

「ほぼ、記憶はありませんが」

「そうか。だとしても」

そこで樋口は自制心を見せた。立石もアイリスも見守っている。放言もほどほどにしようと考え直した。

「……樋口さんは、先生のことを信じていないんですか」

冬馬が訊くと、

「信じるとか信じないとかじゃない。影響力は認めてる」

樋口は込み入った言い方をした。

「ただ、すんなり受け取ってる人間の方が少ない」

「それは、そうですが」

認めるしかない。正直なところ、冬馬も不思議だった。今世紀前半に、日本に生きていたたった一人の人間が、現代に大きな影響を及ぼしていることが。

彼の言葉が、というより公式が、教科書に掲載されるようになった。まるで夢に思える。彼の研究成果はあまりに多岐にわたるので、一部の大学には彼の思想を専門に分析する学科さえある。世界を変えた稀代《きたい》の天才だ。

だが、なぜ変えられたか。その理由を理解している人間もまた限られる。

『樋口さん。冬馬さん。いまはウルを、国際捜査でどう追い詰めるかの話です』

見かねたアイリスが、回線の向こうから軌道修正した。いつものようにアイリスは正しい。だが冬馬は口を尖らせてしまう。いま話題にした人物は、アイリスにも浅からぬ縁がある。最も因縁があるのはアイリスの祖父だが、そのことはおくびにも出さない。常に優先順位をわきまえている。

だが、相変わらずフクシマ入りしないアイリスに不満を覚えた。なぜ来ない？　それでも、

『早急に手がかりを得て、捜査対象を絞る必要があります』

というアイリスの正論には逆らえなかった。

「サキだ」

脳裏に上る強烈な面影。その名を冬馬は呼ぶ。

「イザナギが使ってた最新兵器の類いは、サキという女が調達した。鈴木広夢もそう証言してます」

「あの女はウルのメンバーだ」

樋口が言い切った。アイリスが訊く。

『それは確かですか？』

「鈴木が認めた。ウルはイザナギをさんざん利用した挙げ句、見切りをつけたんだ。クソ、自分だけトンズラしやがって」

「確かに、鈴木広夢は驚くほどサキのことを知らない。サキの方が主導権を握っていたということです」

冬馬が補足すると、

「とぼけてるんじゃなくか？」

と立石が確認し、冬馬は強く頷く。

「鈴木よりまだ、リュウジの方が役に立つかも知れない。サキとつるんでいた若僧です」

「土壇場で鈴木を裏切った奴だな」

「はい。サキに撃たれました」

「警察病院に移送されたんだろ？」

「はい。まだ話を聞けていません」

「加納《かのう》医師に頼めばいい。iPSパッチを使えば傷はすぐ治る」

iPS細胞による迅速な傷の治療は一般に普及している。警察病院にはiPSメソッドのエキスパートが揃っていた。重傷患者でも驚くほど早く回復させられる。

「認可が下りれば、お前が部下にすることもできるだろ」

「は？　部下、ですか？」

樋口の言い出した酔狂に、冬馬はのけぞってしまう。

「だってあいつはサキとつるんでいたんだろう？」

「リュウジに必要なのは検挙と収監、裁判です。刑事の真似事なんかさせられない」

「テロリストを刑事に仕立て上げるぐらいなんだっていうんだ。手段を選んでる場合か?」

樋口は水を得た魚になった。法を無化する暗黒領域でこそ潑剌《はつらつ》とする、病《や》んだ魂。

「俺たちには特権がある。超法規的措置も可能だ。若僧は、お前の説教にやられた口だろ。お前の言う通りに動く」

「別に舎弟は求めてません」

「ふん。好きにしろ。ルールに縛られてるうちはお前もひよっこだ。使えるものを利用しないとはな。これから俺たちは、世界中に捜査しに行くんだぞ。人手はいくらあっても足りない」

『使えるものは使う。限定的な意味においては、私も同感です』

モニターのスピーカーから聞こえる声に、冬馬は色めき立たずにいられない。

「アイリス。君まで……」

『私も出ます。皆さんのバックアップにとどまらず、実際に捜査に』

冬馬は耳を疑った。

7

「君が、捜査に出る? 世界のどこかに?」

完全に意表をつかれた。アイリスはすっかり司令塔が板についていたからだ。

「どうして自分で？」

バックアップに専念した方が効率がいい。冬馬は警視総監の顔を見た。何よりもこの人の参謀役。手放すはずがない。

『ぜひ、自分の目で確かめたい国があるのです』

「どこだ？」

訊いたのは樋口。この男も驚いている。

『ロシアです。前から動向が気になっていた』

立石総監の顔は至って平静だった。アイリスと相談済みなのだ。替えの利かない参謀も駆り出すとは、それほどの緊急事態だということ。

『ソ連時代のように、政府が諜報戦略に力を入れています。世界中のあらゆる陰謀論の発信元が、ロシア由来だという分析もあるくらいです』

「政府はもちろんだが、ブルコフ・コンツェルンがろくでもないからな」

樋口が自分の意見を付け加える。

「あそこの秘密主義は徹底してる。新兵器の開発に精を出してるって噂《うわさ》だが、具体的な情報は表に出てこない」

樋口の指摘にアイリスは頷いたが、言葉は返さなかった。冬馬は奮い立つ。

「じゃあ、俺も行く。ロシアに」

久々にコンビ復活だ。そう意気込んだのだが、

『私は一人で大丈夫です。冬馬さんはアメリカへ行ってください』

と有無を言わせなかった。

「な、なんで……」

聞くのも愚かしい。茂木との共謀を最も疑われている国だ。

『むしろ、冬馬さんが行かなくて誰が行くんですか？』

「そうだ。お前は刑事部のエースだろ？」

樋口もニヤニヤ顔で外堀を埋める。観念するしかなかった。

「分かった。じゃあ、アイリス。君の分析では、俺はアメリカのどこから当たるべきだ？」

漠然とした問いにもアイリスは即答してくれる。

『企業で言うなら、やはりボーグナインです。説明不要でしょう。往年の勢いは失せたとはいえ、いまだに世界に影響力を持つ軍需企業です』

「ウルのスポンサーはボーグナインだっていう、まことしやかな噂もあるくらいだ」

樋口も嵩《かさ》にかかる。

『アプローチの方法は様々あります。本社はシカゴにある』

アイリスはひたすらにファクトを提供する。

『かつては全米に十二あった大工場は、いまでは四つにまで減っています。もちろん取引先はユニヴァーサル・ガード。あとは、各国の警察に小火器を商っている。かつてのメガ企業から、ごくありふれた大企業への縮小を余儀なくされました』

「復讐したいに決まってる。戦争で儲けてきた連中にとって、世界連邦は敵だ」

樋口が決めつけた。冬馬も頷く。

『ロシアのブルコフ・コンツェルンも同じ状況です。そうした企業を、裏で結びつけているものがあるとしたら』

「まあ、ウルと考えて間違いない。俺はロンドンに行く」

全員が樋口を見た。

「中国も気になるが、潜入が面倒な国だからな……メインディッシュとして残しておこう。まず先に、ヨーロッパの闇を探る」

「なぜまたロンドンだ」

立石が部下に対してもっともな問いを発する。

「前から、あそこの地下兵器産業は掘ってみたかったんです」

樋口は心なしか嬉々としている。

「案外、ウルとの関わりが深いのは、裏表の激しい先進国の連中かもしれない。俺は、取り澄ました顔をして、裏で汚いことをやってる奴らがいちばん気に喰わんのです」

樋口らしい目の付け所だった。根拠もあるのだろう。

「ご存じ、老舗《しにせ》の軍需企業、TANシステムズが腹黒い。クリーンエネルギーを隠れ蓑にしてるのが最悪です。そのくせ利権を独占しようとして、買収や裏工作三昧《ざんまい》だ」

それには全員が頷いた。どこの軍需企業も、裏に回れば汚いことに手を染めている。例外はなかった。

「サキがヨーロッパに逃げた、ってのも充分あり得ると俺は思ってる。吉岡。お前と俺で、どっちが先にとっ捕まえるか。勝負しよう」

樋口は煽ってきた。冬馬が反応しないでいると、演説が始まる。

「ヨーロッパは、世界連邦の良き実践者。いつだって進歩的な世界のリーダーだ、みたいなツラをしているが、世界に真っ先に害悪を輸出してきたのもヨーロッパだ。その代表が、大英帝国の軍需企業の老舗だよ。恥も知らずに政治的影響力を行使してる」

実に生き生きしている。こういう瞬間のために生きている男だと知れる。

『分かりました。樋口さんはロンドンに向かう』

我らが参謀が総括した。

『冬馬さんはアメリカ。まずニューヨークに向かい、国連本部に寄って現地情報を仕入れてください。伝えておきます』

アイリスは微かにウインクしたように見えた。

『事務総長と旧交を温めてください。では私は、モスクワに向かいます』

「アイリス。一人で行くのは心配だ」

冬馬は急いで言った。アイリスに乗せられたままでいいのか。全員が世界中に散っている間、一人ロシアに？　気が気ではない。

「神村も、シールド使いだろ。団体で動く必要はない」

樋口は気楽な調子で言ったが、冬馬には雑音だった。

「君は現場捜査にはブランクがある。感覚が鈍ってるんじゃないか。ましてや防諜大国ロシアだぞ」

『冬馬さんこそ気をつけてください』

氷のような反応が返ってきた。

『樋口さんも。人の心配をしてる場合ですか？　これから我々は、いわば敵陣に殴り込むんです。安全な人間は一人もいない』

「その通りだ。みんな、くれぐれも気をつけてな」

情感のこもった声が響く。

「お前たちには、孤独癖がある。団体行動が苦手だ。シールド頼みでいるとしっぺ返しにあうぞ」

警視総監の忠告はストンと腹に落ちた。ふだんから冬馬も感じていることだ。

「各国の警察の知り合いを紹介する。まずそこを頼っていけ。冬馬。お前にはＦＢＩの特別捜査官を紹介する」

「ＦＢＩ」

冬馬は思わず顔を強張らせる。

「アメリカ政府の手足ですよね。信用できますか？」

「全面的には信用するな」

立石はいきなり難しい宿題をくれた。

「お前が入国することはすぐにばれる。なら正門から入ったほうがいい。腹のうちは見せず、うまく情報を引き出せ」

「簡単におっしゃいますが……」

「安心しろ。俺の個人的な友人だ」

立石は柔らかい笑みを見せた。思いつきで言っているのではない、熟慮の上でだと伝わってくる。

「高官ではない。現場の一捜査官だが、情報通だ」

「連邦捜査官ですか？　国家保安部ではなく」

樋口が訊いてきた。その問いには冬馬も納得する。ＦＢＩは国家保安部という、日本では公安部に当たる組織を抱えている。アメリカの公安刑事の厄介さを樋口は知っているのだろう。

「国家保安部はさすがに紹介せん」

立石の人選は確かだ。そう信じる以外になかった。

「ありがとうございます」

素直に礼を言うことにした。敵の懐《ふところ》に入るのだからどのみち危険。立石の言う通り公式訪問に近い方がいい。

「うむ。詳しいデータはお前の端末に送っておく」

「はい。渡米する理由をしっかり設定してから行きます。イザナギの残党探し……アメリカに逃走の疑いありと。ウルやボーグナインのことは当面伏せます」

「うむ。で、樋口。お前には、ロンドン警視庁のコミッショナーを紹介する」

立石の心遣いは破格だった。いわゆるスコットランドヤード、首都警察の警視総監に当たる人物を紹介しようというのだ。だが樋口の反応は見るからに芳しくない。冬馬は察した。おそらく仁戸田公安部長が推すルートがあるのだ。

「いや、それは遠慮します。俺は裏口から入りたいんで」

樋口はあっさり仁戸田を選ぶことにしたようだ。

「身分を隠して入国か？」

立石の懸念は当然だ。バレたら警視総監の責任も問われるのだ。

「大丈夫です。総監に迷惑はかけません」

すると立石自身がそれ以上追及しなかった。黙認か、と呆気にとられたが、当人が異を唱えないのに冬馬が文句をつけるわけにはいかなかった。

「神村。君には、モスクワ市警の……」

自らの参謀に言いかけて、声を途切れさせた。立石は自分の判断に自信がないようだ。ロシアに人脈を作ることの難しさは冬馬にも推測がつく。歴史的に中央政府が強く、独裁体質だからだ。世界連邦成立後もそれは変わらず、国連に対して冷淡な姿勢を貫いている。国連の活動を微妙に阻害《そがい》してもきた。

そんなロシアにあえて乗り込むというアイリス。冬馬は心配を払拭できない。だが、止めればアイリスを信頼していないことになる。

立石も自分と同じ気持ちなのは、表情を見れば分かった。思い余って公安課長に向かって訊く。

「樋口。仁戸田さんは、ロシアに顔が利くんじゃないか」

年上の部下に頼ることも辞さない。伝説的な公安部長の凄みは、警察官歴を積んだ者ほど身に沁《し》みて知っている。

「そうですね。おそらくは」

樋口は穏当な答えに留めたが、立石は側近のためなら何も厭わない。

「神村。必要なら、仁戸田さんにも頼れ」

アイリスはモニタの中で頷いたが、声に出しては答えなかった。頼るつもりがないのは明白。

「では明日、出発します」

樋口が宣言し部屋を出て行く。冬馬も我が身を振り返った。旅支度をする必要がある。

樋口に続いて総監室を後にしようとして、呼び止められた。

「待て。お前たちを支えたSATチームがここに来る」

いやも応もなかった。部屋にはたちまち、警察官の正装に身を固め、改まった様子の見知った顔が並ぶ。アサルトスーツではないところが新鮮だった。冬馬は弾む声で呼びかける。

「朴《パク》さん。速水《はやみ》副長」

8

地下に潜った英雄たちとの再会だった。朴隆一《リュンイル》と速水レイラ。その後ろには若い隊員も控えている。冬馬は、朴隊長と握手した。共に不可能なミッションに挑んだ戦友だ。

「朴さん。怪我は大丈夫ですか？」

「はい。もうすっかり」

ミッションの最中とは違い、うやうやしい口調に改まっている。朴は警部補だから冬馬の方が階級が上。だが、朴隊長の頼もしさは格が違う。冬馬の中で崇敬する思いは不動だった。彼がリーダーでなければミッションは頓挫《とんざ》していた。

「吉岡警部、お疲れさまでした」

副隊長の速水レイラが笑みを浮かべて言葉をかけてきた。彼女は冬馬と朴が潜った首相官邸ルートではなく、新国会議事堂ルートの先発隊を務めた。後発隊の樋口と組んだ形だ。樋口に挨拶《あいさつ》した後すぐに冬馬に話しかけてきた。

「一人で人型兵器に打ち勝ったと聞きました。凄いですね」

「いや。あのヒューマノイドは、自滅しただけだから。俺は何も」

むしろ冬馬の方が、速水を眩《まぶ》しく感じた。この女性の働きも目覚ましかった。華奢《きゃしゃ》に見えるが誰もが認める有能な戦士。先発隊は突然の爆発によってルートを限定され、一度は東アジア警備隊に拘束されてしまった。だが後発隊と樋口尊により解放されると、たちまち茂木司令官に迫って降伏を勝ち取った。

「速水さん。あなたもよくやった。樋口さんとうまく連携できましたか？」

冬馬はねぎらいつつ、突っ立っている樋口をつついた。訊きづらかったことを訊くいい機会だった。イザナギの面々に容赦なく手をかけた公安課長との共闘が容易な人間など、果たしてこの世にいるのか。

「樋口課長には感謝しています」

速水の答えに迷いはなかった。

「彼が手段を選ばなかったから、私たちはＥＡＧに逆襲できた。樋口課長のおかげで、味方の被害は最小限で済んだのです。最初の爆発で数名が負傷、それ以外に死傷者は出なかった」

隊員の命に責任を負う者の本音。否定することはできなかった。

傍らの樋口は他人事のような顔をしているが、やはり今回のミッションの最大の英雄はこの男だ。

「茂木さんとの交渉は、ギリギリの駆け引きだったでしょう」

冬馬は速水にとも、樋口にともなく訊いた。細かい実情を知りたかった。

「すべてが理想的ではなかったし、正しかったのかも分かりません」

速水の率直さは尊敬に値した。

「でも、茂木司令に一刻も早く武装解除命令を出させるのが最優先でしたから……」

口調が澱む。冬馬は速水と樋口を見比べたが、どちらとも目が合わない。警視総監とは目が合った途端に逸らされた。

「樋口課長がいささか、例外的な手法を採らざるを得なかったとしても、私は感謝しているし、感服しています」

「例外的な手法？　樋口さんは、いったいどんな」

訊いた。だが樋口は無視し、この部屋を出て行こうとした。

「待ってください。教えてください」

呼び止めて頼む。だが振り向きもしないので、仕方なく速水を見た。

速水の口は重かったが、やっと言った。

「……茂木さんの家族。奥さんとお子さんたちの身分は保障できない。樋口課長は、そう言い渡しました」

「そりゃまずい」

思わず声を荒らげる。だが速水はあくまで樋口をかばった。

「あの場は極限状態でした。一刻を争う中で、手段は選んでいられなかった」

「しかし……」

裁判で不利に働くことは明らか。茂木は必ず、脅されたと言い立てるだろう。

樋口は魔法使いではなかった。不道徳な臭いが染みついた男だ。おかげで後処理が大変。

一言言ってやらなくては。

「樋口さん。他に手はなかったんですか」

「その場にいたのは説教師じゃない。俺だったんだ」

振り返った樋口は、ことさらに無感情に見えた。

「お前だったら、もっとうまくやれたのか？　だったら謝るのにやぶさかじゃないが」

そう切っ先を突きつけられると返せない。冬馬は顔を紅潮させて黙った。

樋口はそのまま部屋を出て行く。姿が消えると、誰もが息をついた。

「冬馬。俺も、茂木さんから訴えられた」

諦念の滲んだ警視総監の声を聞いて、冬馬は罪悪感を覚えた。すでに茂木本人から苦言を受けていたのだ。

全員の手が汚れている。そんな暗い仲間意識が全員を絡め取る。

「世界市民の理解を得る。我々はベストを尽くした。そう信じてもらうしかない」

総責任者からこれ以上の言葉を引き出すべくもない。冬馬は頭《こうべ》を垂れ、舌鋒《ぜっぽう》を収めた。

見ると、特殊部隊員たちも神妙な表情で直立不動でいる。

「あの、すみません」

沈黙を破ったのは、とりわけ若い声だった。隊長と副長の後ろにいる男だ。

「吉岡警部。私を覚えていますか？」

冬馬は瞬きを繰り返す。記憶が甦ってくる。

「鳥取からのチャーター便でご一緒した、岡山《おかやま》県警の早川威音《はやかわいおん》です」

そうだ。弱冠二十歳の特殊部隊員。

「是非に、と我が儘《わがまま》を言われ、連れてきてしまいました」

隊長の朴が謝った。早川が急いで言葉を繋ぐ。

「私は経験不足とされて、地下潜入ミッションには選ばれませんでした。悔しかったです。吉岡警部は、部隊と一緒に地下に入ったんですよね？」

「ああ」

「ご生還なによりです。ミッション成功、おめでとうございます！」

直情的な若者はとても初々しかった。気持ちは嬉しいが、自分より警視総監に気を遣えと冬馬は思う。まだ直接挨拶もしていない。若いからわきまえていないことがたくさんある。若者の粗相を気にしない警視総監で良かった。微笑ましげに眺めている。

「隊長たちのおかげだよ。この二人の働きが皆を救った」

冬馬が言うと、

「お褒《ほ》めに与り、光栄至極」

隊長も副長も頭を下げた。

「ご用命がありましたら、またいつでも」

「そうだ。きっと近々、また出番が回ってくる。備えておけ」

総監の言葉で引き締まった。やがて刑事全員が警視総監の部屋を後にする。

誰も弛緩していない。冬馬はふいに誇りを感じた。全員が突発時に備えている。真正のプロだ。

「早川君も頑張れ」

冬馬は思わず若者を激励した。

「この隊長と副長ぐらい、いい手本はいない」

「はい。承知しております」

その充実した顔が、冬馬には眩しかった。早川はリュウジと同年代だが、こうも違うか。

二人が歩む道を分けたものは何だろう。

「いつかタッグを組むかもしれない。その時はよろしく頼む」

「警部、ありがとうございます！」

冬馬は、自分の言葉がいつか実現する予感がした。

Ⅱ　ユナイテッド

1

『私はどこまでも、陽気なオジー女で、死ぬまで田舎者《いなかもの》。それを誇りにしてる』

回線を繋いだ途端に、旺盛《おうせい》なやり取りが止まらなくなった。ソフィア・サンゴールはしばし、自分がニューヨークの国連本部にいるのを忘れる。

画面の中では笑顔の似合う、少し日焼けした白人女性が喋っている。身振り手振りを交えてエネルギッシュだ。大変な任務を終えたばかりだというのに。

ソフィアは相手のいる太平洋上を一緒に航行している気分になった。相手が気を利かせて、自分の顔だけでなく分割画面で洋上の風景も映し出してくれているからだった。

『だからソフィア、あなたのことも信じられる。大国のエリート街道を歩いてきた奴らとは違うから』

ソフィアはこのクリスティン・ウォーカーと話すだけで救われる思いだった。これほどオープンなパーソナリティを持つ人間をリーダーに選んだ国に敬意を持つ。オーストラリアの民衆は、とても真っ当な女性をオセアニア《O》警備隊《G》のコマンダーに据えたものだ。

ソフィア・サンゴールは国連事務総長室にいる。相手のクリスティン・ウォーカーは太平洋上。叛乱を起こした東《E》アジア《A》警備隊《G》の武装解除を終えたばかりだ。

「ありがとう。私は確かに庶民の出。でも、茂木司令だって庶民派と言われていた。偉ぶったところのない実直な武人だった」

『そうね。私もショック』

口調の割には、クリスティンはサバサバしている。

『茂木さんの海上主力部隊は、統率が取れてた。武装解除も楽だった。それだけに、なぜ彼のような人物が道を誤ったのか知りたい。教えて、ソフィア。どこまで調べがついているの？』

「彼の身柄はいま、日本のケーシチョウにあります」

ソフィアは順序立てて説明した。

「国際法廷に身柄が移されるのはそのあと。私は、検事と弁護士の選定に力を尽くさないといけない。ふさわしい人物を選ばなくては」

『それが叛乱者の末路ね。我々コマンダーの戒めにしないと』

クリスティンは回線越しにウインクを送ってきた。過激なユーモアだった。

「国際法の見直しもしなくてはならない」

ソフィアは笑みを返しつつ、気に懸かっていることを吐き出した。

「茂木さんを裁くのに、どんな法律がふさわしいのか。叛乱が起きた場合の罪と罰を、改めて科学的に定義したいの」

『なるほどね。厳罰を明文化して、広く世界に流布《るふ》しないとね』

このオーストラリア人は、どこまでも直截《ちょくせつ》で嫌みがない。

『重責を担う者は、道を踏み外したときに科せられる罰も重い。これだけ秩序を破壊したのだから当然よ』

同業者だからこその辛辣《しんらつ》さ。つくづく信頼できる女性だとソフィアは感じる。

『で、武装解除の詳細については、そっちに送ってあるデータ通りだけど。電子ロックをかけられる兵器は軒並みかけておいた。量子暗号は、あなたと私しか知らない状態。次の東アジア警備隊《EAG》のコマンダーが決まったら、暗号鍵を渡してあげて』

「了解です」

『その他、安全装置をかけられる銃火器はできる限りやり終えたけど、もちろん小火器を全て使用不能にはできないから、小規模の叛乱が起きる可能性は、ゼロではないわ。まあ起きないと思うけどね。みんな意気消沈してるし、茂木さんに怒ってる隊員も多いから』

「実際に彼らに接してみて、そういう印象なのね」

『うん。ＥＡＧのガーディアン全員を解任する必要はない。これは私の意見でしかないけれど、茂木司令に従わなかった別働隊は、そのまま留任させるべきでしょう』

クリスティンは大胆かつ寛大だった。

『予備役《よびえき》のガーディアンにもしっかり聞き取り調査して、疑わしい者だけ弾けばいい。主力部隊に属した者であっても、いやいや従った者は多い印象よ』

「そうなのね……」

『うん。時間はかかるけど、ゼロから全員選び直すことは現実的じゃない。ガーディアンの適性のある人間はそもそも限られているし』

ユニヴァーサル・ガードをだれよりよく知る現役司令官の意見は重い。現実的に可能なラインを探ればそうなるとソフィアも思っていた。

「ただ、新たな補充が大勢必要なのも確か。だから、今後の具体的な選別方法が問題になる。志願者一人ひとりの本心までは分からないから」

気が咎めるのを感じながらソフィアは言った。これは本来、任務中のコマンダーに相談することではない。

『こんなことを言うと能天気と思われるけど、心配し過ぎないことよ』

だがクリスティンは誠実に答えてくれた。

『責任者さえ罰すれば、統制を効かせることは可能。隊員一人ひとりまで標的にするような懲罰主義の行き過ぎは、かえって国連のイメージを下げてしまう。いいことはないわ。

あなたなら徳政を行えるはず』

「徳政？　私は権力者じゃない。事務の責任者よ。国の間の調停者に過ぎない」

ソフィアは律儀に訂正してしまう。

『分かってる』

クリスティンは満面の笑みになった。

『だから信頼されているの。そのままのソフィアでいて』

思わず顔をほころばせると、それを見てクリスティンもますます笑う。心が通い合っている。ただの仕事相手ではない。敬意を払い合っている。ソフィアは親友と呼びたかった。

『ソフィア。ジェンキンスの横槍を抑えて欲しい』

クリスティン・ウォーカーはふいに司令官の威厳を纏った。

『必ず何か言ってくるから。洋上に偵察機が何度も飛来して、うるさくて困ったわ。隊の情報部が解析したら、やっぱり北米警備隊《NAG》の偵察機だった。ジェンキンスに一言入れといてくれない？　気が散るからやめろって』

ソフィアはうまく返せない。

『あれは挑発よ。自分が武装解除したかったって未練じゃない？　ソフィアも嫌みを言われないように気をつけて』

「そうね」

ソフィアは頷いた。

「彼は気位が高すぎる。なぜ鎮圧部隊にオセアニアを選んだのか。距離を考えても、最も合理的な判断だったって説明しても、向こうは受け入れないかも」

『うん。きっとなんのかんのとクレームをつけてくる。せめて共同で当たらせろ、とかね。緊急時の指揮権はあなたにしかないのに。舐《な》められないように、一度ガツンと言ってやったらどう？　私が直接言ってもいいんだけど、さすがに対立構図が明確になっちゃう』

クリスティンは自分のメンツにこだわっているわけではない。フェアで健全な緊張状態を保ちたいだけ。ユニヴァーサル・ガード同士の理想の関係性を重んじているだけだ。

『それと、フョードロフと、梁《リャン》の動向にも気をつけてね。言うまでもないかもしれないけど』

「クリスティン。なにか情報を得ているの？」

別のコマンダーたちの名。気にならないはずがない。クリスティンはそもそもは、自国の繁栄に貢献してきた優秀な政治家なのだ。

『具体的な根拠をつかんでるわけじゃないけど、きな臭さはぷんぷん感じる。彼らの言動や行動を見ているとね。もっともらしい理由さえあれば、すぐにでも自分たちの武力を解放する。その機会を探してるんじゃないかって』

実はこれは、二人が交信するたびに話題にしていることだった。日を追うごとに自分たちの意識も深刻になる。茂木の乱のあとは、もはや冗談では済まされない。

『任期切れまで、油断ならないわ。ジェンキンスの任期はあと三ヶ月だったわね。フョードロフは、七ヶ月？　梁は……』

「五ヶ月」

そう。彼らはまもなく、ガーディアンの指揮権を失うのだ。茂木一士の方がよほど任期を残していた。

禁断の誘惑に駆られるとしたら、いま。

『例によって、自分の息がかかった人間を後任に据えようとする人間も出てくるだろうし。気が抜けない』

「クリスティン。あなたの警告は重い。私も肝に銘じます」

ソフィアはしっかり返した。ただし、これといった対処法が浮かんでいるわけではない。

『ソフィア。このあと、私の隊の調査班との会議がある。今回の叛乱の全貌《ぜんぼう》を改めて報告するから、待ってて』

「ありがとう。待ってる。こっちもこれから、ミーティングで情報を集約します」

『〝サーヴェイス〟ね。情報共有、楽しみにしてるから』

回線を切ってまもなく、別のコールがソフィアを呼んだ。クリスティン以上に心を許す相手だった。そしてまもなく、ソフィアは驚いて声を上げることになった。

「トーマがアメリカに？」

2

警察病院は全国にいくつかある。福島市の南部に、福島県警鑑識科学センターと隣り合うように設置されている警察病院の入院病棟に、吉岡冬馬は怪我人を訪ねた。ライフルの弾によって鎖骨を砕かれた若者だ。

テロ組織〝イザナギ〟のリュウジ――本名・鴇田《ときた》隆児《りゅうじ》は、虚脱したような顔でベッドに座っていた。現れた冬馬に気づいて目を円《まる》くする。

「傷はどうだ」

「……だいぶいいです」

隆児は殊勝に言った。

「おかげさまで、痛みもほとんどない」

冬馬は頷いてみせる。担当医に聞いた話では、最新のiPSパッチを用いた治療で傷口はたちどころに塞がり、血管や筋組織も急速に再生している最中。明日には退院可能とのことだ。

破壊された自分の鎖骨が元通りに復元されたレントゲン3D画像を、隆児はすでに自分で確認している。大いにぽかんとしたに違いない。進歩を続ける医学は本当に凄い。

ただし、だれでも受けられる治療ではない。これほど迅速な治癒を得るには、それ相当の費用がかかる。

「費用は警察持ちだ。お前、なおさら借りを作ったな」

「はい」

隆児は恥じ入るように顔を伏せた。

「一生ただ働きだ」

「えっ」

顔を上げた隆児は本気にしている。冬馬の顔を見て冗談だと察したあとも、顔が引き締まったままだった。

「分かりました。働きます。何をすればいいですか」

殊勝な物言いが似合わない。冬馬は口元をなおさら緩めそうになり、ぐっと引き締めた。

「サキを捕らえる」

「はい」

「あの女が属している組織を突き止める。そこが、サキを使ってクーデターを起こさせたんだ」

「なるほど」

隆児の声からは気が抜けていたが、目には理解の色がある。

「お前、撃たれたあとに言ってたよな。サキを捕らえたいって。あれは本気か？　本当に、罪滅ぼしをする気があるか。役に立てるか？」

初めに厳しさをぶつけておく必要があった。

「俺はお前を、サキをおびき寄せる餌に使うかもしれない。それでも来るか」

これで尻込みするようなら、そもそも役に立たない。覚悟のない人間を連れて行っても邪魔なだけだ。

冬馬は迷っていた。樋口に煽られたからいやいやここに来たわけではない。海外では何かと不測の事態が起きる。若者を一人、身辺の手伝いとして連れて行くのは悪くないとは思う。この隆児が無理なら特殊部隊員の早川を連れて行こう。まだ青いが、やる気だけは人一倍だ。

「なんでもやります。使ってください」

だが元テロリストはどこまでも殊勝だった。実際に役に立つかどうかは怪しいし、サキに対して有利になるとも限らない。だが、意気は感じる。決めた。

「よし。お前を連れて行く。まずは、俺と一緒にアメリカに飛ぶぞ」

また隆児は目を円くしたが、しっかり頷いた。

「あの……俺は、どういう立場で？」

臆《おく》したように訊いてくる。

「なんだ？　なにが気になる」

「前科があると、警察官になれないんですよね」

「お前、警察官になる気か」

笑い飛ばす。

「マッポはこの世でいちばん嫌いな人種だろ？　お前の敵だったんだから」

「そうじゃなくなりました。吉岡さんに会ってから」

「冗談として聞いておく。お前が警察に入る？　似合わないな。どう考えても」

「もちろんです。先のことは考えられない」

殻に引っ込むヤドカリのような隆児の様子を見て、冬馬は破顔した。

「昔と違って、社会にはセカンドチャンスを与える機運がある。特赦《とくしゃ》が得られれば、お前を警察学校にぶち込んでやることもできるかも知れない。徹底的な反省が必要だけどな」

「本当ですか⁈」

目が覚めたような顔になる。

「さあな。期待はするな」

「俺は、これから……それを、人生の目的にしようかな」

「そうか」

かえって戸惑った。ここまで本気だとは思わなかったのだ。なにがこんなにも若きテロリストを変えたのか。自分の言葉の力だとは思わない。

「吉岡さん。俺は」

ところが隆児は、熱を込めて続けた。

「首相官邸の中庭であんたの姿を見つけた時、嬉しかったんです。すごく。だから決心できた。あそこしかチャンスがないと思ったから、鈴木を裏切れたんです」

頷いてみせた。気持ちは分かる。藁《わら》にもすがる思いだったろう。

「あんたが命を懸けてあそこに来たのが分かった。だから俺も命を懸けようと思ったんです」

あの時の若僧の勇気にだけは感服した。大勢の兵士に囲まれた中で仲間を裏切る。それはほとんど死を意味した。イザナギでいることが死ぬほど嫌になったということだ。

「吉岡さん。あんたは、鳥取で俺たちに捕まってたときも、降伏する様子が全然なかった。それどころか俺に、新渡戸稲造《にとべいなぞう》の話とか、いろいろしてくれた。日本にこだわるんじゃなくて、世界中の人のために働けとか。さすが説教師だと思った」

嬉しい驚きだった。隆児の心がこんなにも動いていたとは。

「俺は大したことは言ってないし、やってもいない」

冬馬は繰り返す。ただ、それでも、何かが伝わったのが嬉しい。

「お前を少しでも変えられたんだとしたら、俺の言葉の力じゃない。真実の力だ」

掛け値なしにそう思った。真実だけが人を変えられる。

自分が真実のそばにいられるのは、彼のおかげだ。祖父や父が世話になったあの人の映像を見返そうか。感謝の念がとめどなく湧き出る。世界をも変えたその人物に、幼い頃に会っているということが実感できない。もっと覚えていたかった。淡い後悔が湧くが、自分は物心ついたばかりだった。

「隆児。知らせたいよ、お前に」

冬馬は思わず言っていた。

「佐々木先生がどんな人だったか。どれだけ正しかったかってことを」

すると隆児は、殴られたような顔になった。

「俺は、詐欺師《さぎし》だって教わりました」

声が震えている。衝撃を受けている。

「難解な説で世界を騙《だま》した、大罪人だって」

「教科書に載った先生の公式を見て、なにも感じなかったのか？」

心底がっかりした様子を相手に見せたかった。

「俺にとっては、南《な》無《む》阿《あ》弥《み》陀《だ》仏《ぶつ》とか、$E=mc^2$以上だ。とても尊い公式で、何より科学的に正しい。大勢の分析によって証明されてる。それが真実の力だ」

隆児の中を駆け巡っている戸惑いが伝わってきた。血を入れ替えるかのような内部の革命が起きるか、起きないか。期待はしすぎない。人間を一夜で変えることは不可能だ。

「吉岡さん。あんたの説教は、その、佐々木の、受け売りか？」

「受け売りって、人聞き悪いな」

冬馬ははねつけようとして、結局笑った。

「いや。受け売りだ。完全にな。だが、真実は誰のもんでもないだろ。著作権なんかなくて、全員に平等なもんだからな。一人ひとりが、心を開いてちゃんと聞けるかどうかだけだ。そのことも先生は説いてる。人を、本当の意味で自由にするものは真実だけだって」

「吉岡さん。あんたの言う、真実とかなんとかっていうのは、正直、俺には理解できない」

いやに素直な声が返ってきた。

「でも、あんたの行動が正しいのは分かる。だからあんたを信じる」

そうか。と、冬馬も飾らない言葉しか返せなかった。

「だから、これから、俺は、あんたのために、命を使う」

「馬鹿野郎。俺のためじゃない、人のために使えと言ってるだろ」

すると隆児は何度も頷いた。冬馬は滲むように笑う。

「じゃあ、まず教えてくれ。お前の見た真実を。サキとは誰だ？」

隆児の表情がたちまち石化する。

3

「サキはまだ二十代だろう。だが、一人でイザナギを押し上げてた。実質、そうだったろう？」

訊くと隆児は頷いた。

「いったいどこから来た人間なんだ」

「分かりません」

後ろめたそうに冬馬を見た。情けないという自覚はあるようだ。

「家族や、生まれ故郷の話はしなかったんだな」

「はい。あまり過去を詮索《せんさく》しないのが、暗黙の了解だったので」

それはそうだろう。うしろ暗い過去を持つ者こそテロリストになる。互いの傷を探ってもいいことはない。

「二十七ってのは、自称だろ。もっといってる可能性もある」

指摘すると、隆児は首を傾げた。冬馬はその表情に見入る。

「お前、あの女といい仲だったんだろ。どう感じた？」

「……二十七ってのは、嘘だとは思えない。それぐらいだと思いました」

「お前の肌感覚で、あいつは若いって断言できるわけか？」

「そう言われると自信がないです。底知れない女だったから」

無責任なことを言っている自覚はあるようで、しょんぼりした顔になった。冬馬は語調を緩める。

「日本人だってことは、間違いないのか。言葉のイントネーションはどうだった？」

「不自然さはなかったです」

「サキが他の言語を喋っていた記憶は？」

「あ、あります。電話で……たぶん、いろんな道具を受け取っていた相手だと思います。英語だった気はしますが、自信はありません」

「そうか」

非難にならないように小さく返す。

「見た目は日本人でも、他のアジアの国出身ということももちろんあり得る。極端に言や、整形手術を施してたら、アジア系でさえないかも知れない。年齢も誤魔化《ごまか》せるからな」

冬馬が指摘しても、隆児はどこか上の空だ。

「サキは、戻ってきませんか？」

どうやらこの若僧は怯えている。

「あいつ、茂木司令官を取り返しに来るんじゃ」

「あり得ない。お前は怖がりすぎだ。イザナギに潜ってただけのエージェントを」

「……どこのエージェントですか？」

「軍閥が送り込んだに決まってる。聞いたことがあるだろ？〝ウル〟という通り名で、世界中の地下組織に武器を流してる。都市伝説じゃない。よからぬ連中が出資して武器を開発させて、売りさばいてるんだ」

隆児は頷いたが、細かい震えが止まらない。

「だけど、サキはあんなに、切腹にこだわって……ただの下っ端とは、思えない。あいつは、本当にやりたがってた」

恐怖がフラッシュバックしている。気持ちは分かる。ただの別組織の手先なら、なぜあんなに悲惨な殺人行為を主導したのか分からないのだ。冬馬は少し落ち着くのを待ってから言う。

「ともかく俺たちは、サキを押さえる」

「はい。でも……」

急激に怖気《おじけ》づいた隆児に、冬馬は呆れた。

「罪滅ぼしをしたくないのか？」

「したいけど、サキが怖いんです」

子供に還《かえ》ったかのように隆児は白状した。

「分かった。お前が選べ」

冬馬は自分に忍耐を強いる。

「逃げ回る人生か。警察に恩返しする人生か」

4

ニューヨーク国連本部ビル中層階にあるミーティングルームの一室。

ソフィア・サンゴールは安全保安局《DSS》の情報インテリジェンス部門、通称〝サーヴェイス〟のリーダーたちに召集をかけた。三名の男女が揃う。ソフィアは一人ひとりの目を見つめながら切り出した。

「茂木司令官の背後関係を明らかにしたいの。最も究明すべきポイントは、他のコマンダーとの共謀の可能性がないかどうか」

「了解です。保安上、当然の観点ですね。全くの単独行動は考えづらい」

サブチーフのエステル・ハヤトウが息巻いた。

「究明します。すでに情報収集には着手していますが、疑わしい情報はぜんぶ拾い上げて分析する」

ソフィアはエステルを信頼している。内心では、自分の後継者にふさわしいと思っていた。出自が運命的だ。アフリカと日本の血を継いでいる。日系カメルーン人だ。早くに親を失って貧しい境遇だったが、モデルとして活躍し世界を股にかけるようになった。あらゆる国に住んだ経験から、世界各地の事情に通じている。それだけに留まらない。自ら基金を立ち上げ、名声を利用して集めた資金を貧困層の子供たちの支援に当ててきた。

世界連邦体制は以前より世界を改善させたが、それでも格差と歪みが解消されない地域は多い。エステルはモデル業を退くタイミングで、自分の経験を活かしたいと国連のドアを叩《たた》いたのだった。三十五歳となったいまも変わらぬ美貌を保っている。豊富な経験と語学力を活かして情報収集に余念がない。

ソフィアはエステルのことを、親友のアイリスに近い人間とも感じていた。まだ引き合わせるには至っていないが、話が合うに違いない。二人ともずば抜けて優秀で、自分の仕事に誇りを持っている。

「実は」

エステルの隣りに座っている男が語り出した。

「茂木の叛乱後、情報収集を強化しています。エステルと共に、各国に散る情報提供者に調査を依頼済みです」

ソフィアはこの男、ジョシュ・ソローキンにも頼りがいを感じている。サーヴェイスのチーフだ。母がアメリカ人、父がロシア人。かつての超大国両方の血を継いでいる男だ。双方の国で暮らしていたので大国の事情は肌身に沁みて知っている。その優秀さで、学生の頃から有名だったソローキンは両政府からの覚えがめでたく、国連に推挙したのも二つの祖国だった。

　任務に忠実なのは間違いないが、常に冷静で感情的にならない性格なので、ソフィアはまだ打ち解けたと感じた瞬間を経験していなかった。だが、持って生まれた人間性を云々《うんぬん》することはできない。ソフィアは気にせず、彼を信頼する妨げとは感じていなかった。

　ソローキンは表現は豊かでなくとも、着実な仕事ぶりで答えてくれる。〝サーヴェイス〟がまともに機能しているのはこの二人のおかげだ。彼らが就任するまではいかにも役人仕事で、妥協が多く、各国の内情に迫る凄みがなかった。プロ意識の問題だ。リーダーを変えるとここまで変わる。人事の大切さを改めて思い知らされた。

「いまさらで恐縮ですが、最も調査に力を入れるべきは、旧三大軍事大国」

　〝サーヴェイス〟第三の男が口を開いた。

「つまり、北米警備隊《NAG》、ロシア警備隊《RG》、西アジア警備隊《WAG》のコマンダー。それで間違いないですね？」

「ユウヤ。それで間違いない」

ソフィアはこの中では最も若い、三十歳ほどの東洋人にしっかり返した。もはや曖昧にしている場合ではない。ここにいるだれもが共有していた。いま、世界を危険にさらす可能性が最も高い三人のことを。

「はっきり言うた方がええか、思て」

そう舌を出しながら、ふいに日本語で呟いたユウヤこと望月友哉《もちづきゆうや》は、日本人。元ジャーナリストで、ソフィアとは以前からの知り合いだった。先月サーヴェイスの主要スタッフに抜擢《ばってき》されたばかりなので、まだ主力とは言い難いが、ミーティングでは積極的に発言している。

そこで、ミーティングルームのモニタに秘書官のクララ・マッケンジーの顔が映った。

『ケーシチョウのトーマ・ヨシオカ警部がＪＦＫ空港に着いたそうです』

「トーマ！」

ソフィアは思わず声を上げた。

「すぐに迎えをやって。予定より早かったんじゃない？」

『すでにこちらに向かっているそうです。まず、国連本部を表敬訪問したいと』

「みんな、ケーシチョウで評判の〝プリーチャー〟がここに来ます」

声が弾んでしまう。反応は三者三様だった。

「茂木の件ですね。最新情報を携えて来てくれるんでしょう？　恰好の情報交換の機会ですね。同席してもよいですか？」

エステルが問い、

「正式な会議にすべきではないですか。ケーシチョウからの直接派遣は、貴重だ」

ソローキンが提案した。

「いずれ開かれる国際法廷で、国連は茂木一士元司令官の身柄を引き受けます。その段取りも話し合いつつ」

「そうね。茂木をどう裁くか……日本政府とのコンセンサスをとっておいた方がいい」

ソフィアがそう受ける横で、望月友哉がニヤニヤ笑っている。

「いや、いいなあ！　サンゴール事務総長は日本赴任が長かった。〝説教師〟として名を上げている吉岡冬馬刑事とは、お知り合いですね？」

情報通であり、日本人であることを活かした指摘だった。ソフィアが頷くと、望月友哉は日本語を使った。

「僕も彼に会えると思ったら、楽しみでたまらへんのです！」

エステルとジョシュ・ソローキンが奇異な目で見る。望月友哉は、道化《どうけ》た調子で損をしているとソフィアは思う。サーヴェイスでは新参者ゆえ、溶け込みたいのかもしれないが空回りしている。ソフィアはできるだけ調子を合わせてやった。

「そう。私の旧友でもあります。いつからプリーチャーになったのかは知らないけれど、

る。

　望月友哉がなおも日本語で言い、エステルが顔をしかめた。だがすぐ笑ってくれる。友哉の陽性のキャラクターは、悪いことばかりではない。慣れてくればきっと息も合ってく
「懺悔《ざんげ》の時間や！」

　みんなも歓待してほしい」

「その前に、話しておくべき議題がある。済ませておきましょう」

　チーフのジョシュ・ソローキンはあくまで冷静だ。白い細面《ほそおもて》に茶色の巻き毛が似合っている。大学の教壇か、研究室にこそふさわしい風貌だった。

「太平洋上に、不審な偵察機が頻繁に現れているとの情報があります。東アジア警備隊の武装解除を、監視している可能性がある」

「北米警備隊よ。クリスティンから報告があった」

　ソフィアの答えにエステルが眉を顰める。

「逸脱行為ですね？　国連への報告がないのですから」

「ジェンキンス司令のスタンドプレーは、目に余るものがありますな」

　訛《なま》りの強い英語で、望月友哉の歯に衣着せぬ台詞《せりふ》が飛んだ。

「いまだに、南軍旗を持って馬に跨《また》がってる気かな。旧時代の遺物です」

　だが、さすが記者出身。表現力はある。言い得て妙だと思った。

「アメリカ国民の、見当違いのプライドと不満が、ジェンキンスを救世主に仕立て上げている。危険です」

ソローキンまでもが身も蓋もない論評を重ねてきて、全員が沈黙した。

ジェンキンスこそが世界市民の脅威。それはもはや、公然の秘密だ。

ソフィアは、近年のアメリカの立ち居振る舞いを思い出して、また心を掻《か》き乱す。

アメリカ政府は、米軍が保持していた強大な軍事力の指揮権を放棄することに同意した。二〇六九年のことだ。その瞬間に歴史が動いた。巨大戦力はユニヴァーサル・ガードに吸収された。政と軍が分離し、国家間軍事対立が終結した。人類史上かつてなかった出来事だ。

それから三十年経つが、米軍の残像は消えていない。誰もが北米警備隊に重ねて見ている。それもそうだ。司令官はアメリカ人。多くの武器はアメリカ製であり、アメリカ人隊員が多く含まれている。かつて、米軍に占める世界の兵器と兵士の数は桁違いに多かったのだから、その多くはどうしてもユニヴァーサル・ガードに加わってしまう。それが隊の体質に影響しないはずもない。

ユニヴァーサル・ガードとは、見た目は軍隊ながら、似て非なるものだ。決して侵略に使われない。あくまで違法な暴力に対抗する防衛部隊であり、精神性《スピリット》はかつて日本にあった自衛隊と同じ。だから決してアーミーやマリーンやネイビーとは呼ばれない。ガードである。人々のためのガードであり、治安を守るという意味では世界の警察《ワールド・ポリス》である。捜査機関ではなく、人々を守るという意味でのポリスである。

この精神を共有する国々で世界連邦を形成している。世界連邦の反動勢力の背後には、軍需産業と、その利益に群がる連中がいる。裏から扇動し、反世界連邦の機運を盛り上げている。天敵と言ってもいい。だが、彼らを解体するための強制力などない。営利企業を公的に弾圧することはできない。彼らの不義を追及するのは、ジャーナリストや法律家の役目だ。

国連は軍縮を大原則として掲げ、主導してきた。ユニヴァーサル・ガードの編成に当たって、一警備隊につき最大三十万人までという枷《かせ》を填《は》めた。何百万人もの兵を抱えていた大国は、ユニヴァーサル・ガードに旧国軍兵士を丸ごと移植することがかなわず、あぶれた者たちの行き場所に苦労した。警察や一般企業だけでは受け入れきれない。結局はワークシェアと手厚い社会保障、ベーシックインカムの導入により生活の心配を取り払うことでどうにか収めた。

だが不満はくすぶっている。長くアメリカ社会を支配してきた軍産複合体の抵抗は特に際立っている。収益を激減させた軍閥の憤激は大きく、経営陣は狂乱状態に陥っている。国連の要請により新兵器の開発も止められてしまった。

全ての国が武器を向け合う状態に戻したい。フラストレーションを抑えられない企業の首脳陣から、そんな発言まで洩《も》れたことがあり、世界中の政府から非難決議を受けた。人道に反する企業は活動を制限されて然るべき、という国連決議が発効するに至ってようやく、表向きには過激な発言や活動を控えるようになったが、現代に於ける最も危険なマグマであることは疑いがない。

たびたび軍閥と一体化してしまう米政府にソフィアは悩まされてきた。タカ派が政権を奪った現代と、自分の事務総長としての任期が重なった不運を嘆いてしまう。現政府はトム・ジェンキンス司令官を旗印として、旧世界の〝強いアメリカ〟を喧伝《けんでん》することに腐心している。一国家とユニヴァーサル・ガードを同一視することは禁じられているにもかかわらずだ。国際法違反の疑いで国連は何度も注意勧告をしているが聞く耳を持たない。ジェンキンス自身、アメリカ政府の肩を持ち国連を腐すような発言を連発している。解任動議を出すことも検討したが、ジェンキンスの任期が残り少ないことを考慮すれば、このまま嵐が過ぎ去るのを待つのが現実的と思われた。その決断は果たして正しかったのか。ソフィアはいまも後悔している。

後任にも懸念がある。ジェンキンスが推薦する軍人が立候補を表明しているからだ。次期司令官就任は確実視されていた。これからも悩みの種は尽きない。

政軍分離が実現したあとであっても、アメリカという国が保持する武力はなお大きい。そもそも銃社会なので、警察組織が初めから豊富な火力を有している。加えてＦＢＩ、Ｃ

IA、NSA。そのどれもが小火器による武装を許されているから、相対的にはいまだに、最も大きな武力を持つ国だった。むろん、それを使って他国に押し入ろうとしたところで、ユニヴァーサル・ガードが黙っていない。即座に阻止、鎮圧を行う。建前上は。

大きな懸念はむろん、北米警備隊に多くのアメリカ兵が含まれていること。世界八地域に分けられたユニヴァーサル・ガードの隊員は、偏りが生じないように世界中のあらゆる地域から選ばれて配置されるが、完全にシャッフルというわけにはいかず、アメリカ人兵士は相対的に北米警備隊、次いで南米警備隊に配属される数がどうしても多い。アメリカ国内の勢力と、北米警備隊が衝突したとして、同胞同士がお互いを攻撃できるのか。合流して、あらぬ方向へ走り出したらどうなる？　日本で起きたことをなぞるように。

まさに火薬庫。かつてはバルカン半島やパレスチナ、中東各地がそう呼ばれたが、いまやアメリカこそその筆頭に数えるべきだった。しかも、火薬庫に火が点けば世界全体が燃え出すのだ。

平和は薄氷の上に成り立っている。これ以上アメリカが法を無視し、国連や世界連邦を軽視する行動を取ったらどうする？

断固たる態度で臨まなくてはならない。ようやく為し得た〝政軍分離〟を手放せば二度と戻らない。時代が後退する。それは、また大勢が死ぬ時代になるということだ。それだけは避けなくては。

国連は、発足した二十世紀よりも二十一世紀末のいまこそが格段に、担う責任が重い。衝動的にまた逃げ出したくなるが、偉大な国連事務総長の面影を甦らせてソフィアは思い留まる。心強い同志の顔も思い浮かべる。

目の前の職員たちも力を尽くしてくれる。

「司令官の選任基準を変えることも、検討すべきかも知れません」

ジョシュ・ソローキンは自分の職務を飛び越えて、根本的な改革について語った。

「当初から懸念はありました」

ソフィアは頷いて返す。

「その地域生まれの人間を、警備隊《ガード》の司令に据えるのは良いのかと」

「地の利と、人脈を優先して、当該地域から司令官を選ぶ。という方針は、異論はあっても維持されてきましたな。デメリットよりメリットの方が大きいっちゅう判断だ」

望月友哉がジャーナリスト目線で補足する。正しい分析だった。

「でも、実際に選挙となると、やはり地域出身の人間の方が支持が集まる。それが人情ですよね。自分の住む地域を守ってもらうわけですから」

エステルの指摘通りだった。

「現在の規定でも、コマンダーの出身地も国籍も問わない。どの地域に立候補することも禁じていないのに、結局アジアではアジア人が、アメリカではアメリカ人が選ばれます。いままで例外はない。そうでしょう？　事務総長」

ソフィアが頷くと、

「しかし、日本出身者が日本を乗っ取ろうとした」

とソローキンが重たい事実を持ち出す。

たった一度の叛乱が、未来に暗雲を湧かせている。茂木はかくも罪深い。

「日本発の世界秩序が、日本発の叛乱によって揺らいでる。皮肉ですな」

それを口にしたのは日本人だった。望月の笑みが痛々しい。

「でも、それを収束させるのも、また日本です。期待できる」

そのソフィアの言葉には、全員が意表を突かれたようだった。

日本の信奉者であることは知られているが、これほどの事件が起きてなお日本を信頼するとは。皆そんな表情だった。望月ですら驚いている。ソフィアは思わず口元を緩めた。

しばし微妙な沈黙が流れたが、

「ジェンキンス司令は、茂木の叛乱についてどんなコメントをしてるのかしら」

とエステルが首を傾げた。ソローキンが答える。

「型通りのコメントしか出していない。残念だ、こんなことがあってはならない、という類いの」

「ふだんの失言癖から比べれば、嘘みたいにおとなしいもんですな。怪しい!」

　望月友哉のコメントに、答える声はなかった。ソフィアはふいに後悔を感じる。この男を雇ったことは正しかったのか?

　いや。間違いない。この男はここに属するべきだ。疑うな。

「彼の任期は、あとどれくらいですか?」

　望月はなおも訊いてくる。

「三ヶ月」

　ジョシュ・ソローキンが答えると、

「かえって怖いな。北米警備隊を掌握しているうちに、事を起こすのでは」

　ストレートな懸念を口にした。ソフィアは頷きながら言う。

「表立ってその兆候は見出していません。しかし、水面下で何が進行しているかまでは……」

「東アジア警備隊だって、表には何も出なかった。テロ組織と結び、新首都フクシマを乗っ取ろうなんて、誰も予測できなかった」

　エステルが嘆く。

「私たちの情報収集では限界がある。プロのスパイを抱えているわけではないのですから」

国連の組織としての限界を言っていた。公正中立の立場にいるのだから、闇深い諜報の世界では不利を強いられる。エステルの訴えはもっともだった。

「ケーシチョウの刑事が来てくれるなら、ぜひ協力してもらいましょう。力を合わせれば、何か打開策が」

「そりゃいい！」

望月が無邪気に手を打った。ところが急に顔を曇らせる。

「しかし、皆さん。国連自体にもスパイが潜んでやしないですか。アメリカ政府とかの」

日の浅い者特有の、素朴な疑問。だからこそ無下にはできない。

「それを言うなら、そもそも、あらゆる国からやって来た人間が国連職員だから」

ジョシュ・ソローキンが諦観を滲ませた。

「全員がスパイとも言える。もちろん、国連に忠誠を誓った以上、守秘義務もあるし、不公正なことは禁じられている。それでも、出身国にとって不利益となる動きを察知したら、自国の政府に秘密通信を送る職員はいる」

「ああ。やっぱりそうですか」

望月は気の抜けたような笑みを浮かべた。

「それでは、国連は、丸裸ではないですか」

「ただ、監察部で通信の監視はしているので、不審な職員は網にかかる。人事で対策を行っています」

　ソフィアが組織の長として言った。

「罰する代わりに、左遷したり、解雇したり、ですか」

「深刻な背任行為に対しては、もちろん刑事罰に問います」

「いままでその例は？」

「……ありませんが」

　つい声が小さくなる。

　望月友哉はやるせない笑みを見せた。

「では、監察部自体は？　信頼できる職員で固めているのですか？」

　新参者の指摘は、国連に対する外科手術の趣《おもむき》があった。思わず全員が沈黙する。

　そこでモニタから声が聞こえた。

『ヨシオカ警部が到着しました』

Ⅲ　ルーテイジ

1

「トーマ。ようこそ国連本部へ。歓迎します」

事務総長室の主《あるじ》が言い、両手を広げた。

冬馬は笑みを浮かべて控えめに近づくと、ソフィアの腕が畳まれるに任せた。冬馬も応じ、固い抱擁《ほうよう》に変わる。ハグをする相手が国連事務総長だという実感がない。

「何年ぶり？　私が東京を去る時が、最後だったものね」

「そうだね。君はまだ、国連の一職員だった」

日本語で話していいのか。アイリスに紹介された当時から、ソフィアは日本語に不自由しなかった。この言語能力の高さが現職の適性の一つなのだろうが、それにしてもずば抜けている。

「あなたもまだ警部補になりたてだった。いまは警部ね。すっかり有名になったとか」

「いや。面白がられているだけで、評価されてるわけじゃない」

「そんなことないでしょう！」

満面の笑みが嬉しかった。この女性の真っ直ぐさは何も変わらない。どことなく感じる威厳は、覚悟が醸し出すものだろう。重責を負うことでさらに美質が磨《みが》かれた。

「それにしても、ソフィア。本当に事務総長なんだな。気軽に口を利いていいのか。気が引けるよ」

「やめて。やっと友達に会えたんだから」

二人は笑い合った。東京で共に過ごした日々の感覚が甦ってくる。

「部下や、政府の要人以外と話せるだけでほっとするの。ふだんは、アイリスにいちばん助けられている」

「よく話しているらしいね。俺も、彼女にはいつも助けられてる」

「彼女なしじゃいられないのは、あなたも私も一緒」

ソフィアは茶目《ちゃめ》っ気のある笑みを見せた。国連職員も、世界市民もたぶん、事務総長のこんなチャーミングな一面を知らない。

「感謝しなくちゃね。あとで回線を繋ぎましょう」

「彼女はいま……ちょっと、込み入った任務中でね。応答してくれるといいが」

ロシアに向かうところだ、と言いそうになって堪《こら》えた。アイリスが自分からソフィアに言う分にはいい。自分から伝えるのは控えようと思った。

「そうなの？　トーマ、そこへどうぞ」

椅子を勧められ、ソフィアのデスクの前に座った。するとソフィアは機嫌よさそうに、正面から冬馬の顔をじっと眺めてくる。冬馬は照れながら言った。

「まず、国際捜査のパスを出してくれてありがとう」

「当然です。ケーシチョウが求めることに応じないなんてあり得ない。立石総監は、可愛がっているあなたを、外洋に出す決断をしたのね」

「何が可愛いもんか。言うことを聞かないから、厄介払いしたいんだよ」

ソフィアは声を上げて笑った。軽口を叩けるのが嬉しい。会うたびに冗談を言っていたあの頃は、互いに若かった。ひどく懐かしい。

「いま、いちばん忙しいところじゃないか？　事後処理で。こんな時に来て申し訳ない」

冬馬は頭を下げた。ソフィアは小さく首を振る。

「ユニヴァーサル・ガード出動後に義務づけられている国連総会が、各国合意で省略されたから。全ての国が、今回の私の判断に賛成してくれたの。武装解除の検証については、また後日行われることになった」

「そうか」

冬馬は何度も頷く。

「オセアニア《O》警備隊《G》は、よくやってくれた。東《E》アジア《A》警備隊《G》はすっかり無力になった。おかげで、事後の心配が要らない」

「あなたこそお疲れさま。突入部隊として、フクシマの地下通路に入ったんでしょう？」

「……アイリスは、君に対してはお喋りなんだな。相変わらず」

「プリーチャーでもあり、立派なウォリアーでもあるあなたに訊きたいの。どうしていま、アメリカに捜査に来たの？」

訊くソフィアはあくまで機嫌がよさそうだ。

「茂木さんの件だけじゃないんでしょう。もちろん、可能な限りでいいけど」

「国連事務総長に頼まれたら、話さないわけにはいかない」

少しふざけてみせたが、冬馬はすぐに顔を引き締めた。

「いや。むしろ、腹を割って相談したいんだ。だけどまずは、茂木さんのことからだね。国際法廷に移送する前に、もう少し取り調べをさせて欲しいんだ」

「分かった。今回のことは、本当に残念」

眉根を寄せるソフィアに、出会った頃の彼女の姿が重なる。これほど共感力の高い、気持ちの温かい人間はめったにいないと感じたものだ。国連職員は彼女の天職だと思った。

だが事務総長となると話が違う。組織のトップには冷徹さが要る。ソフィアはあらゆる立場に理解を示してしまうから、向いていないのではないか。就任の報を聞いたときは、彼女の味わう気苦労を想像して同情した。

「私たちも独自に調査を始めている。茂木さんの裏の人脈を明らかにしたいの」

だが、立場は人を変える。時を経て頼もしさを増した。冬馬は手を打つ。

「まさにそれだ。俺がここまで訪ねさせてもらった本題だよ。彼は独断でやったと言い張ってる。どんな共謀もないと。そんなことは、あり得ない」

「そうね。トーマ、あなたもずいぶん心を痛めているでしょう」

ソフィアは、冬馬が子供の頃から茂木を知っていることを覚えていた。細やかな心遣いは何も変わっていない。感謝を眼差しに込めた。

「ソフィア。俺は、茂木さんを直接説得できるチャンスがあった。なのに活かせなかった」

正直に吐露する。

「昔なじみだから、罪も深い。あの人の企みを察知できなかったんだから」

「人の本心までは、分からないもの」

ソフィアはいたわってくれた。

「あなたは、特殊部隊員と一緒に首相官邸に潜入した。命を懸けてくれた。私は、国連の責任者としてお礼を言いたいの」

「やめてくれ。自分の仕事をしただけだから」

冬馬は、顔をしかめながら笑うという技に挑んで失敗した。

「アイリスが、そんなことまで君に？」

「話をせがんだのは私」

「いや。君になら……いや、国連事務総長のあなたになら、聞かれたことはできるだけ答えたい。誠心誠意。話せないときは、はっきり言います」

冬馬は口調を改めた。ソフィアの秘書官が事務総長室に入ってきたからだ。

「有意義な情報交換ができればいい。かねてからそうであるように、警視庁は国連とともにあります」

日本語から英語に切り替えた。日本でも新政権に変わってから、世界市民の一員として十全に働けるよう、言語教育の充実化が行われた。幼少期からの外国語教育が全国で普及し、モノリンガルは減少している。英語が得意とまでは言えないが、警察官としてのものの言い方は警察学校で叩き込まれている。

「我々は、公益《パブリック・インタレスト》のために仕事をします。日本国民はもちろん、世界市民《ワールド・シチズン》のために行動する。現在の秩序を乱す者は、すなわち人道《ヒューマニティ》に対する罪を犯している。正体を突き止めて確保します」

ソフィアは満足そうに頷くと、提案してきた。

「私たちの調査機関のメンバーと合同で、ミーティングをお願いできるかしら」

「ああ。確か、サーヴェイス？」

呼び名は聞いたことがある。

「そう。世界から優秀な人材が集まっている。彼らの情報分析はあなたの捜査の役にも立つと思う。彼らも、トーマ、あなたからの情報を待ち望んでいるし」

「OKだが、しかし」

言い澱む冬馬に、ソフィアは頷いてみせる。

「情報漏洩《ろうえい》を心配しているなら、もちろん守秘義務を徹底します。トーマ、あなたが本当に極秘にしたい事柄は、口にする必要はありません。発言する、しないもあなたの自由です」

「痛み入ります」

ソフィアの心遣いに敬意を表し、一礼した。

「ミーティングルームにメンバーを集合させて。時間は十五分後」

ソフィアがマッケンジー秘書官に指示する。秘書官が出て行き、また二人きりになった。

するとソフィアの方から日本語に切り替えてくれる。

「トーマ。私が、諜報組織のボスのような役回りをすることになるなんて。でもこれが、非常時の事務総長のあり方なのかも知れない」

冬馬は何度も頷いてみせた。ソフィアを力づけたかった。

「それにしても、国連で捜査会議か。贅沢だ……」

「連れてきた人がいるそうね」

そう訊かれ、冬馬は詫びた。

「変な若僧を連れてきてしまった。すまない。いま、別室に控えさせてもらってるが」

「元テロリストだってね。アイリスから聞いてる」

「うん。危険はないから安心してくれ。心を入れ替えて、罪滅ぼしをしようとしてる」

苦い笑みを向けるしかなかった。

「逃げたテロリストの情報を持ってるから、戦力になる。ミーティングに交ぜるのはふさわしくないから呼ばないけど、国連を見せてやりたくてね」

「私は、会わなくていいの？」

冬馬はギョッとして固まった。

「……いや。会ってくれなんて、そんな無礼は頼まないよ。ついこの間までテロリストだった男だ」

「でも、心を入れ替えたんでしょう？　あなたの説教《プリーチ》によって」

「俺の説教でじゃない」

「国連というものがどういうものか見せたければ、私が会うのが手っ取り早いんじゃない？」

「ソフィア」

本気で言っていることが分かって、冬馬はソフィアの器の大きさに感動した。

「……分かった。じゃあ、もしかしたら、挨拶させるかも知れない。いまは、先にミーティングを」

「そうね。一緒に行きましょう、下の階へ」

冬馬は、国連事務総長専用のエレベータに乗って階をくだり、ソフィア・サンゴールと連れだって中層階の広いミーティングルームに入室した。

中にはすでに男が一人いた。

なぜか突っ立っていた。冬馬はいろんな種類の違和感を覚えた。まず、だれかを待ち伏せるかのように気配を潜めた佇《たたず》まい。それから、相手の顔立ちの意外さ。

「ユウヤ。早いのね。まだ時間じゃないのに」

ソフィアが言った。日本語だった。呼んだ名前もユウヤと聞こえた。日本人？　他のスタッフはいない。この男だけがなぜいる。

「警視庁の吉岡冬馬さんですね？　ようこそ国連へ」

男は完全に日本人だった。

「私は、望月友哉と申します。お目にかかれて嬉しく思います」

違和感が強まる。イントネーション。表情の、底抜けの明るさ。

「トーマ、驚かせてごめんなさい。ユウヤは日本人で、れっきとした国連のインテリジェンス部門の一員です。ジャーナリスト出身で、有能だから特別に雇ったの。私が」

「冬馬さん。あなたに会えて光栄です」

ソフィアが言い終わった途端、男は繰り返した。

「噂の説教師に、直《じか》に会えるとは！」

「ああ、いや」

冬馬は警戒姿勢を解けない。だが相手の眼差しに熱が籠もっているのも確か。素直に受け止めていいのか。

「冬馬さん。あなたのルーツに大変興味があるんです。あなたのお父さんとお母さんの名前を教えてください」

「は？」

面食らった。初対面なのになぜ下の名前を呼ぶのかと思っていた。俺のルーツ？

出会い頭にこんなことを訊かれるとは。助けを求めてソフィアを見るが、楽しげな様子だった。この男が自分に興味を持っていることをあらかじめ知っていたようだ。もしかするとソフィアが焚《た》きつけたのか？　意外だったが、ならば致し方ないか。

「……吉岡拓馬《たくま》と、黎子《れいこ》」

納得いかないまま、冬馬は訥々《とつとつ》と答えた。

すると望月友哉はなおも熱を込める。

「では、父方のお祖父《じい》さんは？」

「――吉岡雄馬《ゆうま》」

思わず声に誇りがこもる。

その名を知らない刑事はいない。レジェンドだ。史上最も長く捜査一課長を務めた男が、冬馬の祖父。

「お祖母《ばあ》さんの名前は？」

望月の興味は尽きない。根掘り葉掘りだ。

「美結《みゆ》」

「旧姓は？」

「一柳《いちやなぎ》」

いち、や、なぎ。望月友哉は、嚙《か》み締めるように復唱した。

2

「おじいさま。冬馬さんを救ってくれたのは、あなたですね」

孫の指摘に、祖父は一瞬とぼけるふりをしたが、すぐ諦めた。悪戯《いたずら》が見つかった子供のように笑う。

「すべての映像記録を確認しました」

祖父の様子を見てアイリスは微笑んだ。

「とりわけ、冬馬さんのスマートゴーグルに記録された一部始終を。冬馬さんを力任せに潰すはずだったあのヒューマノイドを、強烈な熱で溶かせるツール。しかも、堅牢な建物で囲まれた首相官邸の中庭の一点を、ピンポイントで。それができる兵器は限られます。見当はついていましたが、念のため、可視光以外のあらゆる波長にも変換して映像を解析した。真実は、しっかり映像に残っていました」

「うむうむ。お前なら、すぐ分かっただろう」

老人はむしろ満足そうだった。孫に対して何度も頷く。

「はい。でも、正直に言いますが、戦慄を覚えました。あの兵器の威力に」

「他の者は？　気づいていないのか？」

アイリスが黙って首を振ると、老人は笑った。

「情けないな。鈍い子孫たちだ！　東京ジャック当時、最も恐れられた兵器が何か知らないとは」

「神、龍」

アイリスの声は少し震えた。

「まだ生きていたのですか？」

「ああ。過去の遺物を引っ張り出した」

老人は悪びれない笑みを見せる。

「安心しろ。かつては、無実の人間を苦しめた呪われた兵器だが、いまは完全に、僕の支配下にある」

アイリスは信じきれない目で祖父を見つめる。

「稼働していたのは……今世紀の初め頃ですよね？」

「二〇一〇年代だな。それ以降は打ち止め。セキュリティコードを持っていたあの男が、獄に囚われたからだ。一方、僕には才能と時間があった。最高難度のセキュリティをジェイルブレイクして、支配権を手に入れた。いずれ利用できる日も来ようかとね」

「よくぞ……」

感に堪えない様子で孫は言う。

「先見の明ですね。しかし、実用に耐える状態を保てているとは、驚きです」

「何年かに一度、メンテナンスもしていたんだ」

老人とは思えない茶目っ気が顔全体に滲む。

「さすが、あの男の自慢のおもちゃだよ。耐久性が抜群だ。ハッブル宇宙望遠鏡でさえ、何度も宇宙飛行士が飛んで修理して、ようやく命脈を保っていたのにな。神龍《シェンロン》はふてぶてしいほどタフだ。まだ使える」

「ただ、私の気持ちは複雑です」

アイリスも少女の趣で祖父に訴える。

「あの呪われた兵器を、おじいさまが……と思うと」

「他のならず者でなく、僕がグリップしていることを喜んでくれ。言うまでもないが、だれかを焼いたことはない」

老人は掌をひらひら振った。孫を安心させるために。

「〝神の火〟を、決して人には使わない。僕はあの男とは違う。今回のヒューマノイドみたいなマシンか、人のいない施設。ミサイルやドローンなんかは喜んで焼いてやる。だが生き物は絶対に標的にしない。あの男がもたらした悪夢を、二度とこの地上に甦らせるものか」

アイリスの表情が安堵に緩んだ。

「さすがおじいさまです」

「安心してくれたか。ならば、僕も嬉しい」

今日会って初めて、雰囲気が緩んだ。アイリスは緊張を解き、祖父の前で姿勢を崩す。

「さすがに皇帝と呼ばれただけはある。自ら愛用する道具の質には、とことんこだわったのでしょうね」

「そうだな」

老人は遠い目をした。自らの十代に思いを馳せる。

「昔は照射マーカーを必要としたんだが。僕がＯＳを格段に進化させたおかげで、三〇〇キロ上空からも狙いは外さない。特に金属だとほぼ一〇〇パーセントの命中率になる。まあ、金属はそもそもマーカーに近い性質があるが」

「なるほど」

「ちなみに、ターゲットの主成分が炭素や水であれば、撃つことを必ず保留するようにしてある。つまり、生き物だな。僕の手によって、人道的な兵器に生まれ変わったわけだ」

アイリスは拍手してみせた。心の底からの賞賛だった。

「感謝しなくてはならないようですね。恐ろしい兵器の所有者が、いまは、おじいさまであることを」

「まあ、あの男は他人じゃないからな」

老人の深い声音は、アイリスの胸をも締めつけた。

「親の不始末を引き受けたからと言って、自慢にはならない」

死してなお、自分の血と格闘している。アイリスは同情した。

この祖父、チャールズ・ディキンソンは、佐々木忠輔《ちゅうすけ》という光に惹《ひ》かれるのと同様に〝皇《こう》〟という闇を振り払えない。不世出の天才は、別の天才たちに取り憑《つ》かれて今日まで生きてきたのだ。

呪われた血――曽祖父――と、それに抗《あらが》い続けた血――祖父――が両方ともに、自分の血管に流れている。それを思うとアイリスは深い感慨に浸される。いまだにその感慨を、言葉で表す術を知らない。

「全体的にスペックは上げたが、太陽電池の性能までは上げられない」

祖父は衛星兵器の話を続けている。

「一世代前のものだから、一度レーザーを放出するとしばらくは待機状態になる。次に使えるのは、早くても二日後だ。そのへんがまあ、レトロな兵器ではある。開拓時代のリボルバーみたいな感じだ。撃った分、弾は充塡《じゅうてん》しなくちゃならない」

「リボルバーだって、一発の威力は凄い」

アイリスは感心してみせた。本気だった。

「あのヒューマノイドを開発した勢力は、愕然《がくぜん》としているはずです。厚い装甲を破れるのは高圧レーザー以外にない。それがどこから来たか、探り出そうとしているはずです」

「だろうな。まあしかし、神龍の存在を突き止めたとしても、撃ち落とすのは至難の業《わざ》だ。相当の技術と費用が要る。かといって、ハッキングも無理だ。僕のセキュリティは完璧だからね。最新のＡＩでも二万年はかかる。わはは」

目の前の老人に、かつてたった一人で東京を転覆させた少年の面影が過《よ》ぎる。

アーカイヴフィルムに収められた祖父のかつての姿に、アイリスは何度見ても感嘆する。

これほど才気煥発、溌剌たる少年が自分の祖父とは。世界中が彼の遊び場だったのだ。いや、いまもそうかも知れない。

「まあ、いざというときにしか使わないよ。ただ、あの状況で、冬馬を助け、ヒューマノイドを機能停止にし、かつ、兵士たちを威圧するには、ベストだったんじゃないかな。自画自賛になるが」

「おじいさまの言う通りです」

アイリスは満面の笑みを見せた。

「今度伝えます。冬馬さんを救ったのはおじいさまだと」

「まあ、それは任せる」

祖父も孫そっくりの笑みで返す。

3

「一柳美結さん」

男は繰り返した。

「それがあなたのお祖母さんで、間違いないですね?」

なぜこの望月友哉という男は、感極まったような口ぶりなのか。唖然《あぜん》としながらも冬馬は頷いた。

「しっかり確認したかったのです。いやあ、すごい。あなたの祖父母は、お二人ともレジェンド、佐々木忠輔先生の共闘者やないですか」

「そう。一族の誇りだ」

冬馬はあえて言い切った。すると望月友哉は身を乗り出してくる。

「佐々木先生に会ったことは、あるんですか？」

「ある」

これには冬馬も、誰はばかることなく胸を張った。

「小さかったから、うろ覚えだが……優しい人だった」

おお、と望月友哉は目を輝かせている。付け足す気分になった。

「人の顔を覚えられない人だと聞いてはいたが、俺は当時、小さい子供だったからね。大人の中にいれば、間違えられることはなかった。冬馬君、と頭に手を載せられたのも覚えてる」

「晩年の佐々木先生ですな」

望月友哉は嚙み締めるように何度も頷いた。

「で、亡くなるまで、一日たりとも研究を休まなかったわけですか。その成果は、現在も、あらゆる分野に影響を及ぼしてるっちゅうことですな」

興奮しているせいか訛りがきつくなっている。しかも訊くことがなくならない。

「ぜひうかがいたいんですが、もう一人のレジェンドとも面識が？　あの、たったひとりで東京をひっくり返した少年とも？」

冬馬は再び警戒した。この男、国連職員というより芸能記者のようだ。

だが縋《すが》るようにソフィアを見ても、微笑を浮かべたまま。

この望月という男への信頼を感じた。だから冬馬も答えてやることにする。

「チャールズさんか。もちろんんだ。家族ぐるみのつきあいだから」

「なるほど」

望月はずっと高揚している。感激屋なのだろう。

「あなた方の祖母、祖父の代からの因縁やっちゅうことですな……では、あなたのケーシチョウのパートナー、アイリス・D・神村さんが、そのチャールズ・ディキンソンの孫だというのは、事実ということでよろしいんですな？」

これにには少し驚いた。相手がジャーナリストで、いまは情報インテリジェンスの専門家であるとは言え、そんなことまで調べているとは。

ソフィアの顔も少しシリアスになった気がした。冬馬が見ると、頷いてくる。再び、この男は大丈夫だというサイン。渋々ながら冬馬は言った。

「……アイリスのことを、喧伝して回るわけじゃないんだろ？　約束してくれるな」

「もちろんです」

望月の笑みには天性の愛嬌《あいきょう》がある。いささか疑わしいが、ソフィアに免じて信用することにする。慎重に言葉を選んだ。

「チャールズさんは、有名すぎるからな。アイリスは大っぴらに名乗りはしない。だが、孫なのは事実だ」

ソフィアも頷く。親しい人間には馴染みの事実だ。

「彼女はそれを公表しない？」

「するわけない。ただの公僕、刑事なんだから。公表しても面倒なだけだ」

「ただ、アイリスさんはご自分の名前に〝D〟を入れている」

望月が早口で確認してくる。

「これは、ディキンソンの血を誇りにしている証拠では？」

「たぶんそうだが、本人に訊いてくれ」

突き放してしまう。いくらソフィアのお墨付きでも、このマニアックぶりには不気味さを感じる。国連まで来てなぜあれこれ詮索されなくてはならないのか。ソフィアはどんな狙いでこんな人材を登用したのだろう。

「冬馬さんも、チャールズ・ディキンソンさんとは仲がいいんですか？　チャールズ翁《おう》は、九十代に入ってからは隠居したのか、まったく動静が聞こえてきませんが、お元気なんでしょう?」

「元気だ。俺も最近は会っていないが」

答えるのが苦痛になってきた。遠慮を知らない男だ。

「それは何よりです。なんと言うても、我が国にとって恩人ですからね。岩見沢耕太郎元首相も明言しとる。彼らがいなければ、現在のような社会は実現していないと」

岩見沢の発言は事実だ。いまも慕われる元首相は、事あるごとに盟友を賞賛してきた。

そのレジェンドたちのそばに、自分の祖父母がいたという事実。誇りと、宿命を感じる。祖父母の職業を引き継いだだけではない。彼らが得た信念をも引き継げている。そう感じることが、何よりも冬馬の生命を燃やし、奮い立たせてきた。

彼らは力を合わせて、世界の武器市場を仕切っていた男に相対した。皇帝と呼ばれたその男は、独自の新兵器と、世界中の権力者に守られていた。だが祖母たちが皇帝を逮捕し、一生獄から出さなかった。

冬馬は、祖父の雄馬から直接エピソードを聞いたこともある。雄馬が逝去する少し前、八十代半ばで、冬馬はまだ小学生だったからうろ覚えだが、思い出を語る様子はどこまでも楽しげだった。

そして、彼らを結びつける役割を果たしたのが佐々木忠輔だ。

「佐々木先生みたいな人はいなかった。俺たち全員の先生だった。だれよりも温かい人だった。いつも少年のように正直で、突拍子もなくて、で――人の顔を最後まで覚えられなかった。そういう疾患だったんだ。俺だって、たびたび間違えられた。なのにみんなに愛された」

祖父の雄馬は、佐々木忠輔に対する尊敬と愛情を惜しみなく語った。孫の冬馬が長じて、佐々木忠輔という人物を伝記や、映像や、本人の書いたもので学べば学ぶほど、冬馬にとっても心の師になった。手を取り合って困難に立ち向かった祖父母が羨ましかった。当時の逸話を聞くたびに血湧き肉躍った。

祖父が語ってくれている間、そばでは祖母が静かに頷いていた。

祖母の美結から、佐々木忠輔のことを直接聞いた覚えはない。あまり饒舌《じょうぜつ》な人ではなかったから、せがんでも喋ってはくれなかったかもしれない。

だが、佐々木忠輔は祖母を救ってくれた。大いなる復讐に手を染めようとしていた一柳美結を止めたのだ。偉大な行動だった。忠輔がそうしなければ、祖母は殺人者となり、獄に囚われて祖父と結婚することもなかっただろう。いや、生きていたかどうかさえ怪しい。晩年、祖父がそう打ち明けてくれた。祖母は命を捨てても復讐を果たそうとしていたのだから。そういう意味でも佐々木忠輔は、冬馬の恩人なのだ。

「チャールズはまだまだ元気だ。冬馬、なにかあったら頼れ」

祖父の雄馬の、こんな言葉も覚えている。

「東京ジャックの張本人は、当時誰よりも若かった。十五歳。だから、当時を知る人間の中で、最後まで生き残る運命だ」

実際にそうなった。チャールズ以外の当事者は軒並みこの世を去った。

「もちろん、厄介な人だよ。でも結局、佐々木先生のいい生徒になって、いっしょに世界中の問題にぶつかってくれた」

「ちなみに、茂木一士司令官とは？　いつからのお付き合いで？」

目の前の日本人の問いが、冬馬の回想を断ち切った。軽くボディを入れられたように黙る。俺を丸裸にしないと気が済まないのか。だがソフィアは相変わらず関知しない。答え続けるしかなかった。

「それも、祖父の代からだ。茂木家は防衛族。茂木さんの祖父は自衛隊の幕僚長だった。チャールズさんが東京ジャックした時に、警察とがっちりタッグを組んで立ち向かった。それからの縁で、俺の祖父さんは茂木家と交流するようになったんだ」

「警察族と防衛族は、それまで、距離があるのが普通やった。垣根を越えたわけですな」

「東京ジャックはそれだけの脅威だったんだ。戦友意識から、お互いのリスペクトが高じて、家族ぐるみの付き合いになった。男惚《おとこぼ》れってやつだろうな」

そろそろ会議の開始時間だが、他の職員が現れないのはなぜだろう。ソフィアも時計を確認した。

「いや、凄いですね。レジェンドたちと縁があるのは吉岡冬馬さんだけじゃない。ここにいるサンゴール事務総長も同じだ」

妙な日本人の弁舌だけが相変わらずだった。

4

老人はいつの間にか、茹《ゆ》で上がったような、満足しきった表情になっている。

「お前みたいな美しい女性を僕は知らない」

唐突に、孫娘の顔を惚れ惚れと眺めた。返答のしようもなく、アイリスははにかむのみ。親馬鹿ならぬ祖父馬鹿も甚《はなは》だしいが、突っぱねるようなことでもない。

「あらゆるものがお前というところで交差し、融合している。東洋と西洋。生物と非生物。理性と感情。愛と怒り。お前は、全き人間だ。完全体だ」

「まったく、完全ではありません」

アイリスはやんわりと返した。祖父は一向に気にしない。それからふいに、笑みが翳る。

「ロシア行きには反対だが、お前は、こうと決めたら動かない。本当に、気をつけてくれ」

「でも、私の選択は正しいでしょう？　モスクワの闇に、いまこそ迫るべきです」

問われると祖父は渋々頷いた。

「ウルのメインパートがロシアに存在しているのは間違いない。本当にお前は、悲しいくらい正しいな。いつだって」

泣き笑いの表情が咲いたりしぼんだりする。

「クーデターの現場から、ただ一人、無事に逃げおおせた人間がいます。通称、サキ。イザナギの中でも際立った人間でした。切腹にこだわり続けた」

「女か」

チャールズはぽかんと口を開けた。

「出自を調べていますが、難航しています。探る手がかりが少ないので。監視カメラが捉えた数少ない画像と、イザナギの鴇田隆児、鈴木広夢の証言だけでは正体を特定できません」

アイリスが端末を操作して画像を映し出した。チャールズが見入る。

「この女自体、容貌を変えているかも知れないんだろ。ウルの中枢に直結する人間だとすれば……どんな詐術《さじゅつ》でも使う。無限のバックアップがあるからな」

話が早いことをアイリスは喜んだ。

「突き止めます。ウルからの使者であったという確証をつかむ。彼女はこれからも災いを呼ぶ。どうして自らエリスを任じているのか」

「争いの女神か」

力ない笑い。

「本当だ。よくそんな因果なことを。何がそいつを駆り立ててる。分かったら教えてくれ」

「はい。直接会って訊くつもりです」

「……大丈夫か？　僕の心臓を痛めつけないでくれよ」

乞うように孫を見た。

「僕はお前を失いたくない」

「もちろん、死なないように気をつけます」

孫の微笑にも、老人の顔は晴れなかった。

「ウル。そろそろ本気で潰さねばなるまい」

かつての少年のような闘志を、アイリスは目の前に見た。

「プラナリアのように、切っても切っても増殖するのが軍閥だ。人殺しの道具を愛する連中というのは、絶滅しないな。人間の本能に仕組まれているんだろう。認めたくないが」

「そうかもしれませんが、本能を乗り越えられるからこそ人間です」

アイリスが即座に返し、チャールズが凹《へこ》んだような顔になる。

「その通りだが、本能を乗り越えるには時間がかかる。軍閥の血は僕らの中にも流れているんだ」

「だからこそ、闘い続ける運命なんですね」

アイリスは先回りした。不退転の決意を見せたかった。

やるせない様子の祖父に、また少年の面影が過ぎる。映像の中のチャールズ・ディキンソンは輝かんばかりに闊達《かったつ》だった。十代にして世界の王のように振る舞った。すでに君臨していた王を引きずり下ろすために手段を選ばなかった。様々な道具を使いこなしたが、そこには大量の武器も含まれていた。米軍の兵器を乗っ取ってまで抹殺しようとしたのだ。

実の父親を。

自分の妹の仇《かたき》として。

なんという因果だろう。

「私は、ウルを壊滅させたい。全員逮捕して、法の裁きを下すことを目指します。もちろん〝殺さない流儀〟を必ず守りながら」

「忠輔が喜ぶよ」

自らが嬉しい、とは言わないところがチャールズ・ディキンソンだった。アイリスは慈しみを込めて見つめる。

かつては間違いも犯した。誰かを死なせてしまったこともあったはずだ。手段を選ぶことを学ぶ前の少年期の話であっても、罪は罪。そう指摘した佐々木忠輔が、常に祖父の前に立ちはだかった。いまも立ちはだかっている。不動の基準として祖父の心を規定している。

私も受け継ぐ。そっくりそのまま。

それが唯一の勝利への道だ。

5

ソフィアは戸惑う冬馬を楽しんだ。

まともな人間なら、突然の友哉節には驚くに決まっている。これほどの畳み掛けにはソフィア自身が驚かされている。

「サンゴール事務総長も、レジェンドの末裔《まつえい》だ」

友哉は明らかに喋りすぎだが、この遠慮のなさが彼の良さでもある。自分にまで矛先が向くのは、いささか計算外だが。

「事務総長。あなたの祖父のウスマン・サンゴールさんは、佐々木忠輔氏の研究室に所属していた。良き門下生だったと聞いています」

望月友哉は喋れば喋るほど機嫌が良くなるようだった。

ソフィアの方も嬉しさを隠さない。冬馬も頷きを返した。東京で知り合った時すでに感慨をぶつけ合っている。互いの祖父母同士も親しくしていた。しかも、互いの働きを誇らしく思っている。それは、幸せなことだった。

「かつて、佐々木氏を支えていた人たちの子孫が、遥かな時を経ていま、ここに集まっているわけです」

「佐々木先生本人の子孫だけが、いない」

冬馬が粛然《しゅくぜん》たる調子で言った。

「あの人は、生涯独身だったから」

冬馬の思い入れの深さを感じた。アイリスから聞いている、この男は武器を捨てたと。純粋に、言葉の力で暴力と向き合っていると。

それはまさに、佐々木忠輔の精神そのものだ。

非暴力だけが〝勝利〟に値する、という道理。佐々木忠輔は人生を費やして、その科学的な正しさをあらゆる手法で証明した。ついには歴史を動かした。人類史上初めて、国家と武力が切り離されたのだ。たった一人の日本の求道者が、かくも後世に影響を与えた。

ソフィアの祖父も、佐々木を支えた良き教え子の一人だった。死ぬまで佐々木のことを慕い、讃《たた》えていた。その精神をソフィアも自分なりに受け継いでいるつもりだ。

アイリスも冬馬を実務でサポートしている。ソフィア自身もサポートされているように。

祖父母の代からの戦友だという意識が結びつきを強めている。自分たちの祖父母は、佐々木忠輔の魂と共にあった。孫の代になっても支え合う。これは必然だ、と感じて歓《よろこ》びが胸に満ちた。

ソフィアが若い頃、志願して国連の日本支部に赴任したのも、祖父から自身の日本時代の話をよく聞かされていたからだった。ウスマン・サンゴールは二十代の終わり頃、セネガルから東京学際大学に留学して佐々木忠輔の門下生になった。その矢先に〝C〟による東京ジャック事件が起き、共に立ち向かった話を、幼いソフィアはウスマンに何度となくせがんだ。祖父があの歴史的事件の当事者だったとは。〝C〟ことチャールズ・ディキンソンは初め、祖父の敵だったわけだ。チャールズが佐々木忠輔の盟友となったあとは、祖父も仲間同士になった。世代も民族も超えて佐々木忠輔を支えた。

ウスマン・サンゴールは中年期にセネガルに戻り、母国の発展に貢献した。政府に頼れるブレーンとして活躍し、山ほどある内政問題に取り組んで安定を図った。そのまま故郷に骨を埋《うず》めたが、佐々木忠輔やチャールズ・ディキンソンとの交流は生涯続いた。

祖父に倣い、ソフィアも若くして故国を出て留学。国連に職を求めていまがある。いずれは祖父のように故国に骨を埋めたいと思っている。ただ、いまは精いっぱい、人類全体に貢献できる仕事をしたい。

ソフィアは、すでに亡くなったウスマンにこの場を見せたかった。

この会議室で、世界の道行きを案じている健気な子孫たちの姿を。

失敗できない。父祖たちをがっかりさせたくない。彼らが敷いてくれたレールを破壊しようとする輩《やから》が現れても、挫けたくない。世界を戦火に投げ込もうとする邪悪な者を私たちは許さない。悪い芽を摘むのだ。父祖たちが成し遂げた偉業をなぞるように。

「〝C〟の東京ジャックは語り草です。何本も映画ができるほどや」

望月友哉は奇妙な躁状態に入っていた。冬馬とソフィアが着席してからも、自分は立ちっぱなしで舌を動かし続けている。

「ただ、Cことチャールズのいちばんの狙いだった、田中晃次《たなかこうじ》氏に言及する者は少なかった。硬派なドキュメンタリー映画がいくつか迫ってますけど、彼の罪の全貌に迫るものは少ない。日本の暗部を抉《えぐ》るのが、怖いんやろうと思いますが」

「それはその通りだ」

冬馬が強く同意した。すると友哉も喜色満面になる。

「日本から生まれた怪物。いまだに、二十一世紀で彼を超える武器商人はいない。軍隊を持たなかった国が、最悪の死の商人を輩出するとは！　歴史の皮肉ですね。日本人はこの十字架を背負っていく必要がある」

友哉はタブーを恐れない。人々が口にするのを躊躇《ためら》うような闇にズカズカと入り込んでゆく。

「田中晃次は武器開発の領域に於いても、いくつものイノベーションを起こしている。極めつきは、衛星兵器でした——宇宙から攻撃を仕掛けるというあれです。あまりに危険なので、世界連邦は核兵器と同時に、衛星兵器も全面的に禁止した」

「いまは、開発しただけで国際法違反です」

ソフィアは注釈を入れた。男たちが頷く。

「すべての軍需企業が、いまは衛星兵器も化学兵器も、もちろん生物兵器も核兵器も、人道に外れた大量破壊兵器は一切生産していないと明言しています。もちろん、私も丸呑みにしているわけではありません。国連として繰り返し査察を続けている。不定期に立ち入り検査を行い、不審な点が見つかれば即座に操業停止を命じています」

「さすがソフィアさんだ。だが、残念ながら、地下兵器産業は伸張を続けている」

望月友哉は大げさに肩を竦《すく》めてみせた。

6

「連中は完全に闇に潜み、実態をつかませへん。どの国にどの規模の工場があるかも不分明」

冬馬は思わず前のめりに聞いていた。ただお喋りなのではない。この元ジャーナリストは鋭い視点も持ち合わせている。

「我々〝サーヴェイス〟が頑張らにゃならんのですが、すごく巧妙に隠されとるんです」

「ただ、怪しい国はいくつかある」

冬馬が指摘すると望月は頷いた。

「もちろん、かつての軍事大国がいちばん怪しい。ただ、その国の土地内にあるとは限らない。秘密裏に協定を結ぶ第三国で、大量生産を行っている可能性が高いっちゅうことです」

「トーマ。私も、自分の権限を最大限に活かす」

ソフィア・サンゴールがふいに覚悟を見せた。

「ユニヴァーサル・ガードの指揮者として、つまり世界警察の署長として、必要なら迅速に、違法な活動の阻止と容疑者確保を躊躇いません。ユニヴァーサル・ガードは捜査機関ではありませんが、犯罪者に対しては逮捕権を行使する。むろん、私自身は権力者ではない。安全保障理事会が最高権力であり、事後、私の判断を覆されることはあり得ますが」

「さすがです。事務総長」

望月の顔が紅潮している。

「私見ですが、ソフィアさんが事務総長でいるうちに、徹底的に掃除をするべきや。ソフィアさんほどの覚悟がある人はいないので」

この日本人はソフィアを煽っている。二人の距離感はそこまで近いのか？　信頼関係が確立しているのなら許されもしようが、それほど長い付き合いなのか。どうにも正体がつかめない。使う日本語も、基本は関西弁のようだが、いろんなイントネーションが混じる。こんなに素っ頓狂な男が国連の重要なチームに加わっていることが、どうにも場違いに感じられてならなかった。

「いやはや、まさにジェネレーションズや……偉大な血を継ぐ人たちが、いまも世界を駆け回って頑張ってるたあ、なんと親孝行、先祖孝行な話や。素晴らしい」

讃えたい気持ちだけは伝わってくる。そういうあんたは何なんだ？　と冬馬は問いたい。あんたの出自は？　どうやって国連に雇われた？　あえて挑発的に訊こうか。迷っているとミーティングルームのドアが開き、職員たちが入ってきた。ネグロイド系の女性とコーカソイド系の男性だ。

これが〝サーヴェイス〟の面々か。冬馬は妙にほっとした。

「遅かったのね」

ソフィアが言うと、望月の表情が変わった。

「あ！　僕が時間を伝え間違えました！　三十分間違えた。えろうすんません！」

そうか、と冬馬は独りごつる。

他の職員を遠ざけたのは望月友哉の仕業だった。確信犯だ。見え見えの演技にかえって感心した。肝が据わっている。

この男の正体を明らかにしなくては。

7

「佐々木忠輔。あの男が残した、すべての論文を解析してデータ化するだけで三十年かかったよ」

老人が語る感慨にアイリスは耳を傾けた。

幾度も聞いている話だが、初めて聞くかのように。

「そこから適正なアルゴリズムを導き出して、答えを出すシステムを構築するまで十年以上。だが、まだまだ完全には程遠い」

「お疲れさまです。でも、おじいさまの苦労は無駄ではない」

孫のいたわりに、老人は歪んだ笑みで応じた。

「僕が死ねなかったのは、こいつのせいだ……忠輔の遺産のせいだ」

コンソールを叩く。その奥にあるハードディスクに膨大なデータが収まっている。

「どんなに進化したディープラーニングでも、足りない。あいつは、僕に取り憑いた亡霊だ。死ぬまで僕を放さない」

「本当ですか？」

アイリスは混ぜっ返した。

「放さないのは、おじいさまの方では？」

チャールズは押し黙る。

「論文だけじゃないでしょう。忠輔さんの語った音声テープ。講演を記録した動画。私的なメールや、直筆の手紙まで手に入れて、何もかもデータ化した。そこから思考のアルゴリズムを導き出そうとしている。そんな人はいません。まるでフリーク。世界一のファンのようです」

水も漏らさぬ指摘に、チャールズは自嘲《じちょう》するように笑う。

「その通りだ。あんな男はいなかったからな」

孫の指摘に白旗を揚げた。

「死んでからも、あいつのことで頭がいっぱいだ。出会ってしまったのが運の尽きだ」

「私は、出会えませんでした」

孫は目を伏せた。

「幼い私に触れてくれたことは、あったのかもしれない。でも私に忠輔さんの記憶はない。冬馬さんにはあるのに。無念です。おじいさま、あなたは、私のために忠輔さんを再現しようとしている？」

孫の悪戯っぽい笑みに、老人はわずかに目尻を下げた。

「忠輔さんを甦らせようとしているんですか。バーチャル生命体でも作ろうとしている?」

「僕はフランケンシュタイン博士か」

乾いた自虐。アイリスは思わず、手を伸ばして祖父の二の腕に触れた。

「死んだ人間を甦らせることはできない」

遠くを見つめるチャールズの目は、だが揺るぎなかった。

「ただ、〝考え方〟を忠実に再現したい。そのために積み重ねているだけだ。どこまでやれるかな」

「でも、おじいさまのおかげで触れられます。私自身が、忠輔さんを友人のように感じると言ったら、怒りますか」

老人はさらに目尻を下げる。

「さすが僕の孫だな。お前も変人だ」

「あなたの血を継ぐ者が、変人でないわけがないでしょう」

それは冗談というより、誇らしげに聞こえた。

「あのチャールズ・ディキンソン。世界を一人で手玉に取った〝C〟ですよ。私は、鼻が高いです」

「ただの悪戯っ子だ」

チャールズは恥じ入り、掌で自分の頭を押さえた。

「あの、正真正銘の変人に比べたら……人類一の変人に比べたら……僕など、ほんの子供だ」

九十代も後半だというのに、少年らしさが残っているのは驚異だとアイリスは思う。慣れてしまっているので見逃しがちだが、同年代の老齢の人々と、チャールズの印象はあまりにも違っている。心の若さが表に現れているような気がしてならなかった。

僕、という一人称は、英国で生まれ育った者ゆえの不器用さだということを差し引いても、〝魂の若さ〟には何度会っても感心する。我が祖父ながら、アイリスは心底敬服していた。

永遠の悪戯っ子に、好奇心も、成長する心も決して無くさない。

「忠輔は世界を変えた」

自分のことのように誇る。彼が若いわけが分かる。一度認めたら相手をとことん愛し抜く力だ。

「なあ、アイリス。世界中の教科書の、いちばん最初のページに、忠輔の公式が載るなんてだれが想像した？　こんな馬鹿げた、冗談みたいなことを？」

「でも、現に載っています」

笑みで包み込みたかった。祖父の魂に、常に寄り添える人間でありたい。

「あの頃、そんなことを言ってもだれも信じなかった。まあ、理解もできなかったからな。忠輔の言ってることが、だれも」

「分かるようにしたのはあなたです」

アイリスは労に報いたかった。人に理解されないこの人であるからこそ。知る人しか知らないが、この祖父の功績は偉大だ。佐々木忠輔と等しいほどに。

「忠輔さんにはあなたが必要だった。忠輔さんがソクラテスなら、おじいさまはプラトン。良き弟子であり、翻訳者であり、スポークスマンです」

チャールズは顔中の皺を動かし、繊細な表情を作った。鮮やかな驚きを示す。

「それ、僕が言ったのか？　お前に？」

「どうだったでしょう。でも、構図はその通りですね」

「そうだ。自分で言うのもなんだが」

恍惚《こうこつ》に近い表情だった。それはそのままアイリスの喜びになった。

「僕はオリジネイターになりたかった。だが、忠輔という圧倒的にオリジナルな創発者の前で、色褪《いろあ》せたよ。悔しいね」

チャールズはふいに首を回し、肩を上下させた。そして軽やかに椅子から立ち上がる。

「アイリス。久しぶりに、スカッシュでもやるか？」

「お元気で何よりです」

アイリスは笑顔のまま首を傾げた。冗談としてあしらおうか迷う。

「でも、本当に？　強壮剤や健康増進剤には頼っていないんですか」

「ああ。本当だ。ドーピングはしていない。ナチュラルな九十代なんだ、これでも」

「頭脳も肉体も最高級品ですね」

「何の因果か、ね」

チャールズはチャーミングに笑ってみせる。

「忠輔が長生きしなかった分、僕の寿命に接《つ》ぎ木《き》されたんだろう。天の悪戯だ。損な役回りだよ。どこまでも裏方だ」

「とんでもない」

アイリスは強く否定した。

「私が思うに、最高のコンビです。互いの寿命は関係ない。どちらが表か裏かも関係ない。真理という揺るぎない財産が、二人を繋いでいます」

「お前はやはり、最高の理解者だ」

感極まったように、永遠の少年は顔中の皺を深めた。

「その財産とやらを、引き継げる相手がいて幸せだよ」

自分の笑みに恐れが混じる。深く礼をすることでごまかした。チャールズも感知しただろう。だからアイリスはあえて拳を握ってみせた。控えめなガッツポーズ。それが精いっぱいだ。偉大な先達の業《わざ》を引き継ぐというのは、それほど大変なこと。

そこでアイリスの端末が音を発した。確認して、祖父に報告する。

「いままさに、冬馬さんが国連本部に入りました」

「ほう。そうか」

「私もそろそろ、ロシアに発たねばなりません」

チャールズ・ディキンソンは一瞬口を噤《つぐ》んだが、驚くほど明るい笑みを弾けさせた。

「お前と最高のコンビだった、吉岡家のプリンスの調子はどうだ？　アメリカでも力を発揮できるかな」

「調子は、悪くないようです。英語は日本語ほど得意ではないようですが、きっとやってくれます」

「元気に舌を動かしてるか。忠輔ばりに」

そう言ってハッハと笑う。

「忠輔の後継者は僕じゃない。冬馬じゃないか？」

「冬馬さんが、忠輔さんに私淑しているのは確かですが、後継者というのはさすがに、彼には荷が重いと思います」

孫の意外にクールな反応を見て、老人は顔全体で笑った。

「その、幼なじみならではの厳しい評価を聞いたら、冬馬は悔しくて泣くんじゃないか」

「そうかもしれませんが、生まれ持った資質は変えられない」

機嫌よく聞いていたが、ふいにチャールズの胸に思いが溢《あふ》れ出したようだった。

「僕は満足だ。僕らの孫の世代が、まさに最前線にいる……この因果が、僕らの世代から発していることを思えば、申し訳なさが先に立つがな」

「おじいさまたちが、新しい世界の創造に貢献した。誇らしいです。感謝こそあれ、恨みなどありません」

「そう言ってくれるなら、心安らぐ」

「冬馬さんも同じですよ。誇りを持って仕事に打ち込んでいる」

「彼の祖父の仕事ぶりを見せたかったな！　吉岡雄馬。刑事なのに哲学者だった。忠輔とも立派に会話が成立していた」

「雄馬さん。懐かしい」

アイリスはにっこりした。その明るさに、祖父も嬉しくて笑う。

「逝ってしまった。愛妻の、美結も」

淋《さび》しげな声に、アイリスは歴史を噛み締めた。自分たちを生んだ血について思う。戦《おのの》きを覚えた。誇らしさだけでは乗り越えられない重み。

「困難な時代が来た。返しの波。世界連邦、最初の試練だ」

チャールズは笑みを消し、孫娘に告げた。

「乗り越えよう。原始時代に戻らないために」

Ⅳ　イントルーダー

1

鴇田隆児は国連ビルの一階にある広いロビーをぶらぶら歩いている。

活気に満ちた空間だった。なんと多様な人種が行き交っているのか。実際に訊いてみないと分からないが、アフリカ系の人間が目立つ気がした。いまの事務総長がセネガル人だということも関係しているのだろうか。

自分は差別主義者ではない。隆児はそう思っていた。俺は他国や別人種が憎いのではない。日本の伝統を大事にしない同胞に怒っていたのだ。

それが子供じみた言い訳に過ぎないことも知っている。心の奥底では微妙な差別意識や、未知の文化に対する恐れと嫌悪感がある。それを正当化したいがために過激なグループに加わってしまった。

世界市民などあり得ない。国連など、偽善の代表のような組織だ。かつてはそう憎み、敵の総本山とさえ見なしていた場所に、いま自分が立っている。

愛した女に撃たれ、瀕死《ひんし》の怪我を経て、どこか漂白されたようないまの自分に思いを致すと、少しは成長したのだろうか、と希望を持たないではない。なぜならこの場にいる自分が嫌いではなかった。穏やかな気持ちで行き交う人を見つめられている。目の前に溢れる多様な人々を見て抱くのは嫌悪感でなく、どことはない親しみだった。

以前はせせら笑っていた世界市民の概念。いまは、だれしもにいとおしさを感じる。同胞、という言葉が以前と違って響く。

それぞれの大事な命。各々のかけがえのない生活。そっとしておきたいと思った。自分に、他人の寿命に関わる資格はない。今更だがそう感じる。

自分は何に怒り、何を壊そうとしていたのだろう。熱病のようだった、と言い訳するのは無責任に過ぎる。犯した罪を償いたい。だが、償いきれるだろうか。

自分に答えを与えてくれそうに思える警視庁の刑事はいま、自分を置いて上層階で国連の要人たちと話している。長くなるに決まっていた。おとなしく待とう。許可を得て国連内を探索しているが、勝手に敷地の外に出るなと言われている。逆らう気など毛頭ない。ただただ、どうやったら吉岡冬馬の役に立てるか考えている。

サキを見つけ出して確保するのが自分の役割と知っていながら、サキに会うのが死ぬほど怖い。こんな臆病者が役に立てるか。どんなことでもいいから役に立ちたい。吉岡冬馬の雑用係ができるだけでも嬉しさを感じた。

隆児は階段を上り、中二階の手すりからロビーを見渡した。

昨日もここへ来た。吉岡冬馬と共にニューヨークに着き、この国連ビルに直行。本部のすぐ外にずらりと並ぶ二百ほどの加盟国の国旗が、一列に並んではためいているのを圧倒されながら眺めたり、テレビ中継でよく見る総会議場ビルも見に行った。ギフトセンターやコーヒーショップもあってほのぼのした気分になった。

隆児は中でもここ、中二階からの眺めが気に入って、今日も飽きもせず世界中の人々の顔を見ていた。たちまち時間が経っていく。

〝世界連邦〟は目の前にあった。ここにいる人々が世界市民だ。じんわりと胸の内が温かい。目に映る世界はこれほど変わる。瀕死だった自分が、生きてここに辿り着けたことに、感謝の念が溢れ出して止まらなかった。吉岡冬馬に、というより、もっと大きな何かに対して。

隆児の目はふと、一人の男に留まった。その顔が東洋系だったから惹きつけられたのではない。黒いコートを着た瘦身《そうしん》が不吉な印象を放っていたからだ。表情もどこか刺々《とげとげ》しく、不穏だった。国連本部のロビーの調和を乱している。

イザナギ時代に隆児が養った感覚のおかげかも知れない。危険人物に対しての嗅覚《きゅうかく》は、ある方だと思っている。特に自分の同類に対しては。暴力の臭いとは、独特だ。

観察していると、男はセキュリティゲートに近づき、立っていた警備員に向かって何か言った。続いてＩＤを見せる。それから、有無を言わせぬ勢いでゲートをくぐった。

警備員は押しとどめられなかった。苦々しい顔で端末を取り出し、何か喋り始める。内部にいるだれかに、いま起きたことを告げたのだろう。来訪者の素性は知っている様子だった。いつものことなのか。

隆児は足早にエレベータホールを目指す。どうにも気になる。

黒い男は、険しい顔でエレベータの到着を待っていた。チンと鳴って一つの箱が開く。隆児は一瞬迷ったが、逃したら終わりだと思い同じ箱に飛び乗った。

相手の男はいきなり入ってきた隆児を目を吊り上がらせて見たが、隆児は顔をそらしドアの方を向いた。とっさに上層階のボタンを押す。すでに点灯していた十階が、男が降りる階だと知れた。

男は警戒心を露わにしている。隆児が纏う暴力の臭いを嗅ぎつけたのか。もしかすると、この男は最近日本で捕まったテロリストの顔を知っているのかも知れない。さすがにそれは考えすぎか。

そうしているうちに十階に着き、隆児を見やりながらも男は降りていった。ドアが閉じる。

冬馬たちが何階でミーティングしているかは聞いていない。十階だったらどうする？　そうに違いない気がしてきた。隆児は少し上の階で降りると、隣りの箱に乗って下へ戻った。十階で降りて廊下に出るが、男の姿はない。すでにどこかの部屋に入ったか？

いや。廊下を早足で進んでいくと、黒いコートの後ろ姿が見えた。

隆児は気配を消して追いすがる。すると男の向こう側から、血相を変えた女性がやって来るのが見えた。国連事務総長の秘書官のクララ・マッケンジーだ。冬馬とここに着いたときに出迎えてくれた人物。眼鏡《めがね》をかけたひどく真面目そうな容貌の女性は、男に向かって身振り手振り全開で話しかけ、やがて両手で押し返す素振りを見せた。明快な拒絶の意志。男はやはり、招かれざる訪問者なのだ。下の警備員は彼女に連絡したのだろう。

国連事務総長に会わせろ、いや、会わせない。そんな押し問答か。ミーティングルームがある階が何階かということも男は知っていた。国連の内部事情に詳しいのだ。捜査機関の男か？　ＦＢＩ、ＣＩＡ、ＮＳＡ。厄介な組織がこの国には山ほどある。どこの機関の人間だ？　セキュリティを突破して上がってこられるほどだから、身分もそれなりに高いに違いない。

だが秘書官からは邪魔者扱いされている。まずい、と隆児は思った。いま吉岡冬馬が国連事務総長と会っている。警視庁から刑事が来ていることを知られてしまう。

隆児は突進していた。この男を冬馬に会わせてはならない。

だが男は、隆児が追いつく前にミーティングルームに押し入った。

2

「北米警備隊《NAG》。とりわけジェンキンス司令官が、他の隊のコマンダーと頻繁に連絡を取っている痕跡がないか確認中です。本人に察知されると大事《おおごと》になるので、ギリギリの調査ではありますが」

〝サーヴェイス〟のチーフ、ジョシュ・ソローキンが低い声で淡々と説明している最中のことだった。いきなりミーティングルームのドアが開き、見知らぬ顔が入ってきた。

冬馬はとっさに腰を浮かして観察する。東洋系の顔立ちだが、日本人ではないと直感した。アメリカ育ちの中国系、あるいは韓国系。それとも日系人か。

「わきまえてください！」

後ろから羽交い締めにせんばかりの勢いで、ソフィアの秘書官のクララが追いすがる。秘書が主人を守るために闖入者《ちんにゅうしゃ》を止めるのは分かる。その後ろに鴇田隆児の顔を見つけて冬馬は仰天した。なぜここに？

元テロリストの若僧は、おどおどした目で部屋の中を眺め、冬馬と目が合うと頷いた。

そしていきなり、

「ストップ！　ゲットアウト！」

とぎこちない英語で叫ぶ。東洋系の男の背中につかみかかった。どうやら追い払おうとしてくれているようだ。下手なやり方だが、隆児は大柄で力だけはある。と思いきや、すぐに自分の胸を押さえて後ろに下がった。サキに撃たれた鎖骨の傷が治りきっていないのだ。

自滅した若僧を、闖入者は振り返って見て首を傾げた。馬鹿にしたような顔でこちらに向き直る。

「サンゴール事務総長。私を無視しないでいただきたい」

苛立たしげに言い放つ。

「フランクリン・チャン捜査官」

ソフィア・サンゴールは丁寧に相手の名を呼んだ。この場にいる者たちに、闖入者が誰であるか知らせる。

「あなたは、なんの権限があって、ここに押し入るのですか」

声は落ち着いている。静かな怒りが目許から迸《ほとばし》っていた。

「事務総長。彼は？」

エステル・ハヤトウが鋭く訊いた。

「ＦＢＩです。ここへ来るのは、初めてではない」

ＦＢＩだと。冬馬は頭を抱えたくなったが、どうせどこかでやり合わなくてはならない。

予定より早くなっただけだ、と思い直す。それよりもこの暴挙の意味を知りたい。

「会議中なのは謝るが、これは正式な捜査だ。一刻を争うのです」

チャン捜査官は余裕というものを全く欠いている。

「この中にスパイがいる」

なに、と冬馬は色めき立つが、

「またその話ですか」

とソフィアは動じない。前からふっかけられている話らしい。

「いい加減にしてください。証拠もなしに、私のスタッフを疑うなんてことは」

「いや。タレコミがあった」

チャン は断言した。

「タレコミ?」

「確度の高い情報です。スパイは女だ、という」

「は?」

逆上したのはソフィアでなく、もう一人のアフリカ系女性だった。ここには女性と言えば、ソフィア・サンゴールを別とすれば〝サーヴェイス〟サブチーフのエステル・ハヤトウ以外にいない。

「あなた、なに言ってるの?」

長身の日系カメルーン人は怒りを露わにし、ＦＢＩ捜査官に迫った。フランクリン・チャンの背丈を上回り、凄い迫力だった。

「これがアメリカ政府のやり方なの？　最低限の礼儀もわきまえないなんて」

「チャン捜査官。私も、感心しない」

チーフのジョシュ・ソローキンは座ったまま、声を荒らげずに抗議した。

「あなたが何を疑っていようと、こんな強引なやり方は功を奏さない」

「ソローキン。貴様」

チャンは身内に裏切られたような表情をした。アメリカ国籍を持つ者に、味方してもらえないとは思わなかったらしい。

「俺も迷惑してる」

冬馬は思わず言っていた。

「穏やかなミーティングを楽しんでいた。騒々しく邪魔されるのは、好きじゃない」

自分で思った以上にハードボイルドな台詞になった。英語力を上げなくては、と内心恥じる。

「あんたが、ケーシチョウのプリーチャー、吉岡か」

すでにチャンは自分のことを知っている。しかも、ロックオンされた。冬馬は表情を変えない努力をする。

「吉岡刑事。なぜここにいる？　ケーシチョウと国連の癒着も、取り沙汰《とざた》されている。これは非公式の会議でしょう。もしや、アメリカに対するスパイ行為では？」

「難癖をつけるなよ」

挑発に乗ってしまった。だが調子を改められない。

「自助努力の結果だ。日本は、国連改革に力を尽くしてきたんだから、国連と関係がよくて当たり前だろう」

「でかい顔をしていられるのもいまのうちだ」

チャンはいきなり本性を剝《む》き出しにした。ソフィアも目を円くしている。

「あんたは、歓迎されていないようだが」

頭に血が上ったが、冬馬は必死に声音を抑えた。

「不法侵入じゃないのか？　令状は？　スパイ容疑なんて大事《おおごと》だぞ。確実な証拠がない限り、いきなりやってきて喚《わめ》くなんて、ただの賊じゃないか」

するとチャン捜査官は冬馬を無視し、ソフィア・サンゴールを見た。

「事務総長。警告したでしょう。スパイは確実にいると。これを見て欲しい」

懐から端末を取り出すと、画面を開いていくつかの文書をスクロールしてみせた。

「このデジタルシグニチャー。国連由来のデータで間違いない。通信履歴も押さえました。送信元と送り先もチェック済み。これで証拠がないとでも？　国連の内部文書をマスコミに送っているという、確実な証拠だ」

「マスコミ？」

チャンの告発はソフィアにとっても、国連のチームの面々にとっても意外だったようで、戸惑ったようにお互いの顔を確かめる。

「なにそれ。どんなネタを記事にさせてるっていうの？　そんなケチな仕事、あたしがするわけないじゃない」

「チャン捜査官。エステルがそうだというの？」

ソフィアが確かめると、

「違う。この女だ」

チャンは親指で、自分の背後を指した。

そこに立っている女性と言えば一人。

「……クララが？　何を馬鹿なことを」

チャンは振り返り、秘書官の目の前で凄んだ。

「ここで白状しろ。で、雇い主に、別れを言うんだな」

クララ・マッケンジーの変化は目覚ましかった。

みるみる目に涙が溜《た》まり、やがて泣き崩れたのだ。

冬馬は呆気《あっけ》にとられてしまった。見ているものが信じられない。国連事務総長の秘書官が機密文書をマスコミにリーク？

「認めては駄目」

ソフィアはそんなふうに言った。それも驚きだった。思い当たる節があるのか？　状況が読めない。混濁している。冬馬は正しいジャッジを下せなかった。なにせ昨日ここに来たばかりなのだ。クララにも、ここにいる〝サーヴェイス〟の面々に会うのもたった二度目。

エステル・ハヤトウが驚愕に目を見開き、クララとソフィアの顔を見比べている。ジョシュ・ソローキンは悲しげに目を伏せているように見える。

驚いたのは、望月友哉の反応だった。デスクの端に移動して小さくなっている。フランクリン・チャンを恐れるかのように。自分を捕まえに来たと勘違いしたのか？　後ろ暗いことでもあるのか。ところが、表情がおかしい。冬馬には薄く笑っているように見えたのだ。なんだあの男は？

「あなたが！　ソフィアさんの邪魔ばかりするから！」

クララ・マッケンジーがいきなり激情を解放した。

「ソフィアさんの足を引っ張ることは、許さない！」

「だから、アメリカ政府に不利な材料をマスコミに流し続けたのか」

チャンが鋭い声で断罪する。

「秘書官の地位を利用して、インサイダーにしか得られない情報を、自分勝手な判断で。アメリカ政府を貶《おとし》めるために？」

「なんだ。そんなことか」

冬馬は思わず口を挟んだ。

どうやらこの、クララ・マッケンジーという女性は――秘書の鑑《かがみ》だ。

「それが罪なのか？　罪状はなんだ。名誉毀損《めいよきそん》？　俺はアメリカの法には精通していないが、刑事事件とは違うだろう」

「その通りです。リークした相手はマスコミですよ？」

サーヴェイスのチーフが穏やかに指摘した。

チャンがまた目を剝く。冬馬はこの様子を心に留めた。アメリカ国籍を持っていても、このジョシュ・ソローキンという男は無条件にアメリカ政府の肩を持つわけではない。国連職員として公正さを守る気概がある。

「国家機密を、他国の政府に売りさばいたというなら別ですが。クララ。君はそんなことをしたの？」

「とんでもない！　利益を得たことは一度もありません」

両目いっぱいに涙を溜めながら主張した。

「いつも匿名《とくめい》で、一方的に送っただけ。採用するかどうかは、マスコミ次第です。そんなに採用もされなかった」

首を振るごとに涙が宙を舞う。そんな大それたスパイ行為ができる女性ではないと冬馬も感じた。ソフィアが、まるで親のように慈愛をこめた眼差しでクララを見ているのも大きい。

「主に国連いじめの手法についてリークしただけ……事務総長へのいやがらせや、アメリカ政府の国連担当者の横柄さとか、彼らが隠してるスキャンダルとか」

「嘘はついてないね？」

冬馬は確認し、クララの強い頷きを引き出してから言った。

「だったら、スパイなんて呼べるレベルじゃない。ＦＢＩが動く案件か、これが？」

「確かに。この程度のことで、ＦＢＩ捜査官を送り込んでくる政府の度量の狭さこそ、セルフイメージを下げるだけじゃない？」

エステル・ハヤトウが顎《あご》をそびやかした。元モデルだけあっていやに絵になる。

「そうやって擁護するのか。いくら目をかけている秘書官でも、甘すぎやしませんか」

そう応じたチャン捜査官の顔の歪みは、冬馬にはひどく醜く映った。

「刑法に触れなかったとしても、道義的責任がある。国連は、どの国に対しても公正であるという建前でしょう。あなたの秘書がやったことはフェアと言えるのか？」

「処分しないとは言っていません」

ソフィア・サンゴールは至極冷静だった。

「クララはつまり、大した情報をリークできなかったということです。秘書官だからといって、アクセスできる機密はほとんどないのですから。私は情報管理を徹底していますし、クララがやったことは到底、スパイなんて呼べるレベルじゃない。一般のクレーマーと同じです。アメリカに与えた損害はほとんどない」

「それは、そっちの言い分だ。実害はある。国連の職員が、特定の政府のイメージを下げようとする態度自体が問題だろう」

「ですから、処分しないとは言っていません」

ソフィアは誠実な答えを返したが、そこでチャン捜査官の様子が変わった。暗い顔で耳につけているイヤホンを押さえる。外からの指示でも受けているのだろうか。意外にレトロな通信機器を使っている。それにしても、この無表情。不気味に感じた。

「事務総長。あなたの部屋を見せて欲しい」

唐突な依頼がその口から飛び出した。

それで冬馬は悟った。クララ・マッケンジーに対する嫌疑はきっかけに過ぎないと。

ターゲットはあくまでソフィア・サンゴールだ。

「応じる必要はないわ」

エステル・ハヤトウが即座に言った。冬馬と同じく、フランクリン・チャンの狙いを察したのだ。

「なんの容疑で？　あなた、明らかに権限を逸脱してるわよ。国連は不可侵なの。アメリカの横暴さを印象づけるだけ。まだイメージダウンしたいの？」

ソローキンも頷いている。警戒心を高め、いつでも立ち上がろうという気配だ。

「どんな捜査機関だろうと、理由を言わずに家宅捜索はしない」

冬馬は理詰めでソフィアをガードした。するとフランクリン・チャンは、妙に真っ直ぐな目で冬馬を見たのだった。

「後ろ暗いところがないなら、見せてもらって構わないだろう。私は、捜索させてくれとは言っていない。見せてくれと言ってるんだ」

なんだ？　真意が読めない。

「だから、理由を言ってくれと――」

「見せてもらうだけだ。本当だ。頼む」

それは、ＦＢＩ捜査官の要請には聞こえなかった。一個人としての依頼だ。

全員が戸惑い、妙な空白が生まれた。

冬馬はふいに生々しく実感した。世界中の、いろんな形をした魂が一堂に会している。場違いに鴇田隆児が、この部屋のすぐ外に突っ立っている。英語力の不足もあって状況を把握し切れていないようだ。馬鹿にするのは簡単だが、チャン捜査官の異様さに気づいてここまで追ってきた。そこは大いに誉めてやりたい。

　エステル・ハヤトウとジョシュ・ソローキンの存在感も特筆すべきだった。見た目通りの二人でないことを肝に銘じたい。冬馬の注意力はとりわけ、別の日本人へと向かった。望月友哉。さっきから一貫して気配を消しているが、冬馬の意識に一点の染みを造るに充分。最もこの場の空気に合わないのはチャン捜査官ではない、あの素っ頓狂な日本人だった。置物のように気配を消せば消すほど浮き上がって見える。

「いいでしょう」

　穏やかな声が、やがて響く。

「見られて困るものは何もありません。世界市民に対して、常にオープンでいることが私の信条です。ＦＢＩに対してもそれは変わらない」

　公正さを何より大切にするソフィアらしい決断だったが、冬馬は心配になる。これも企みではないか？　フランクリン・チャンは事務総長室に入った途端、よからぬ計画を発動するのではないか。

「ならば、我々全員がついていきます」

　冬馬はサーヴェイスの面々に目配せしながら、チャンに向かって宣言した。みんな強く頷いてくれる。全員で監視していれば滅多なことはないはず。

「あんたがソフィアさんに、あらぬ危害を加えないように」

「なにを……」

チャンは心外そうに頬を膨らませたが、

「国連内では、同じ警察機関として平等なはずだ。我々には優劣はない」

ＦＢＩに思い知らせておかなくてはならなかった。

「あなたが、事務総長室行きを要望するなら、我々も同様に要望する。事務総長、いいですね？　同行させてほしい」

「全員をご招待します」

ソフィアは神殿の主のように両手を広げた。

対して、扉の脇に取り残されていたクララ・マッケンジーは萎《しお》れた花のように、歩く力も無いように見えた。

「クララ。あなたも一緒に来て」

だがソフィアは誰も見逃さない。

「あなたは私の秘書官。スパイだとか、公益に反する人物とは思っていません」

チャン捜査官が頬を引《ひ》き攣《つ》らせたが、異を唱えなかった。関心が他に移っている。

クララは再び泣き出したが、健気に肩を震わせながらついてくる。冬馬は思わずチャンを睨みつけた。いまからでもこの男の無体な申し出を撤回させたい。だがチャンは目を合わせない。ソフィアの背中にくっついてミーティングルームを出て行く。

胸騒ぎが収まらないが、仕方なく冬馬もそのあとに従った。やがて全員がミーティングルームを出てエレベータに向かう。鴇田隆児は殊勝にも廊下の端によけ、邪魔にならないようにじっとしている。

「お前も来い」

冬馬は声をかけた。

「社会勉強をさせてやる」

「えっ」

「国連事務総長の部屋なんて、普通は見られないぞ。光栄に思え」

ソフィア・サンゴールが振り返って笑った。実質の招待だ。

隆児は夢でも見ているような顔でついてくる。

クレイジーだ、と思った。数日前まで社会の敵だった若僧が、今日は国連事務総長の部屋に招かれる。この世は不思議な場所だ。運命は読めない。国連に幸あれ。ソフィアの治世に祝福を。冬馬は内心で唱えながら、全員を追い越し、率先して事務総長室を目指した。

3

奇妙な遠足だ。呉越同舟《ごえつどうしゅう》で、一般人が降りることを許されないフロアまでエレベータで上がってきた。その間、ソローキンもエステルも険しい表情で、ソフィアの寛容さに苦言を呈そうか迷っていた。そのまま三十八階に着き、全員が尖った目でチャン捜査官を監視しながら一緒に進む。クララや隆児など、いまにも飛びかかりそうに見えた。

望月友哉も遠巻きについてくるのに気づいて、冬馬は呆れた。しみったれた末っ子のようなあの様子はなんだ？　あれだけ饒舌だった男が、ＦＢＩ捜査官が乱入してきてからは一言も発していない。

ソフィア・サンゴールだけが気品に溢れていた。このビルの長にふさわしい威厳だ。惚れ惚れとしながら事務総長室に辿り着く。ソフィアがドアに手をかけた。ＩＤチェックも、キーを使うこともなくドアを開け、ソフィアは全員を招き入れた。緊迫した状況のはずが一瞬、課外学習に訪れた学生のような気分になる。

充分な広さ。機能性の高そうなデスクと機器。その背後の壁に掛けられている大きな二つの写真に、だれもが目を惹きつけられた。一つはアフリカ人、一つはヨーロッパ人。

それがかつての事務総長であることは知れた。隆児でさえ、得心がいったような顔でじっと見つめる。対して、妙に敵意の籠もった目で見るのはフランクリン・チャンだ。かと思えば、視線をすぐ床に落とした。冬馬も視線を追いかけて、男の鋭さに感心する思いが生まれた。

「……なんでこれが、ここに」

声を上げてしまう。デスクの前の床に妙なものがちょこんと置いてある。忌まわしい記憶が一気に甦った。イザナギの鳥取支部——処刑場に様変わりした——で見た謎のオブジェと同じものだ。

公安課長の樋口尊が言っていた。ジ、グ、ラ、ッ、ト。

それが、明らかに意図的に置かれている。全員を待ち構えていたかのように。

ソフィアが固まっている。初見なのだ。まったく心当たりがないようだった。

冬馬はとっさに前に出た。ソフィアの楯《たて》になる形で不審物と対峙する。自分のシールドが生きる。国連事務総長を守ることはどの国の警察官にとっても名誉なことだが、それ以前にソフィアは大切な友人だ。

「だれかが侵入したってこと？」

エステル・ハヤトウが声を荒らげ、クララ・マッケンジーが顔面蒼白になった。秘書官として、不審物の侵入を許した自分に恥じ入っている。

「危険物でないか確認する。全員、退避を」

冬馬は屈み込んで、野球のボールほどの大きさのジグラットに手を伸ばした。

その接近に反応したのか。ジグラットはジジジジという異音を発した。

「伏せろ！」

ソローキンとチャンが叫んだ。だが冬馬は焦らない。シールドが反応していない。腰のジェネレーターは沈黙している。つまり、この小物を危険物とは見なしていない。

ジグラットの一部が光った。レンズ状の硝子《ガラス》が塡まっているのには気づいていた。そこから出る光が青色に染まり、やがて中空に球形を創った。

ホログラム映像。このジグラットは、小型の投影機だ。

「なにこれ？……地球？」

エステルが床に手をつき、じっと観察しながら言った。隆児も真似をして身をかがめている。

彼女の言う通りだと冬馬は思った。青い惑星が浮かび上がり、くるくる自転する。現実の地球ではない、大陸と海をＣＧで表現したのっぺりしたものだった。

やがて球体の表面に、赤い光を放つ線が走った。

「えっ」

エステルが言い、全員が目を奪われた。罅割《ひびわ》れだ。それは増えてゆく。やがて無数の罅に覆われ、地球は見るも無惨な姿になった。

やがて弾ける。粉々に崩れて、惑星の破片は虚空に消えた。

短い映像が終わる。同時にジグラットが沈黙する。

「だれが……こんなものを」

クララ・マッケンジーが震えている。いきなり置かれた悪意に憤《いきどお》っている。ただの悪戯といえばそうだが、それが国連事務総長室で行われたことが深刻だった。部屋の主のソフィアも深刻な顔で黙っている。意味を考えていた。いま映し出された星の運命の意味を。世界連邦を嘲っている。

「サキ？　馬鹿な……」

日本語の呟きが聞こえて、そうか、と思った。冬馬は鴇田隆児を振り返る。床に肘《ひじ》をついたまま呆然《ぼうぜん》としている。この部屋で、いま最も衝撃を受けているのはこの若僧かも知れない。鳥取で隆児もこのジグラットを見たのだろう。仕掛ける側として。だが、持ち主はあくまでサキ。イザナギ内の反抗分子を粛清《しゅくせい》した直後、その場にこのオブジェを残していくのを見た。おそらく、恐ろしくて意味も訊けなかっただろう。

だが、あのサキが国連ビルに侵入？　そんなことはあり得ない。

どんなに身分を偽ろうと、あの危険な女が国連ビルに侵入するのは不可能。ましてや事務総長室のあるフロアになど。

ウルのメンバーのだれかがここに来たのだ。象徴物を置いていける何者かが。

「目的はなんだ？　これは……地下組織のシンボルか？」

そう呟くジョシュ・ソローキンが、想像以上に事情通であると分かる。さすが〝サーヴェイス〟と感心するべきか。敵はインサイダーにあり、と考えた途端だれもが彼もが怪しく見える。国連スタッフを疑い出すと切りがない。疑心暗鬼は自らの足を取る。この心理状態こそ敵の狙いだとしたら大当たりだ。冬馬は苦虫を噛み潰す。

「事務総長。気をつけるんですな」

ソフィア・サンゴールを気遣う言葉を発したのは、意外な人間だった。

「タレコミは、スパイの件だけではなかった。実は、最も気になったのは、国連事務総長が命を狙われている、というものでした」

「チャン捜査官」

ソフィアは言うべき言葉を探して、見当たらないようだ。

「……ありがとうございます」

結局は感謝の言葉に落ち着く。チャンは取り出した手袋を塡めながら頷き、床のジグラットをつまみ上げた。

「これは回収させてもらいます。犯人捜しのために分析する」

冬馬はとっさに反対できない。

「あとで返してください」

ソローキンが冷静に告げた。

「こちらでも独自に調べたい。我々国連職員は、事務総長への脅しを許しません」

「分かった」

存外に素直な回答だったが、守られるかどうかの保証はなかった。

「だが、これは内部の人間の仕業だ、とわきまえておくべきだ」

釘を刺された。国連スタッフに対する警告だ。冬馬は親切すぎる、とさえ感じた。解せない。チャンの顔をよく見ても、さっきまでの敵愾心《てきがいしん》が消え失せている。

「国連の人間がやったというの？」

エステルの呆然たる問いに、

「そうだ。このフロアに来られる人間自体が限られるだろう」

というチャンの指摘は正鵠《せいこく》を射すぎていた。全員が黙る。

「事務総長。あなたはずいぶんと、アメリカのことを警戒しているようだが」

抑えた調子で言い渡す。

「まずは、身内に対して警戒するべきでしょうな」

「その警告、有り難く受け取っておきます。あなたのおかげで、本部内も安全でないと分かった」

ソフィア・サンゴールはＦＢＩ捜査官に向かって一礼した。聞くべきは聞く、というフェアネスがソフィアの偉大さだ。チャンは動揺したように目を泳がせた。

「人の死を望む警察官はいないでしょう」

警察官。妙に冬馬の胸にも沁みた。

「では失礼」

フランクリン・チャンはふらりと動き出し、あとも見ず去った。

全員が放心したように見送る。あの中国系アメリカ人が国連にいた間に起きたことを考えても、どこか現実感を欠いた。クララ・マッケンジーが呆然と立ち尽くしていることも非現実感に拍車をかけた。チャンはクララをスパイだと名指ししながら、もはや連行する素振りも見せなかった。

「なんだあいつは？」

鴇田隆児の感想がすべてを言い表していた。

「FBIは厄介だ。これからも警戒しよう」

冬馬は訳知り顔をしてみせるが、内心はこの若僧とそう変わらないと思った。

「あの男の身許を調べましょう！」

そう言い出したのは、いままで一言も発さなかった望月友哉だった。妙な余韻を残して消えたFBI捜査官とどっこいの不条理な男。

「あの男は本当に、FBIに所属している人間かどうかも分かりませんよ」

「えっ？　まさか」

「そこは偽れないだろう」

「IDは？　どうやって偽造するの？」

サーヴェイスのチーフとサブチーフが代わる代わる疑問を呈するが、

「いや。怪しいと僕は踏んでます。行動原理がおかしい」

と、自らの怪しさを棚に上げて口を尖らせた。冬馬は眩暈を覚える。

リーダーのソフィアが毅然《きぜん》としていることだけが救いだった。冬馬と目が合うと、頷いてくれる。自分を失っていないのはこの女性だけだ。

4

スマートゴーグルを外してケースに収める。裸眼を、窓の外に向けた。

アイリス・D・神村は機上の人となっていた。遥か下にある大地の様相が、わずかずつ移り変わって行く。

立石総監に宣言した通りロシアを目指している。直行便で十時間ほどの旅だ。

国外に出るのは久しぶりだった。十代の頃は英国と日本を頻繁に行ったり来たりしていたし、刑事になってからも国際捜査で時折、世界中に飛び出して行った。だが、国連大学爆破事件で負傷し、捜査一課を外れてからは初めての渡航になる。

移動中だけでも旅の感触を楽しもうと思った。薄明の窓外を眺めながら、脳裏に去来するのはしかし、これからやって来るだろう困難な捜査にまつわること。

『アイリス。お前は久しぶりの旅なんだ。一人で行かせるわけにはいかない』

出発の少し前、立石に言い渡された。回線越しだから迫力は減殺されていたが、それでも不動の意志を感じた。

「総監。繰り返しますが、私は大丈夫です。一人の方が都合がよいのです」

『だめだ。護衛をつける。これは命令だ』

最終決定のようだ。異議を唱えるのは諦めた。

『お前の邪魔にならないよう、優秀な影をつける。連れだって行動する必要はない。背後からお前を守る』

アイリスの性格をよく知る者ならではの心遣いだ。提案をそのまま受け入れ、アイリスは背後を気にせず、単独行動を楽しむことにした。

ロシアを選んだのには複数の理由がある。まず、鈴木広夢の端末の通信履歴を解析すると、ロシアを経由しているものが多かったこと。これは不思議なことではなく、それでなくても違法な通信はロシアが経由地になることが多い。もっと大きな理由は、ウルの本拠地としてロシアが強く疑われることだった。言わずと知れた世界一広大な国土を持つ国家。何百年も謀略を国内外に仕掛けてきた大国が、どんな後ろ暗い秘密を隠していても意外ではない。膨大な兵器や、新時代仕様の武器工場の二つや三つ、容易に隠すことができる。果てしない針葉樹林も荒野も抱えているのだから。

アイリスは実は、全く別の理由も心に秘めていた。すでに土地勘があるのだ。学生時代にロシアの伝統建築に惹かれ、モスクワやサンクトペテルブルクを繰り返し訪れていた。サンクトペテルブルクはまだ古色蒼然としている箇所が多くて気に入った。モスクワはすっかり近代化してしまい、東京とそれほど変わらない景色になってしまったのが残念だった。それでも見所は数多くある。

今回は任務で赴く。それは重大過ぎて、建築物を見て回る時間を捻出できるとは思わない。それでも、ほのかに心躍った。チャンスがあれば、せめて赤の広場にあるワシーリー寺院だけでも見たい。あの寺院の内部の装飾の美しさは替えが利かない。

航空機が夜の時間帯に入る。シェードが下ろされ、明かりを落とした機内で微睡《まどろ》むアイリスの脳裏に明滅するのは、最愛の祖父とのやり取りだった。機上の人となる前に交わされた会話が脈絡なく甦ってくる。

「アイリス。忠輔は科学者の鑑だった。最近、改めて実感しているんだ」

現実から完全に遊離した、死後の世界での会話のように感じる。

「ひたすら道理を追究した。とことんまでな。すると……」

祖父のしみじみとした声から、純粋な熱意が伝わってくる。

「……政治分野においては、政軍分離と専守防衛の徹底〟という結論に導かれた。とてもシンプルな法則だ」

「はい」

答える自分の声も聞こえる。

「それが、現在、二十一世紀末の世界の基礎となっています。素晴らしいことです」

微睡みの中の追憶は、再現フィルムのように鮮明な光を放つ。

「だが」

と顰められた祖父の眉が、得も言われぬ感情を宿す。いま、目の前にいるかのようにはっきり像を結ぶ。

「僕が生きているうちに可能とは、夢にも思わなかった。孫のお前が生きている間に実現するのも、難しいと思っていた」

祖父の訴えに、アイリスは何度でも頷く。

「トゥルバドールがいなければ、実現には、もうさらに百年かかっていた」

チャールズの声が強まる。

「トゥルバドールこそ奇蹟だ。論理の積み重ねの中で、唯一、論理から外れた存在。科学者たるもの、奇蹟という表現は使いたくない。が、僕は、これが奇蹟でなくて何が奇蹟だと思う」

「でも、忠輔さんはどこまでも論理的なアプローチをした。あくまで科学者として。そうでしょう?」

微睡みの中でアイリスは微笑む。自分がそれを言えたことが嬉しい。

どんな奇蹟も、簡単に奇蹟と呼ばない。だから信頼に値するのだ。

「そうだ。科学者として。求道者として」

老人は目をつぶる。思いの染み渡った声の一言一言が、亡き親友を表現するために使われる。

「トゥルバドールを科学的に解き明かそうとした。生涯をかけてね。仮説を幾つも残してくれた。方程式をも。残念ながら、まだ誰にも理解はされていないが。今後理解が広がるかも疑問だが」

「おじいさまは、トゥルバドールに会ったことがあるんでしょう。羨ましい」

アイリスは飾り気のない本音を伝える。

するとチャールズは、顔にはっきり畏怖《いふ》を滲ませた。

「僕は、宇宙の深淵《しんえん》を見た気分だった」

そして、しばらく黙る。実際の記憶と同じ長さで。

アイリスは待てる。祖父の作る間《ま》の全てに意味が染み渡っている。

「僕は、まったく新しい物理現象と、それを司る法則を目の前に見た」

やがて選んだ表現がそれだった。

「忠輔とともにね。初めて出くわしたとき、僕は夢でも見てるのかと思ったが、忠輔はすぐ、その現象の本質を見抜いて数式化に取りかかった。まったく、どんな非現実的な現象だって、あいつにかかったら解くべき問題。面白い酔狂なのさ」

理解できても、理解を絶していても、チャールズ・ディキンソンの言葉はアイリスに歓びをもたらす。実際の声でも、記憶の中の声でも、祖父の語りは安らぎを与えてくれる。二十一世紀末、地上一〇〇〇〇メートル上空で、北半球を東から西へと向かう航空機内でもそれは変わらない。

翼は、暁闇《ぎょうあん》に包まれた大陸の上を実直に進んでゆく。

V　レディース＆ジェネラルズ

1

チームワークを固めておかなければ。

　全員が去り、一人になった事務総長室でソフィア・サンゴールは決意した。自らができる中でも、最優先事項だと思えた。

　回線を繋げて、初めに声をかけたのはクリスティン・ウォーカー。オセアニア《O》警備隊《G》司令官はすでに、東《E》アジア《A》警備隊《G》の武装解除で万全な仕事をこなしている。戦力としては筆頭だ。

『ハロー、ソフィア。なんだか顔が疲れてない？　誰かの武装解除でもしたみたい』

「そうね。そんな気分」

　ソフィアは短く返し、自分の部屋で起きたことは言わなかった。クリスティンも大仕事の直後だ。息つく暇もなく込み入った相談をするのは気が引けたが、心を決めて切り出した。

「クリスティン。これで終わりじゃない。似たような動乱が起きると思っておくべき」

『分かるわ。不穏な動きが本格化してるのね』

話が早かった。クリスティンはソフィアと認識を共有している。彼女との絆の強さが、日本での叛乱という非常事態を乗り切れた要因だ。実際に会ったのは、ソフィアが事務総長になってからなのでたった数回なのに、いまや親友と感じる。

『〝将軍たち〟でしょ？』

特定の勢力を名指しした。なおさら話が早い。

『その通り』

通称ジェネラルズ。初めは自分たちにとっての符丁だったが、いまや世界中がその呼称を使い始めている。本来なら〝司令官《コマンダー》〟でなくてはならないのに、かつての国家軍隊の将軍のように振る舞う強権的なリーダーたち。旧三大大国に重なる地域の警備隊を率いる三人を揶揄してのことだ。

「対抗できるのは、あたしたち〝ウィメンズ・クラブ〟しかない」

これは内々の呼び名に留めている。公式には使わないようにしているのに、いつの間にやらネットでもちらほら見かける。その皮肉な味わいをソフィアも密かに好んでいた。どちらのネーミングも時代錯誤《じだいさくご》なのは重々承知だ。

いまだに〝力〟信仰に囚われた古い男たちに対抗するのは、武力を一貫して抑制的に行使してきた誇り高き女たちなのだ。なんと分かりやすい構図か。

世の争乱や戦闘は圧倒的に、男性指導者の方が多く起こしてきた。そう一概に言うのは暴論かも知れない。それでも、単純な統計結果をだれも否定できない。女性指導者が覇権争いに突っ込んでいった例ももちろんあるが、男社会が作った殺伐とした構図の中で選択肢がなかったせいもあっただろう。生来の権力欲、支配欲が強いのもやはり男性。人類学的な証拠がある。

生来の闘争本能の影響か。男たちはすぐ手が出る。口喧嘩《くちげんか》より殴り合い。軍服や兵器や式典に陶酔感を覚え、権力を得ると軍備の量や性能を争うようになる。我が儘な男たちに世界を任せていると戦火が絶えない。だから世界連邦という枠組みを作って、国家元首から軒並み軍隊を取り上げた。これは大正解だった。国家間の戦争が消滅したからだ。実際、戦闘行為による死者は激減した。これは近代史上かつてなかったことだ。

だが、野蛮な男たちはそんな世界を「退屈だ」となじり、かつての世界に戻したがる。ボルテージは年々高まっており、やがて暴発する。そんな臭いが濃く漂い出している。

『世界は、もっと女性がグリップするべきよ』

クリスティンは冗談のトーンを交えて言ったが、本気も込もっている。変わらない現実を変えるためには、まず一度、男性から実権を取り上げるべきかもしれないとソフィアも思うときがある。

スに陥る。

だが、それを力ずくでやるとしたら、悪い意味での男性原理を真似るというパラドック
女性は男性の我が儘を許し、譲ってしまいがちだ。それは美徳だが、そのおかげでいつまでも平和が訪れないとしたら。変わるべきなのかも知れない。勘違いした男どもにお灸《きゅう》を据える怒りの女神。怖い母親が一度雷を落とすのだ。「あんたたち、そんなんじゃいつまでも人間になれないよ」と。

白昼夢のような情景に思わず笑った。世界はそれほど単純ではなく、一挙に解決できる策もない。手探りでできることを、一つ一つ成し遂げるしかない。

そこで新たなコールサインが入り、画面に新しい顔が加わった。

「マヌエラ！」

ソフィアは嬉しさに声を弾ませる。少女のように手を振ってしまう。

「呼びかけに応じてくれてありがとう」

『オラ！』

ラテンの明るい挨拶が返ってくる。笑顔で手を上げているのは、あらゆる血統が入り交じったエキゾチックな顔立ち。意志の強そうな黒い瞳が美しい。ソフィアは、このマヌエラ・デ・ソウザのことも無条件に信頼していた。女子サッカーのブラジル代表選手時代の活躍も素晴しかったが、政治の世界に転身してからの方がよほど英雄だとソフィアは思う。

アスリートを引退してから、彼女は母国の議員として、なかなか改善しない格差と貧困を撲滅《ぼくめつ》することに闘志を燃やしている。貧困層の出身だということももちろんある。だが、彼女の演説や著書に触れれば、普遍的な人類愛にかられて行動していることは明らかだった。彼女ならブラジルの大統領職にも、いまソフィアが就く国連事務総長職にもふさわしい。世界で最も適した人物かも知れないとソフィアは思っていた。

『マヌエラ。私も嬉しい。一緒に悪だくみしましょう』

クリスティン・ウォーカーも大歓迎している。

『どうやら〝ウィメンズ・クラブ〟の出番みたいね』

そう応じた南米警備隊《SAG》司令官は、自分の役割を心得ている。表情には覚悟があった。

『クリスティン。日本での後始末はお疲れさま。でも、まだ休んでいられないみたいね』

『聞いてる？　茂木みたいな奴が他にも出そうだって』

ソフィアは理解の早い二人に向かって言った。

「私たちには戦略が必要。絶対に負けられない戦いだから」

するとクリスティンもマヌエラも真顔になった。

『もう一人、しっかりクラブに取り込みたいメンバーがいるわね』

クリスティンがそんなふうに応じた。やはり考えていることは同じだ。

『一刻の猶予もないわ。ハリエットをしっかりつかみましょう』

マヌエラも同じ。標的は絞られていた。

ハリエット・リヒター。ドイツ人。五十八歳。

ヨーロッパ《E》警備隊《G》のコマンダーに就任したばかりの、ドイツ政界出身の女性だ。

『ただ、一筋縄でいくかな？　あたし、ハリエットは、ただ者じゃないと踏んでいるの』

『うん。コマンダーになったタイミングも気になる』

オーストラリア人とブラジル人司令官がポイントを突いてくる。ソフィアは大いに頷いた。

ヨーロッパ警備隊は、他の地域のガードとはいささか事情が違う。欧州ではユニヴァーサル・ガードのコマンダーは人気職ではなく、代々の立候補者に積極的な印象がない。ハリエット・リヒターの場合は、彼女がドイツの政界で主流から外れたという事情がある。他薦に背中を押されてしぶしぶ腰を上げたという印象だ。実際、就任時に型通りの挨拶はあったが、その後仕事に対し高い意欲が見られるわけではない。やる気がないわけではないが、司令官として最低限の仕事を無難にこなすのみ。

『地球サミット二〇九七で話し込んだときの印象だけど、彼女、ああ見えて雄弁よ』

マヌエラ・デ・ソウザが熱を込める。環境問題について話し合う国際会議の場で、ハリエット・リヒターと話をした経験があったようだ。ソフィアの印象を訂正してくれた。

『心を開いた相手にはしっかり話をしてくれる。人間味を感じたの。あたしは、彼女と友情を結べると思う』

マヌエラの感想はソフィアの背中を押した。いままで深く話す機会に恵まれてこなかったが、そもそも興味深い女性だとは感じていた。それは彼女が過去、ＥＵでこなしていた仕事に起因する。

「私も、良識と責任感を持ち合わせている人だと感じてる」

ソフィアがそう言うと、

『彼女、ドイツ国内じゃいま、非主流派だから』

クリスティンが斜めから感想を差し込んだ。

『せめてコマンダーをしっかり勤め上げて、自分の評価を上げようって魂胆も見えるけど、いまの安全保障体制を守ることには積極的だと思う』

『世界の危機だと知れば、使命感に火を点けられるかも知れないわ』

マヌエラが持つ期待感。それを受けて、ソフィアは口火を切った。

「招待しましょう。彼女を、我らがクラブへ」

画面の中の全員が笑顔になった。自分も含めて、だ。

『いきなり三人で囲い込むの？』

クリスティンがおどけた。だが本気で心配している。

『初めはソフィアか、マヌエラが一人で行った方が警戒されないいんじゃない？』

「そうね……」

ソフィアが考えていると、画面の中のクリスティンが別方向を見ている。他の端末を使っているらしい。ハリエットの経歴を改めて調べている。

『彼女、一度離婚してるのね。親近感を覚えるわ。なんて言っちゃうと、問題あるか』

そう言って舌を出す。クリスティンも離婚経験者だが、前の夫と現在の夫の両方の、合わせて三人の子供とともに暮らしている。とはいえ、コマンダーに就任してからはめったに家に帰れていないはずだ。

『ハリエットに子供はいないけど。ＥＵにいたときは、難民問題の責任者だったのね。人道的な仕事ぶりだったみたい。気に入った。彼女を落とそう！　どっちが行くの？　マムを口説き落とすのは、どっちが得意？』

『ちょっと年上だけど、マムと呼ぶのは失礼じゃない？』

クリスティンの軽口をマヌエラがたしなめた。クリスティンは姉に叱られた妹のように舌を出す。マヌエラが四十三歳、クリスティンが四十八歳。実年齢はマヌエラの方が若いのだが。

『そうね。私だってマムだし』

確かに、とソフィアは思う。ウィメンズ・クラブの中で自分とマヌエラは未婚で子供がいない。

「まず、私が彼女に連絡します」

ソフィアは決断した。国連の長として責任を果たしたかった。

「二人は待機しててくれる？　しっかり事情を説明してから、改めて四人で話したいから」

『分かった。聞き耳を立てるのは、だめ？』

クリスティンがウインクを送って寄越《よこ》す。マヌエラが苦笑いした。

「だめ」

ソフィアは正攻法で行きたかった。

「できるだけ早く、ハリエットを口説き落とすから。うまくいったらすぐ二人を招き入れる。待たせちゃうかもしれないけど、少し我慢して」

『分かった』

二人の女性司令官が頷き、回線から離脱した。

ふう、とソフィアは息を吐く。

今日も勝負だ。私のような小さき者が、世界を変えるような選択に毎日のように直面する。覚悟があったつもりでも、それを遥かに超える重責が肩に乗ってくる。一人では背負いきれない。仲間に感謝だ。

友と呼べる女性司令官たち。そしてアイリス。

秘書官のクララや、国連のスタッフたち。

彼らの顔を思い浮かべながら、両の拳を握って気合を込めると、

「ハリエット・リヒターにコール」

と言った。マイクが声を拾い、端末が反応してドイツに向けてコールを送る。

国連事務総長からの連絡に、居留守を使う人間はまずいない。ハリエット・リヒターもすぐ画面に顔を見せてくれた。柔らかそうな、白っぽいブロンド。大きな瞳の色は青い。

『事務総長。私にできることはありますか』

丁重かつ、実務的な声が聞こえた。ユニヴァーサル・ガードの司令官としては適切な反応だ。

「リヒター司令官。ヨーロッパに異常はありませんか」

ソフィアも形式的なやり取りから入る。

『こちらに異常はありませんが、日本の様子を注視していました』

リヒターはそう答えた。

『あなたからの要請はありませんでしたが、我がヨーロッパ警備隊《EG》も一部の部隊を出動待機させていたところです。もし必要とあれば、いつでも駆けつけられます』

「それには及びません。リヒター司令官」

ソフィアも誠実に応じる。

「オセアニア《O》警備隊《G》のクリスティン・ウォーカーが万事うまくやってくれました。ヨーロッパ警備隊には、ヨーロッパ全域に睨みを利かすという使命がある。東アジアに動乱が起きても、自分の持ち場で泰然としていてもらうのも仕事です」

『了解しました』

そこで会話が途切れる。ここからどう切り出すかソフィアは迷った。

どのみち正攻法でいくよりしょうがない、と思い直す。

「ただし、これからもうまくいくとは限らない」

『これから、ですか』

わずかに警戒するように、ハリエットは眉を顰めながらソフィアを見つめた。青い瞳が翳る。

『なにか、不穏な動きがありますか』

「リヒター司令官。あなたのところにも、情報が入ってはいないですか」

『……入っていないことはないですが』

しらばっくれるつもりはないらしい。不穏な動きは、いまや誰から見ても明らかなところまで来ている。ソフィアは言葉にすることにした。

「〝ジェネラルズ〟が動く。私はそう思っています」

『……事務総長』

「いつ、どんな形でかは分からない。ただ、近いうちにきっと」

ドイツ人は完全に沈黙する。

ソフィアは同情を感じた。孤立無援の気分だろう。早く手を差し伸べたい。

「この暗号回線は最高度の機密通信です。私は、ごく正直に話します。だからあなたも、正直に意見を言って欲しい」

そう前置きし、一気に言った。

「世界連邦体制を支持する、理性的なリーダー同士で結束を強めたいのです。ハリエット・リヒター司令官。私たちに加わりませんか」

数秒の沈黙。

やがて答えは訪れた。

2

『カズシ・モギ——愚かな男よ』

男は言った。

赤く錆《さ》びたようなその顔。長い年月、風雨に晒された岩石を思わせた。

『だが、サムライだ。たった一人でも闘える男だと証明した。惜しむらくは、なぜ降伏したかだ。あんなに即座に。もう少し粘ってくれれば、我々も呼応できた』

男はあっさり吐露した。この場が完全にクローズドで、自分の発言は表に出ないと確信していなければ口にできない内容だった。

男の名はトム・ジェンキンス。通称、隻腕将軍。北米警備隊《NAG》司令官。六十六歳。

『統率しきれなかったのだ。あの男にして、兵士を掌握し損ねた』

別の男が言った。

『本隊はともかく、分隊が反旗を翻した。逸《はや》ったな』

こちらの男の印象は、プラスチックのマネキンだった。体温を感じさせない。声も冷たい。

『それだけではない。フクシマの新国会議事堂に潜入し、茂木を拘束したケーシチョウの公安部の男が、汚い脅しを仕掛けたという情報もある。公安部は、アメリカのＣＩＡと同じで、目的のためならどんな汚いことでもする。よりによって、茂木の家族に危害を加えると脅したという話だ』

『よくあることじゃないか、そんなことは』

ジェンキンスの顔はますます不機嫌になる。

『フョードロフ、ＣＩＡのことを悪く言う気か？　君のところだってＫＧＢから連綿と、優秀な情報機関を抱えているじゃないか。どんなやり口も認めてきたはずだ』

『まあね。ジェンキンス』

ロシア人司令官はごくわずかに、喜悦と呼べる感情を見せた。だが、細波《さざなみ》のような印象だった。

『屈する方が悪いのだよ。茂木の失敗は、我々にはいい教訓だ。不当に限られた任期の中で、どうやって大きな仕事を果たすべきか……』

『それが問題だ』

ハムレットを気取ってロシア人は言った。

『任期延長動議はどうする？』

『それには及ばない。ブシドーに殉じよう。一度のチャンスに懸ける』

古い時代のアメリカ人が言った。物騒で頑固な男でありながら、人気者でもあるジェンキンスらしい言い草だった。

『死なば諸共、美しく散ろうではないか。茂木への手向《たむ》けだ』

『カミカゼみたいなことを言うな。アメリカ人らしくない』

ロシア人が冷水を浴びせる。このロシア《R》警備隊《G》司令官アレクセイ・フォードロフは、ジェンキンスよりだいぶ年下の五十歳だが終始、対等な口ぶりだ。ジェンキンスもそれを認めている。気を悪くする素振りはまったくない。

『フォードロフ。俺は、カミカゼに震え上がった口だ。戦争史を調べよ。俺は当時の日本軍の指揮官が、羨ましくてならん』

ジェンキンスは極秘回線の画面の中で、義手をさすりながら情感を込めた。

『あそこまで勇猛に闘ってくれたら、指揮官冥利《みょうり》に尽きる。兵士たちが命を惜しまないでくれたら、どれほど相手を震え上がらせられるか』

『だがおかげで、アメリカも鬼になったな。日本本土に空爆を繰り返した。原爆まで投下した。二発もだ！』

『人道に外れるという非難を承知の上だ』

隻腕将軍は厳かに言った。

『それぐらい、カルトな支配力で兵士を縛っていた日本が恐ろしかったのだ。狂信的な軍隊を倒すには、他になかった』

まるでその場にいたかのような口ぶり。彼らが生まれる遥か前の話だ。

『第二次世界大戦。あれほど大規模で、徹底的な殺し合いを、人類はあれ以来経験していない』

ロシアの司令官も応じる。一五〇年前、いまのところ最後の世界大戦。軍人たちは皆、教科書のように当時の戦況を学んでいる。

『我々の蜂起が、おそらく第三次世界大戦となる』

わずかに高ぶった声でフョードロフは言った。

『だが今回は、国家間の争いではない。国家と、世界連邦との争いだ。敗れれば、我々は叛逆者の烙印《らくいん》を押され、大罪人として永遠に歴史に刻みつけられる』

その悲観はいささか意外だった。アメリカ人の楽観が覆そうと試みる。

『汚名を残すのではなく、英雄になろうではないか。虚妄《きょもう》を吹き払った導師として、輝かしい名を残そう』

『分《ぶ》の良い賭けかどうか？』

ロシア人は懐疑的だ。生来の性分のようだった。

『何万人殺せば終わる』

『まだ分からないな。やってみなくては』

この二人のどちらが危険だろう。盗聴者はリアルタイムで聴きながら思案したが、結論は出ない。人食い虎と人食いワニを比べるようなものだ。

『我が隊は、茂木の東アジア警備隊《EAG》ほど甘くない。アメリカ・アズ・ナンバーワンは永遠のトレンドだからな。兵士たちの教化のレベルが違う。強くて華やかなアメリカを信じる若者たちが欲しいのは、国際協調じゃない。かつての、世界の警察としてのアメリカ像だ。星条旗よ永遠なれ、だよ』

『ハリウッド映画でも教材に使ったか』

ロシア人がおだてる側に回った。狡猾《こうかつ》だ。内心は全く違うはずだが、笑って相手を煽る余裕がある。

『アメリカ軍が勝つ映画は山ほどある。往年の夢を共有させたか』

『ああ。負けた映画は見せていない』

ジェンキンスは歯を剝き出しにして笑った。赤い岩石がほころびたように見える。

盗み聞きながら怒りが湧いた。この男は実のところ、武人でもなんでもない。大衆を煽って利用し、好き勝手をしたいだけのガキ大将だ。

『ともかく我々は、EAGと同じ轍《てつ》は踏まない。アメリカの復権のために、身を捧《ささ》げる若者ならいくらでもいる』

ジェンキンスはどこまでも自信たっぷりだった。

『国内に限らない。アメリカに憧れる若者は世界中にいる。二十世紀以降、アメリカより強い国は一つもなかったんだからな。日本とはわけが違う』

特権意識は揺るぎなかった。聞いている方はなおさら嫌悪に駆られるが、ロシア人も内心は同じらしい。

『だが、君の北米警備隊は、アメリカ軍とは似て非なるものだ。統制の問題はつきまとう。コマンダー・ジェンキンス、君の実力を疑っているわけではないが、本当に、すべての兵士が君に従うのかい?』

『忌々《いまいま》しい国連め』

ジェンキンスは一度苦虫を嚙み潰した。だがすぐに野蛮な笑みに戻る。

『国連に従っているという自覚を失っていない兵士もいる。他の兵士と切り分けることはできない。そこは賭けだ。だが、たとえ何割かの兵士が欠けたとして、補充する備えもある』

『どうやって？』

『予備役。それから、一般市民から選ぶ。使える人間を』

『ニチヴォーシベー！（本当か！）そんな準備をしていたのか！』

『何のために、俺が任期いっぱいまで猫をかぶったと思ってるんだ。ぬかりない準備のためだ……Xデイまで、わずかだな。そっちも準備万端だろう』

『こっちの統制は初めから完璧だ。ロシア人は、代々将軍には従順なんだよ』

何を根拠に言うのか。信じて良いのか分からない主張だった。

『それにしても』

まだ若い印象のあるロシア人指揮官が言い出す。

『いまになって、軍と指揮権を取り戻そうという、余計な努力をなぜしなくてはならないのか？　考えたことがあるだろう。同志よ』

フョードロフに感情を読み取った。冷徹な男にして、こだわっているポイントはここだ。

『アメリカはなぜ、国連の要請に応じて武装解除に応じたのだ？　世界連邦に覇権を譲ったのは、自らの選択ではないか。牙を抜かれたアメリカに失望した者も多い』

『人のことを笑えるか？　コマンダー・フョードロフ。いやアレクセイ。そっちも事情は同じだろう』

不気味な馴れ合いだった。聞いている方にも忍耐を強いる。

『いや。世界連邦革命が起きたとき、私は若かった。対して、ジェンキンス。君はすでに兵士だった』

『そうだ』

ジェンキンスは不機嫌そうに眉を顰め、まだ五十歳のロシア人に説いて聞かせた。

『海兵隊の分隊長だった。歯噛みして見つめていたよ。我が政府の決定は狂気だった。まったく理解できなかった』

『そうだよな。いまだに信じられん。貴君らにしても、我が偉大な熊にしても。世界のリーダーの地位をむざむざ手放したとは』

フョードロフは惜しみなく共感の念を披瀝《ひれき》した。ジェンキンスの失望の大きさは、自国の軍に対してどれほどの誇りを抱いていたかを表していた。ギリリリリ、ときしむ音が回線に溢れる。機械製の拳を握りしめているらしい。

『当時の政権が弱腰だったのは間違いない。だが、それだけでは到底、説明がつかん』

『やはり——トゥルバドール』

ロシア人指揮官は言った。呪いの言葉でも口にするかのように。

『ジェンキンス。トゥルバドールは、いったい何をした？』

初めての問いではないに違いない。だが、繰り返さずにはおれない問いなのだ。

『とてつもない新兵器を突きつけて、武力を手放させたか？　あるいは、人間を操る妖術でも使ったか』

『あり得ない話だ！』

ジェンキンスは豪快に笑うが、隠しようもなく引き攣っている。

『しかも、どの政府にも、同じ手口が通用した？　そんなはずはない』

『我がロシアも、建国以来決して屈しない国だった。なのになぜ武力を手放したのか……』

『中国もだ。あり得ない。全くあり得ない』

『調査はしたのでしょう？　徹底的に』

これもかつて同じことを訊いている。また訊かずにいられないのだ。

『当時の為政者たちにも事情聴取している。そのあと、真実は判明したのか』

『いや。芳しくない』

ジェンキンスは荒野に打ち捨てられた岩と化す。

『口を噤んでいる。堅く。いまだに』

『では、トゥルバドールが現れたとされる、〝聖地〟で起きた事件の当事者たちはどうか？』

その問いのせいで、気難しい岩がついに弾けた印象だ。捨て鉢な笑みは凶暴そのものだった。

『〝エドワーズ空軍基地の奇蹟〟か？　それとも、〝ホワイト・サンズの冬〟か。どっちも面白おかしく拡散した。アニメにもなってるらしいな。ふざけおって！』

「メジャー作品じゃない。インディーズだが、ネットでの視聴回数は十億を超える回数です。あれほどあり得ない話なのに」

ロシア人は呆れていた。ジェンキンスも額を押さえて唸り声を出す。糞詰まりの老犬もかくや。

『どの軍事施設にいた連中も、同じだ。まともな証言をする奴はいない。洗脳されたか、薬で記憶を消されたのかと疑ってしまうほどだ』

真正の困惑が声に滲む。無骨な武人は、自分の手に余る事態と認めている。

『あの頃は、どいつもこいつもラリっていた。それだけのことかもしれん』

『だが、トゥルバドールの起こした奇蹟に、信憑性《しんぴょうせい》を感じている者がこれほど多い。実際に、武装解除は起きてしまった』

ロシア人は再びマネキンのような無感情に戻った。

盗聴者は闇と病みを同時に感じる。引きずり込まれそうだ。

『これら数々の〝伝説〟が、新たなカルト教を生み出してしまった』

『トゥルバドール教か。面白くない』

司令官たちの嘆きが極まる。

『トゥルバドールを救世主と崇《あが》め、再臨を願う声も絶えない。カルトは厄介だ。一度力を持つと、人の脳を真《ま》っ新《さら》なスポンジにする。正体が分からないから、想像が際限なく膨らむ』

『トゥルバドールの正体がなぜ分からないのか分からない』

隻腕将軍の顔に畏怖が横切る。神への抗議をしているという自覚があるかのように。

『おかげで、国連がでかい顔をするようになった。トゥルバドールが国連の肩を持ったことは明らかだからな。国連が司る秩序の背後には、それがある。トゥルバドールに対する権力者たちの恐れが染みついているせいだ』

『その通りです。だから世界連邦の枠組みが維持されてきた。あれから三十年──時と共に〝伝説〟は風化し、力は弱まっているはず』

『そうだな。いまこそ好機だ』

将軍が自らを鼓舞した。

『東アジアに大穴が開いている。茂木が開けてくれた。動かない理由はない』

フョードロフも背中を押した。もはや後には引けないことは互いに分かっている。

『うむ。まずはあの、オジー女を叩こう』

『クリスティン・ウォーカー。世界連邦の守護者。国連事務総長とよくつるんでいるお調子者だ』

フョードロフも辛辣だった。腹に据えかねている様子だ。

『だが、クソ生意気なウォーカーがピンチとなれば、女どもが黙っちゃいないだろう』

将軍が警鐘を鳴らした。

『ソフィア・サンゴールの号令のもと、ブラジルのデ・ソウザはもちろん、ドイツのリヒターも動くかもしれん』

『女どもが手を取り合って我々に刃向かってくるか。まあ、想定済みですな』

アレクセイ・フョードロフは嘯《うそぶ》いた。

『どのみち、梁とオビクがこっちにつけば、我々は勝てるのだから』

中国人とナイジェリア人の名前が出てきた。どちらもユニヴァーサル・ガードの司令官だ。茂木一士が欠けたいま、ユニヴァーサル・ガードのコマンダーは世界に七人。

山が動こうとしている。立てる聞き耳は、ますます鋭敏になった。

『梁はいいとして、オビクは？　考えの読めない男だ』

ジェンキンスの声が厳しくなった。冗談を挟む余裕もない。

『その後の裏交渉はどうだ？　しっかり引き入れられるか？』

『我が国の交渉力はご存じでしょう。あなた、ご自分の国のＣＩＡとＮＳＡの力を信じないのか？』

フョードロフはプライドを見せる。

『かつての冷戦時代のように、再び諜報が世界を動かす時代だ。芳しい報告は届いている。いざ蜂起すれば、現実主義のオビクは優勢な方につく。つまり、我々の側に。奴の孤立主義もここまでだ』

『うむ。我々の分析と同じだ。やはり、予定通り決行だな』

こんな物騒な話を、何気ない調子でやっている。ヤルタ会談もそうだったのか。安全保障理事会でももっとずっと厳粛なのに。

こうやって世界の命運は決まってしまうのか。

『宣戦布告は？』

『いや。問答無用に先制攻撃をしかける』

『ミサイルか？』

『そうだ。旗艦と思われる艦船に、一撃必中のホーミング弾を撃ち込む』

肥大した男性原理が、人命の尊さなどないものとして突き進んでいく。敬意も礼儀もありはしない。ただ制圧と勝利のみを求める非情。

『対空システムがあるぞ』

『いや。引っかからない、最新のステルスミサイルを使う』

これは初耳だ。注意深く聞く。

『ウルから仕入れた、あれか』

『その通り』

やはりそうだった。禁断の脱法兵器だ。

『実用に耐えうるか、知りたいか？　もちろん独自に実験済みだ。おすすめだぞ』

『なるほど。いいことを聞いた』

自分は、生まれてから最も野蛮な会話を聞いている。盗聴者はそう気づいて呆然とした。

『ウルの新兵器があってこそ、他のガードを上回れる。ウォーカーにも、他の女どもにも力を見せつけて、こちらの優勢を知らしめてやろう』

ウルという呼称が出た途端に空気が変わった。いかに頼みにしているか。将軍たちの緊密な繋がりをも露わにする。

『フョードロフ。綺麗事は要らない。もはや我々は勝つしかないのだ。躊躇いを捨てろ』

『躊躇いなどない』

ロシア人司令官は即答した。

『恐怖こそ、勝利への近道だ。我々ロシアの民はよく知っている』

『テロリストに倣《なら》うのだな』

将軍のその台詞は自虐か、開き直りか。

『そうだ。我々は恐怖の大王だ。百年遅れのな！』

恐るべき冗談。手にした力に酔うと人はこうなるのか？

『アレクサンドロスも、チンギス・ハンをも超えるぞ！　我々は、始皇帝にも比せられる』

『うむ。実際の話、我々の勝利のあと、世界は三つないし四つの帝国にまとまることになる』

ロシア人司令官の冷静さが恐ろしい。すでに勝利後のヴィジョンがある。

『我々で世界を分け、統治する。新しい秩序の中で、各々の国が誇りを甦らせる。そこにあるのは、帝国という名にふさわしい強大国ばかりだ』

『羊の時代は終わりだ。熊と鷲《わし》と虎が世界を知ろしめす！』

将軍たちの言う通りになるとしたら。帝国が並び立つ新秩序に移行する。軍事力が政治力とイコールになる。民主主義は失われ、少数が権力を独占するだろう。小国は消滅し、逆らう国は平定されるだろう。国家主義、国粋主義が信奉され、いずれは多様性という言葉も過去のものになるかも知れない。

『現代の神は、トゥルバドールではない。ウルだ』

カウボーイ司令官は粗野な笑みとともに言った。

『〝兵器の王〟だけだ。〝武装解除の神〟を打ち消せるとしたらな』

『その通り。武装解除は自主的なものではなかった』

アレクセイ・フョードロフが、この日いちばんの昂《たか》ぶりを見せた。

『なんのことはない、トゥルバドールが怖いから従っただけだ。それは、強制だ。暴力と同じだ。強制されたものは必ず反動を起こす。無理に武装解除したところで、みんなこそこそ再武装する。怖いのだから。人間は、殺されるよりは殺すことを選ぶのだから』

『我々の蜂起は、ウルの意志にも添う。大喜びで支援してくれる』

そのジェンキンスの物言いに引っかかったのか、フョードロフは即座に打ち返した。

『我々がウルを使うのだ。決して連中が主体ではない』

氷原を思わせる冷たい眼差し。

将軍が返すのは、豪快な笑いだった。

『当たり前のことを言うな。いまのは言葉のあやだ。ウルがいくらカルトのイメージを放っているからといって、連中が皇帝の座につくわけじゃない。我々に対し恭順を求めてくるわけでもない。連中はただの商売人だ。我々に、無限の支援を約束してくれるばかりだ』

『いや、気を許すべきではない。ただの営利組織と見なさぬ方がよい』

ロシアのコマンダーはどこまでも疑り深かった。

『軍閥の後継者たち。選ばれしビジネスエリートの末裔。果たして、それだけだろうか？』

『それ以上のものを、想定する必要はない。彼らには実動部隊がいない。道具があるばかりだ』

ジェンキンスはあえて能天気に言っている。同志の不安を吹き払うことを優先している。

『つまり俺たちこそ、ウルの主人だ。武器に魂を入れるのが我々だ。道具を使う人間がいなくては彼らも無』

その台詞は気に入ったらしく、わずかにフョードロフの愁眉《しゅうび》が開いた。

『人類が闘いをやめたことはない。つまり、ウルのような軍閥も不滅だ』

冷徹な人類学が披瀝される。

『断ち切れない本能。ゆえに軍需産業は絶えない。無理やり縮小させたいまが異常なのだ。世界連邦などたまさかの夢のようなもので、まもなく破れ去り、二度と歴史の表舞台に返り咲くことはない』

ロシア人司令官の執念を見た。自らの存在意義をも懸けている。

『トゥルバドールと同じだな。白昼夢として忘れ去られる』

将軍が太鼓判を押す。

『そうだ。世界を戻そう。正常な状態に』

それは誓いにも聞こえた。

そして二人の将軍の、海を越えた通信が終わった。

戦《いくさ》の火蓋が切られようとしている。一部始終を聞いていた男は思う。さて、この傍聴記録を手に向かおう。自らの所属する場所に。いい手土産《てみやげ》ができた。

3

ウィメンズ・クラブのメンバーを待たせた時間は二十分ほどだった。

『ソフィア。ずいぶん待たせたわね。うまくいかなかったのかと思った』

再び回線に招き入れると、クリスティンはふざけて口を尖らせてみせた。

ごめんなさい、とソフィアが言うと、すぐドイツ人が言った。

『悪いのは私です。ずいぶん慎重になってしまっていたから』

ハリエット・リヒターはそんなふうにソフィアを庇《かば》った。

『私が臆病で、あなた方を怖がっていたから』

『なにが怖いの？　嘘のない愉快な仲間たちなのに』

オーストラリア人が快活に笑う。

『ハリエット、久しぶり。地球サミット以来ね』

ブラジル人司令官も滋味のある笑みで迎えた。

『マヌエラ。あのときのこと、よく憶えているわ』

ハリエットの緊張した顔が少しほぐれた。ファーストネームで呼ぶことからも親近感が窺《うかが》える。ソフィアはマヌエラ・デ・ソウザの包容力に感謝した。

『あのときの私たちの会話は、国益という狭い視野を超えていた』

『内向きの政治は結局、何も生み出さないと知っていたから』

マヌエラはにっこり笑って歯を見せた。大抵の人間のガードを下げさせる優しさと明るさが弾ける。

『あなたがあの頃と変わらないなら、私たちは目に見える成果を手に入れられる』

『ようこそ、ウィメンズ・クラブへ。どう、大きな仕事を一緒にしてみない？』

クリスティンがおどけてみせた。ハリエットがはにかみながら訊く。

『どんな仕事？』

『野蛮な連中の手から、世界を守るって仕事よ』

『私たちは本物のヒロインになる』

マヌエラも乗っかった。ソフィアは満面の笑みで何度も頷いた。

『……いいわね』

ハリエットも精いっぱい笑みを作った。

『実は、報告を上げようと思っていたところでした。私の方でつかんだ情報もある』

思い切ったように言い出した。

「本当に?」

ソフィアは声を弾ませる。ユニヴァーサル・ガードの各隊には情報インテリジェンス部門も備わっている。世界の治安に関わる情報は逐一国連に上げる義務があり、ハリエットは義務を遂行しようとしていたのだ。だが義務を遂行していないガードも存在する。ソフィアは肌で実感していた。

『特に、ヨーロッパで起きているテロ事件に、明らかな変化が見受けられる。危険な予兆として、事務総長に報告するつもりでした』

「ソフィアと呼んで」

柔らかい声音で伝えた。

「あなたのことも、ファーストネームで呼んでいい?」

『もちろん』

ハリエットが答えると、

『ウィメンズ・クラブは、堅苦しい付き合いはなし。本音で話し合いましょう』

『大賛成!』

マヌエラとクリスティンがこぞって空気を良くしてくれる。

『で、ハリエット。ギロチンのことでしょ？　ほんと、嘘みたいに趣味が悪いわね』

クリスティンが先回りして言った。

『その嗜虐《しぎゃく》性が、人々の精神に悪影響を与える』

マヌエラも沈鬱な表情だった。

「狡猾なテロリストの手法ね」

ソフィアもあえて論理的な言葉を使う。

「残虐《ざんぎゃく》で、非人道に針の振れた行為を見せつけることによって、人心を脅《おびや》かし、荒廃させることが狙い。人類の負のメルクマールを更新することで、人間観そのものを壊すつもり」

『そう。それがフランスの新興組織〝ジャン〟の狙いだと思う。ここに来て、件数と規模まで大きくなっているのが、明らかに異常なの。大きな資金源があるとしか考えられない』

ハリエットは心を痛めていたのだ。だがフランス人ではなく、いまは政治家でもない。ユニヴァーサル・ガードのコマンダーに内政干渉は許されない。静観しているしかなかった。

「資金がどこから出ているかの情報は？」

『調査中だけど、出所を疑わせる証拠は出てきている』

『やっぱり、ウルがらみ？』

クリスティンがあっさり本質を突いた。

『ウルって、ヨーロッパが本拠地だって噂もあるけど。もしかして、本部がどこにあるか突き止めたの？　それとも、黒幕の居場所とか？』

『ごめんなさい。そこまで具体的ではないんだけれど』

『いきなり要求が高いわね、クリスティン。年上に敬意を払いなさい』

またマヌエラが諫《いさ》めてみせた。クリスティンより若いマヌエラがそう言うことで醸し出されるユーモアは、幸いにもハリエットに伝わった。控えめな微笑みを見てソフィアは安心する。

「そのウルと、ジェネラルズが接触しているという情報をつかみました」

ソフィアがさりげなく爆弾を放り込んだ。全員から異論が出ない。

『予想通りね。意外性がなくて、拍子抜けするぐらい』

クリスティンが言い、

『証拠を押さえたの？』

マヌエラが問う。ソフィアは冷静に返した。

「北米、ロシア、西アジア。彼ら、三つのガードの下士官と、ウルのメンバーが接触したところまでは」

『やっぱりね！　でも、それじゃ』

「うん。まだ充分じゃない。この程度の事実を突きつけても、どちらの組織も下っ端を切り捨てて終えるでしょう。隠蔽《いんぺい》の常套《じょうとう》手段で」

ウィメンズ・クラブの全員が苦い表情で言葉をなくす。

危険な男たちが、同じ時代に揃ってしまった。

彼らに比べれば、単独行動に踏み切った茂木一士が健気にさえ思える。自分が信じる〝武士道〟に殉じた結果に見えなくもない。

将軍たちにそんな潔さを期待してはならない。覇権主義の権化。武士道も騎士道もありはしない。おそらくは共謀し、世界の転覆と実権奪取を狙っている。

『Xデイは近い。そう考えて、備えておくべきということね』

ハリエットも理解が早かった。

『それでは充分じゃない』

マヌエラが深い憂慮を示す。

『我々は、決して負けてはならないんだから』

「マヌエラ。あなたは正しい」

ソフィアは腹を括るときだと悟った。雄弁にならねば。

「帝国主義の遺児のような男たちが、世界を乗っ取ろうとしている。ユニヴァーサル・ガードという万人のための武力を、自分のためだけに使おうとしている。彼らに勝つためには、シビアで、現実を見据えた判断が必要」

『先制攻撃ってこと？』

クリスティンが問い、

「もちろん違う」

誤解を生じさせないように、ソフィアは強く言った。

「私たちが道徳律に違反したら、元も子もない。正義こそ私たちの屋台骨だから。ただの暴力を振るえば、世界市民から見捨てられてしまう」

『分かってる。専守防衛こそが私たちの魂《ソウル》だったわね。馬鹿なことを訊いてごめん』

クリスティンは素直に謝った。ソフィアは微笑とともに頭を振る。

「まず、私たちは偵察部隊と、インテリジェンス部門に人を割く。いま最も厚い態勢を取るべきはそこ。武装蜂起や叛乱が起きたら、即座に対処して鎮圧します。そのためには情報と、スピードが命。もちろん、私たちのチームワークも。連携では、絶対に相手を上回れる。そのためにふだんから連絡を密にしましょう」

『私たちには友情と信頼がある。これは、将軍どもにはない絶対的な強みよ』

かつての代表チームのキャプテンが、試合前のようにメンバーを鼓舞した。

『いいね。私たちの武器はチームプレーだ！』

クリスティンがはしゃいだように言い、

『将軍たちを孤立させる。仲間を増やさせない。そういうことね』

戦術を確認するかのようにハリエットが念を押した。全員が頷く。

『ソフィア。もしかして、特別令でも発するつもり？』

マヌエラがそんな問いを発した。

『えっ、私たちのガードの人員だけ、増やしてくれるとか？　兵器の総量を増やさせてくれるとか』

クリスティンが確かめてくる。

「それはできない」

ソフィアはきっぱり首を振った。

「フェアであることが大事なの。だから、自分たちだけに有利はルールは作れない。あくまでも現行のルールの中で、有利な立場を築く」

『聞かせて』

新顔のハリエット・リヒターが熱意を込めて訊いた。

『事務総長自らの戦略を聞きたい』

ソフィアは、画面に映る女たちの顔を愛しげに見つめた。一つ頷いてから説明する。

「最も基本的な戦略を、私たちは採りましょう」

『それはなに？』

「味方の数で上回る」

ソフィアが断言し、全員の顔が晴れた。

「次の東アジア警備隊のコマンダーにまともな人間を据える。それももちろん大事。だけど、いま一人、立場がはっきりしていないコマンダーがいる」

『その通り。ジェネラルズでもウィメンズ・クラブでもない彼ね』

『アフリカのあの彼だ！』

「そう。コマンダー・オビク」

アフリカ《A》警備隊《G》のイサ・オビク。彼だけが、今回の茂木の叛乱について態度を表明していない。コメントらしいコメントもせず沈黙している。

『厄介な男よね。今一度、彼の経歴を共有しましょう。ソフィア、そっちで詳しいデータを持ってたら、出してくれる？』

ソフィアがデータを一斉送信し、画面にもアップした。アフリカ警備隊司令官、イサ・オビクの顔写真と略歴だ。

ナイジェリア人、六十二歳。漆黒の顔に、猜疑心《さいぎしん》を感じさせる険しい両目。額に、頬に走る縦皺。頬骨の下には傷ともあばたともつかない盛り上がりがある。固く閉ざされた口元。

ナイジェリア軍出身。陸軍特殊部隊から海軍副司令官まで要職を歴任。世界連邦発足後も、アフリカ警備隊《AG》の師団長を長く務めていた。政界を経ずにアフリカ警備隊司令官に選出された、生粋《きっすい》の軍人だ。

『これだけ見ると、どうしても不安になるね』

マヌエラが洩らし、クリスティン・ウォーカーが受けた。

『そう。彼は職業軍人。将軍たち《ジェネラルズ》とメンタリティが近いんじゃないかって心配になる。軍人はどうしても、物事を力で解決する癖があるから』

「そうね。茂木さんもそうだった」

ソフィアも首肯せざるを得ない。

「言葉を扱うのが得意じゃない。だから、力に頼ってしまう」

『オビクを、典型的な軍人と決めつけるのは早すぎるけど』

ハリエットが口を挟み、ソフィアも同意した。

「うん。彼がどんな人間なのか……あまり口数が多くないから、プロファイリングのためのデータが足りない」

『私も、オビクに直接会ったことはないけれど、こんなエピソードがあるの』

全員がハリエットに注目した。

『ヨーロッパに逃れてきたナイジェリアの難民たちから陳情を受けたときに、聞いたことがあります。オビクを信頼していると』

かつてEUで難民問題に当たっていたハリエットならではの情報だった。

『内戦が起きたとき、国民の命を大事にしたのは、オビクの隊だけだった。そんな証言を聞いて、私は彼に連絡を取りました。ナイジェリアに調査隊も送った。難民たちの評価は本当だった。彼は唯一、争いを収めよう、武装勢力同士を話し合いの場につかせようと努力していた。私からの連絡には、まともに応じてくれなかったけど』

みんな興味津々で聞いていた。ソフィアも同じだ。イサ・オビクの人間像が塗り変わってゆく。

『寡黙だけれど、同胞への愛は本物だと、私は感じました』

『同胞への愛。それは、〝将軍たち〟が強調していることでもあるわ』

クリスティンがすかさず指摘した。

『大衆に、国や民族への帰属意識を持たせるためによく使うスローガン。狭い愛国心ほど厄介なものはないわ。民から忠誠心を獲得するために、どんな手でも使うリーダーには気をつけないと』

『オビクの本心はやっぱり見えづらい』

マヌエラも同様の懸念を示す。

『ハリエット、ありがとう。あなたの情報を疑うわけじゃないけれど、彼がいまの世界連邦体制や、世界市民をどう捉えているかが分からない。ナイジェリア人を大切にしていることは間違いないでしょうけど』

『たぶん、大国の間で、バランスを取るのに腐心している』

それがハリエットの洞察だった。

『どの司令官、どの勢力からも距離を取り、アフリカがどうすれば平穏無事でいられるかを考えてきたんだと思うの』

「その意見は正しいと思います」

ソフィアも大いに同意した。同じアフリカ人としての感覚だった。

「彼はたぶん、どの国も信頼していない。だから発言が少ないのです。東アジアの叛乱についてコメントを出さないのも、むしろ誠実な態度と言えなくもない。上っ面の嘘は言いたくないから」

この中で唯一のアフリカ人の意見を、全員が尊重した。

『アフリカは、搾取され続けてきた。苦難の歴史から編み出した知恵かもね。その辺りは、ソフィアがいちばんよく理解できることでしょうけど』

クリスティンがそんなふうに気遣ってくれた。

「確かにね」

ソフィアは短く答えたが、自信があるわけではなかった。イサ・オビクが生まれ育ったナイジェリアはアフリカ中央部。一方、ソフィアの生まれたセネガルはアフリカの西岸に位置しているから、風土も文化も大きく違う。旧宗主国もイギリスとフランスで、公用語も違っている。

彼と距離を詰めておくべきだったと悔やんだ。壁を感じて、いままであえて近づかなかったのだ。だがそんな平時の対応ではいけなかった。いざという時のためにしつこく話しかけ、腹を割って話せるようになっておくべきだった。手遅れだろうか。

それでも、同じアフリカ人。理解し合う余地はあるはずだ。

「連絡します。ぶつかってみないことには」

ソフィアの決心に全員が敬意を見せた。

『お願い。彼を味方につけて』

「うん」

だが怖かった。これまで軍事的指導者と対話してきた経験から言っても、生粋の軍人とはコミュニケーションを取りづらい。クリスティンやマヌエラのように人間味に溢れている場合は珍しい。

軍人は総じて表情に乏しく、感情の種類も少ないように感じられる。彼らから怒りを感じることはあっても、思いやりやユーモアを感じることは少なかった。そんなパーソナリティが生来のものか、自らを作り替えたのかは分からない。どうしてそんな人間ばかりがトップに辿り着いてしまうのかも分からない。

『ソフィア。あなたなら大丈夫』

この中で最もオビクのことを知るハリエットが励ましてくれた。

ソフィアは頷き、一度ウィメンズ・クラブの回線から抜けた。

しばらく息を整え、自分を鼓舞する。

やがてアフリカに、決意のコールを送った。

4

「このまま、人口が増え続けたら、地球はどうなる?」

教主が揺るぎなき口調で言った。

「国連の主導するバースコントロールは破綻しかけている。いくら増加のスピードを緩めたところで、いずれ世界人口は百億を超えるぞ?」

「おっしゃる通りです」

と教主の傍らに侍《はべ》る男が同意する。

「血迷った国連からは、肉食の制限、という案まで出ております」

はっはあ、という呆れとも揶揄とも取れる声が教主から洩れる。

「肉食の割合を減らせば、世界全体の食糧難が改善に向かうのは、論理的には正しい」

ところが教主の物言いは思ったより冷静だ。

「家畜に回る穀物《こくもつ》を人間に回せるからな。だが、どのみち無理だ。人間の欲を甘く見ている。特に欧米が、肉食を捨てるはずもない！」

「おっしゃる通りです。世論の支持は、まったく得られていない」

「そこで我々だ」

教主は気分が良さそうだ。何事にも恭順する、傍らの執事の存在は必要不可欠なのだろう。

望月友哉は思う。人工の合成肉は、技術も向上して本物の食肉と変わらなくなっている。時間をかければ人々に浸透させられる。よって家畜に依存した肉食を減らすことは充分に可能だと思うのだが、ここではあえて言わない。機嫌のよい者たちに水を差すこともない。

「我々は自然淘汰《とうた》をもたらす者。真に人類のためを思っているのは、果たしてどちらだ？戦火を絶やさない。種火を人々に手渡し続ける。結果、人類はダウンサイジングされる。そうしなくては快適な世界など望めない」

それは、明確なマニフェストに聞こえた。

望月友哉はわざと足音を鳴らし、二人の近くへ寄っていった。自分が同じ部屋にいることを悟らせる。広間を横切り、二人のいる奥に辿り着くまでに一分近くかかった。その間も二人のやり取りは続いた。

「我々自身は、肉食を好まないがな」

不謹慎な哄笑《こうしょう》が響く。

「肉の飽食をやめられない贅沢者など、死んで当然。自業自得だ」

「まったくだ！　喰われる側の気分を知るがいい」

「お邪魔します」

「来たか、ユウヤ」

教主・サイトーは機嫌がよいままだった。

「お務めご苦労だ。今日も、たっぷり土産を持ってきてくれたのか？」

「まあ、はい。たっぷりかどうかはさておき。ご満足いただけるといいのですが」

望月友哉は自然体でその場に立った。自分に確かめる。

恐れはない。相手のことは知り尽くしている。

「謙虚だな！　君の手腕は信頼している。我々の期待を裏切ったことはないからな」

「それはどうも」

気のない返事が口から出る。自分でも、もう少し緊張すべきだと思うぐらいだ。

「君はジャーナリストであり、国連に雇われた特任職員だ。インテリジェンス部門で情報収集を担っている。それが表の肩書き」

丁寧に確認してくる。望月友哉も慇懃《いんぎん》に返した。

「はい。残念です。表だってウルの人間だと名乗れないことは」

「正しく理解されること。それ以上の喜びはこの世にないな」

ウルの教主・サイトーは感情の昂ぶりを隠さなかった。東洋人にも、ラテン人にも、中東系にも見えるその容貌。身に纏う赤い法衣は、秘めた思想や神秘を周囲に放つ役割を果たしている。見る者にどうとでも想像を膨らませられるようにできている。

「武器を扱う者は守銭奴《しゅせんど》。そんなステロタイプに囚われた馬鹿どもは、殲滅《せんめつ》してよい！」

望月友哉の来訪と発言が教主を舞い上がらせていた。

「確固たる信念から、世界中に武器を届けているとは想像もしないのだ……」

「賢明な指導者たちは、無数の個人に囚われませんからな」

傍らにいる長身の白人、アルフレッドが言った。

忠実な執事といった佇まいだが、いやに体格が良い。精悍《せいかん》な印象を放つ。

「いくらでもスペアがある。替えが利くのだから、優れた才能だけを重宝し、庇護すれば良い」

アルフレッドの言い回しが、教主からの受け売りであることを友哉は知っていた。いつも聞かされているから自分の思想のように語れる。

「我々の聖者。あの、輝かしき皇帝から受け継いだ思想ですね」

望月友哉もアルフレッドの真似をする。教主が喜びそうな台詞をわざわざ口にした。

「まさしく！　帝国は受け継がれたのだ。さしずめ我々は、第五帝国か」

サイトーが嬉々として言う。

「第三がナチス。第四がアメリカですね」

アルフレッドがすかさず補足する。

「なるほど。軍産複合体の王様だ」

望月友哉もフォローした。なぜ自分がここにいるかよくわきまえていることを知らせる。

サイトーは満足げに頷いた。

「連綿と、軍閥たちが引き継いできた魂が、我々を下支えしている。とりわけ、凋落《ちょうらく》した超大国の武器富豪たちの魂がな」

アルフレッドが情熱を込めて頷く。有り体に言えば、暑苦しい光景だった。

「自由と平等を目指した国が、戦争で栄える国になったのは必然だ。これぞ人間の変わらぬ両面性であり、摂理だ」

「武力が自由を支えていた！　国家が望む、無尽蔵の武力こそが！　武器よ永遠なれ！」

「その通り！」

サイトーはよく通る声で広間を満たした。教主と呼ばれるだけはある。ウルを仕切れるのは、人心を集めるトリックスターとしての力が抜群だからだ。

「ところが国連は、人間の真実の半分を切り落として、光の面だけを見ようとしている。なんという欺瞞《ぎまん》だ！」

両拳を握って嘆く。芝居がかっているという以上の情熱が迸る。

「世界連邦にも教祖がいますからね。強力だ」

望月がタイミングよく指摘すると、すかさずアルフレッドが暗い、執着を感じる眼差しで言った。

「日本の岩見沢耕太郎。その師たる佐々木忠輔。死したり、老いたりしてもなお、カリスマだ。影響力は続いている」

「我々にもいる。燦然《さんぜん》と輝く〝皇〟だ」

ウルの教主は言った。自分とは言わず、すでに亡き武器王を賛美したのは賢い。心の底から心酔しているのが伝わってくる。

「彼らの教祖と、我らの教祖は、八十年前にも宿敵でした！」

執事は震えた。お互い同士が狂言回しの囃《はや》し手だ。

友哉はいささか奇異に感じた。この激しい情緒は、執事たる己の仕事を妨げはしないのだろうか。教主が見せる感情の起伏を上回っているように見える。

「宿命の闘いがいまも続いているわけですな！　教主。あなたこそ決着をつける存在だ」

サイトーはそれにはまともに答えず、遠くを見る眼差しだった。

「〝皇〟は獄を出ることが叶《かな》わなかった——あの、忌まわしき口先男が封印をかけ続けたからだ。佐々木忠輔！」

教主は地団駄を踏んだ。執事と友哉しか見ていないにもかかわらず、地団駄の教科書に載りそうな地団駄を。法衣の腕からたっぷりと垂れ下がる赤い袖《そで》が激しく揺れる。

「すでに亡いとはいえ、私はあの男を最も憎む。世界を、自分色に染めたあの男を」

激しい憎しみの波動が放たれ、友哉は良くも悪くも感心する。語弊はあるが、サイトーは純粋だ。憎しみにあまりにも正直だった。

「〝皇〟の衣鉢《いはつ》を継ぐのは容易ではなかったが、継承できている自負はある。不滅なのは、我々の方だ」

教主は目の奥に執念を燃やしながら宣言した。

「争わせるべし。そのために、国家主義、民族主義は最も有効な餌だ。差別と排他意識こそが争いの燃料。他者への侮蔑と憎しみの炎を絶やさないことだ」

余人には聞かせられない強い声が広間に響き渡る。

この場ではこれこそが正気だった。

「我々は、世界市民に甘んじることをよしとしない者すべての神となる」

「受け入れられないものを拒む者たち、すべてのよすがとなる」

良き伴侶のように執事が追従する。

「差別を前提に運営しない世界はあり得ない。現実は変えられない。差別を根絶できるわけがないのだから」

「人間の本質は変えられない」

望月友哉は、鏡の間で終わらないエコーを聞いている気分になる。

「いやはや、安心します。やはり私は正しい場所に来た」

自らエコーに加わった。胸をなで下ろしてみせる。

「まともな人たちと接すると、息をつけます。いまやだれも彼もが、世界連邦という幻想に酔っている。不戦というぬるま湯の中で微睡んでいる。このままでは人類は退化する。腐るだけです。自覚している者はあまりに少ない」

「同志よ」

教主の顔に喜悦が走り、抱きしめんばかりに近寄ってきたが、寸前で思い留まった。いささか畏《かしこ》まる。

「今日の土産を受け取ろうか。楽しみだ」

望月友哉は頷き、データの収められたチップを見せた。

「国連も、〝ジェネラルズ〟も、我々ウルのことを注視しています。警戒を強めてください。まずは、将軍たちの会話をお聞かせしたい」

「なに！　傍受に成功したのか」

「はい。国連にも有能な人材と最新技術が集まっていましてね。いずれ国連にも報告せねばなりませんが、いち早くここにお届けする次第です」

「でかした。君はなんと利発なのか。感心する」

称賛もそこそこに、友哉は録音した音声を再生した。

二人の将軍が好き放題に語っている。

「ほうほう！　知ってはいたが、Xデイが本当に、すぐそこだな！」

「お察しの通りです。本当に目の前です」

「ついにきた……革命返しだ！　世界は正常を取り戻す！」

まるで祭りが始まる前のように熱気が高まる。ふいにそこへ、新たな気配が加わった。

不覚にも友哉はびくりと振り返ってしまった。

災厄の化身がそこにいた。

5

イサ・オビク。鍵を握るのは彼だ。

コールを送りながらソフィアは頭の中を整理した。

数の論理で行くと、〝ジェネラルズ〟の側にいるのが男性三人。

世界連邦の側にいるのが女性三人。

イサ・オビクが、世界連邦の理念に忠実にいてくれるなら、当然、国連の指示に従う立場をとるはずだ。そうすれば四対三。戦力で上回れる。

ソフィアのコールがイサ・オビクを呼ぶ。いくら寡黙な男でも、ソフィア・サンゴールからのコールを無視はしないはず。

それでも、応答があるまでを長く感じた。やっと画面に顔が映った瞬間、ソフィアはオビクを、遠い部族のように感じた。顔立ち、骨格、肌と瞳の色。すべてが微妙に違う。同じアフリカ人というより、彼我の違いの方が際立つ。そしてやはり、相手の口は重かった。何も言い出さない。

「オビク司令官、連絡に応じてくれてありがとうございます」

ソフィアが声をかけても、相手は軽く会釈しただけで声を出さない。

「アフリカの状況はいかがですか？　コンゴの切迫度合いは……」

オビクの表情は沈鬱だった。案の定だ。

「先日連絡させていただいたように、日本で事件が起きたので、アフリカを訪れる予定は延期させていただきました。残念ですが」

分かっている、というようにオビクは小さく頷いた。

『コンゴ動乱の鎮圧については、作戦の真っ最中です』

司令官の声がやっと聞けた。

『詳細については、また報告します』

あまりに質素な返答に、ソフィアは二の句が継げなくなる。本当に感情の読み取りにくい男だ。それでも訊くしかなかった。

「コンゴ以外の地域で、不穏な動きはありませんか？　日本で起きた叛乱は、無事に鎮圧できましたが、世界各地でふだんはない動きが報告されています。気をつけてください」

『痛み入ります』

返ってくる言葉は短いものばかり。決して会話を弾ませない。

いま思えば、ハリエット・リヒターなど易しかった。この男は桁違いに壁が厚い。

「ぜひ、世界連邦の一翼を担うメンバーとして、これまでのような筋の通った行動をお願いしたいのです」

ソフィアは慎重に言葉を選んだ。信頼感を伝えつつ、警告も伝えなくてはならない。

「コマンダーとしての責任を、今一度、嚙み締めていただいて……情勢を踏まえてください。どうか、世界市民に、警戒を抱かせるような行動は、ゆめゆめとらないでいただきたいのです」

『事務総長。ご懸念を？』

ソフィアはどきりとした。

『私が、茂木の真似をするとでも?』

「もちろん、心配はしていません。我々は同志」

ソフィアはウェブカメラに顔を近づけた。

「ただ、叛乱分子がどんな働きかけをしてくるか、読めません。もし妙な働きかけがあったら、どうか私に報告をお願いします。これ以上、世界秩序を乱す動きを放っておけません」

『切迫しているようですな』

初めて、温度を感じる言葉が飛んできたと思った。

「はい。あなたがどこまでご存じか分かりませんが、誰がいつまた世界連邦に野蛮な攻撃を仕掛けてくるか。明日にも起きる、と思っておくべきです」

うむ、という相槌《あいづち》。親切と捉えるべきか。オビクはうつむき加減になり表情を読めない。心の距離がもどかしかった。いますぐ膝《ひざ》詰めで話をしたい。

『私とて、むやみに世界を混乱に陥れたくはない』

やがてオビクは言った。

『それは信じてほしい』

「信じています」

即座に返した。ようやく少しだけ、扉が開いた。この機を逃したくない。相手の心をつかみたい。

『事務総長。あなたは』

相手に先に訊かれる。

『ウォーカー司令官、デ・ソウザ司令官と、足並みが揃っているのですか』

核心を突いてきた。やはり彼も、二人の女性司令官が心情的にソフィアに近いことを知って いる。

「はい。有り難いことに」

　正直が最良の策だ。ソフィアは答えた。

『では、リヒター司令官も？』

「そうですね。彼女も、同調してくれています」

　包み隠さず答える。この勢いでイサ・オビクをも流れに引き入れたい。

「オビク司令官。あなたの足並みも揃っている、と彼女たちに伝えてもいいですか？」

　ソフィアは踏み込んだ。強引なことは承知だが、躊躇っている場合ではない。

『それはどうだろう』

　答える声の調子に揺らぎはなかった。

　一気に緊張感が高まる。ソフィアは急いで考えを巡らせた。妙案は出ない。

「なぜですか。何が問題ですが？」

愚直に訊く以外になかった。

『事務総長。あなたを力づけたいとは思う』

思いやりの言葉を思いやりに感じない。

『だが、アフリカは――特別だ。この地は常に、塗炭《とたん》の苦しみを味わってきた』

一言一言、刻みつけるかのような調子で、ナイジェリア人司令官は言葉を絞り出した。

『事務総長。我々の大陸は、裕福な他の国々から搾取され、不当な地位に甘んじてきた』

「そうです」

ソフィアは強く頷く。連帯感を示したい。

「だからこそ、世界連邦体制が成立してから、私たち国連は不均衡を是正し、相互扶助の質を高める努力をしてきました。アフリカの人々の暮らしも、おおむね上向いているはずです」

胸を張るべきは胸を張る。正しい道を進んでいると、誰に恥じることもなく主張できる。

「もちろん、理想には程遠い。依然として、アフリカ各地に格差と貧困が残っています。しかしそれは、各国の内政問題に起因している側面もある。公正な政治が行われている国もあれば、いまだに独裁制に近い国もある。私もできる働きかけを続けていますが」

『知っている。あなたは、よくやっている。ソフィア』

思いがけず優しい言葉が届いた。ソフィアは希望を感じる。この壁の高い男ともきっと絆を結べる。

「現在の世界秩序を保たなければ、アフリカの状況は悪化します。横暴な帝国を復活させることは避けなくては」

ソフィアは攻勢を続けた。

「どうか協力してください。反動に抗い、民主主義を破壊する勢力と対峙しましょう」

『あなたの言うことは、正しい。一面では』

万感がこもっている。ソフィアはそう感じた。それだけに、大西洋を飛び越えて胸に突き刺さる。

『だが、いまだにアフリカは、つけ込まれている』

オビクは耳に痛い真実を告げるつもりだった。

『我々はまだ、貧困に近しい。社会保障が行き届かない国も、アフリカが最多だ。ベーシックインカムという言葉さえ知らない庶民たちは、相変わらず仕事を求めて彷徨《さまよ》っている。そして、地下兵器産業が恰好の狙いにしたのは、アフリカだ。あなたもよくご存じだろう』

「もちろんです」

痛みとともにソフィアは応じた。現代に残る最たる悲劇がそれだった。生きるために手段を選べない人々。そこにつけ込む後ろ暗い勢力。搾取。

『私も手を尽くして調査している。だが、まだ実態が明らかになっていない。大規模工場に大勢が雇われているのは間違いない。なのに情報が表に出てこない』

声に滲む、紛れもない苦悩。イサ・オビクは想像以上に複雑な人間だと知った。ただの軍人像とはかけ離れている。

『地下工場に雇われ、働いている者たちは、きつく口止めされている。家族を人質に取られているか、肉体的な虐待を受けているのかも知れない。地下組織も、手段を選ばない。情報が洩れたら終わりだからだ』

これほどに雄弁だ。寡黙な男だと誰が言った。

『奴隷のように働かされているアフリカ人は、想定よりも多い。私はそう見積もっている。一日も早く実態を明らかにして、奴らを叩きたい』

「奴ら?」

『ウルだ』

オビクは現代の闇に手を触れていた。摑《つか》んで抉るつもりだ。

ソフィアは自分も同じサイドにいることを伝えたかった。

「我々も調査を続けています。しかし、ウルが世界に及ぼしている支配力は驚異的です。大勢を取り込んで煙幕を張っている。力を合わせましょう。私は、世界中の捜査機関に、改めて発破をかけます」

『争いの火種を各地にばらまかれてしまった』

まるで聞いていないかのようにオビクは言った。

『アフリカの地が、他の国々に利用される構造は変わらない』

「手をこまねいているつもりはありません。信じてください」

ソフィアは言い募った。心が重ならないことに焦る。

「私もアフリカの女です。アフリカ大陸の人々が舐めてきた辛酸《しんさん》を、己が身に刻みつけて仕事をしているつもりです」

『悲劇の大陸は、次世紀も続くのだろうか。所詮は無力か』

心ここにあらずに聞こえた。このままでは物別れになる。

「だから……それを是正するために、私は日々……コンゴの紛争に関しても、必ず解決するつもりで準備を」

『あなたの努力を疑っているわけではない。あなたは、あなたの仕事をすればよい。国連事務総長は、世界市民全体のことを考えて仕事をしなくてはならない。それは理解している』

優しいように聞こえて、厳しい言葉だった。予感した通りにオビクの言葉は続いた。

『私の仕事は違う。今日のアフリカの民の安全を考えている』

「私も、常に、故郷のことを心に留めて……」

『私は幸運にも、アフリカ人の生命を守る権限を得た』

オビクはソフィアを遮った。

『毎日のように、幸運を嚙み締めている。仕事を全うしたい。願うのはそれだけだ』

この覚悟。いや、宣言だ。

オビクはアフリカに帰依している。敬虔《けいけん》な使徒のように。

「確かにあなたは、アフリカ警備隊の司令官です。主語がアフリカになるのも分かります。しかし、それでは……他の大陸の人たちは」

『目の前の命を守れなくて、何が警備隊《ガード》だ。私は常にアフリカ人の側に立つ』

返答には迷いがない。

『申し訳ないが、そういう意味では、私は良き世界市民ではない』

ソフィアは言葉を見失った。これを叛逆と捉えるべきか？　いや、オビクは帝国主義的野心を抱いているわけではない。ただアフリカを守りたいのだ。

「では、あなたは」

ますます慎重に言葉を選ぶ。間違えてはならない。

「国連と足並みを揃えない。そうおっしゃっているのですか？」

『そうは言っていない。我々が害を被らない限り、私は事務総長、あなたに従う。それは従来通りだ』

ユニヴァーサル・ガードの司令官としての本分は守る。ただし条件付きだ。

「あなた方の被害……それを、あなたが判断するというのですか」

言外に説明を求めた。するとオビクはしばしの沈黙のあと、

『世界連邦側に敵対する勢力が現れた場合、我々は、中立の立場を取らせていただきたい』

決定的な発言だった。これがイサ・オビクのスタンスだ。

「……風向きを見ると？」

画面内のオビクは微かに頷いたように見えたが、放ってはおけない。しっかり確かめる。

「あなたは、勝ちそうな側につく。そう言っているのですか？」

『……そうとってもらって構わない』

なんと非情な宣言だろう。だがどこかで、納得させられてもいた。

イサ・オビクは本音で語っている。何よりもアフリカ人の命を最優先に考えている。もしアフリカが傷つくような情勢が生じたら、勝ち組についてでも同胞の命を守る。そう明言したのだ。

オビクはアフリカの化身となった。動機は、〝先進国〟への懐疑と恨みだろう。だから綺麗事を言わない。ただ実を取るのだ。

言葉が見つからない。胸の底には静かな感動もあった。こんな司令官をアフリカが頂い

たことがあるか？　アフリカ人は世界を圧する軍事力を持ったことが一度もない。世界を手中にしようとする覇権主義に侵されたことがないのだ。ところが、世界の大国の方はたびたびアフリカを戦火に巻き込む。ヨーロッパ、アメリカ、中国の欲望と覇権主義に利用され、傷ついてきた。

もうたくさんだ。これ以上死ぬのは。イサ・オビクはそう言っている。

ソフィア・サンゴールは悲しかった。慟哭《どうこく》がこみ上げてきそうだった。

なんと、許し合うのは難しいのだろう。安易に正論を口にできない。大勢の命に責任がある者が、それこそ命を賭して決断している。自らはアフリカに殉ずると。

世界は一つになれない。ソフィアは一人、ちっぽけな筏《いかだ》に乗って流されている気分だった。世界市民は幻想なのか。誰もが出自と生い立ちをどこまでも背負い、分断と共に生きる運命なのか。

挫《くじ》けそうになったとき、過《よぎ》るのは自分を待つリーダーたちの顔だった。ここで小娘のように引き下がれない。自分もアフリカ人だが、イサ・オビクと同じ立場に立つことはできない。自分はアフリカのみの代表ではない。世界市民すべての代表としていまのポストにいる。全うしなくてはならない。オビクの有り様には胸を打たれている。感情的には百パーセント同じ立場に立っていると言ってもいい。だが、それでも、彼は間違っている。そう言い続けなければならない。

目の前の同胞も大事。だが、アフリカだけのことを考えてもいずれ破綻する。もっと大きな視野が必要なのだ。

「オビク司令官。世界連邦体制の良き体現者、オセアニアのウォーカー司令官と、南米のデ・ソウザ司令官を見てください。彼女たちの地域も、歴史的に搾取されこそすれ、自ら世界を戦渦に巻き込んだりしたことはない。アフリカと同等とは言いませんが、抑圧される人々の気持ちを汲《く》める地域です」

『だが、リヒター司令官もあなたの側にいるだろう。彼女はヨーロッパ人だ』

ソフィアは失策を犯した気分になる。彼女の存在が不信感に繋がっている？　ハリエットの方はオビクに期待しているのに。

「そうです。彼女はドイツ人。でも、ヨーロッパも一枚岩ではない。新しく生まれ変わってもいる」

ソフィアはどうしても理解して欲しかった。

「ヨーロッパは確かに、国によっては軍需産業に大いに左右されています。でもドイツは違う。第二次世界大戦の反省から、軍政と覇権主義に背を向けて、世界連邦の成立に尽力してくれた。立役者の一つです。ハリエット・リヒターも公正な人物です。信頼に値する」

『……そうなのだろうな。あなたの言葉を疑っているわけではない』

オビクは常に理解を示してはくれる。だがそれは全て、自分の立場は変わらないとする枕詞《まくらことば》だった。

『EUは、多くの時期において、難民に対して寛容だった。感謝がないわけではない。だが一方で、植民地支配の時代と変わらない構造も残っている』

オビクは単純な軍人ではない。思慮も慈愛も深い。

「オビク司令官。あえて言いますが」

もっと深くまで切り込む。この男を手中にしたい。ソフィアは強く思った。

「世界の平和を脅かしているのは、明らかに、アメリカとロシアと中国です」

オビクは黙っている。

「その三国の政府もそうですが、とりわけその地域を担当するガードがそうです」

『かつての軍事大国は、過去の栄光を忘れ去ることができない』

古い賢人のようにオビクは言った。

『それぐらいのことは、世の常として分かる。彼らは世界の支配者に返り咲きたがっている』

「そんなことは道義的に許されません」

ソフィアは声を張った。

「なのにあなたは、場合によっては彼らの側につくというのですか?」

沈黙は雄弁だった。迷いのない無返答だった。

ソフィアは思わず、ウェブカメラに向かって一礼する。

「あなたの正直さには感謝します。でもその上で、言わせてください。勝ち馬に乗る。あなたの戦略はそれだけですか？」

声の大きさを絞るのが難しい。冷静さを保たなければならない。

「たとえ形勢が彼らに有利だとしても、彼らの人道を外れた振る舞いを認めてしまう？　それが、長い目で見ても、アフリカの安定に繋がると考えていますか？」

無返答が続く。

思慮深い男の沈黙に、失望が積み重なる。

「特定の民族や国家に殉じるのは誤り。すでにそれは、科学的に証明されています！」

目の前の憎しみに身を委ねれば、行き着く先は敗北のみ。その事実を佐々木忠輔が定式化した。暴力に手を染めれば必ず惨禍《さんか》が広がり、敵味方の区別なく傷つける。この公式を、常識として定着させねばならなかった。

「暴力の信奉者を認めるのですか？　アフリカを苦しめてきた暴力の側につくとしたら、あなたは間違っています。決定的に」

あえて断じた。自分こそが一時の感情に乗っ取られていないか？　という理性の警告音が響いている。自分を落ち着かせるように、胸を押さえながらソフィアは続けた。

「なぜなら、生物学的にも、社会学的にも、人類は一体と見なすのが正しいからです。線を引いて、恣意《しい》的に敵と味方に分けても有害な結果しか生まない。加害行為に走ると必ず自分に返ってくることは、量子演算で明確に裏づけられています。つまり、加害行為は自分自身を傷つけるのと同じなのです。太古からの因果応報の教えが、二十一世紀になって科学的に証明された」

『ササキの御高説か』

　イサ・オビクはわずかに口元を歪めた。

『ご立派だとは思うが、大勢が理解できるものではない。いま、目の前にある圧倒的な脅威には、役に立たない』

「しかし、正しいものは正しい」

　意固地になっているのは自分の方なのだろうか。

「愛する相手を限定すると、返ってくる愛も限定的になる。特定の民族に対する愛は、結局功を奏さないのです。差別した時点で愛は損なわれる」

『すまない。私には響かない』

　理解を示した上での、拒絶。よくあることだった。〝道徳科学〟はかつてよりずっと世界に浸透しているが、充分とは言えない。アンチも多い。

現実世界《リアル・ワールド》につきものの障害だとソフィアは感じる。これは佐々木忠輔自身も深く言及している問題だが、厳密に正しい道理を説いても、人間の要件たる〝感情〟がそれを拒絶する。宿命のように。なんと悲しい営みなのか。人が背負う業の、なんと厄介で不如意《ふにょい》なものか。

人間は理性と感情でできており、感情に支配されると知的なアプローチは減退する。恐怖と憎悪こそ天敵だ。理性が死に、暴力だけが残る。行き着く先は破滅。

この負の連鎖を定式化し、脱出する方法を示したのが佐々木忠輔だった。徹底的に科学的なアプローチで道徳を方程式化した。あらゆるシミュレーションに耐え得るよう、多様なケースを量子演算によってアルゴリズム化した。導き出された原則はいくつもある。数学的にも論理学的にも真であることが証明されたものばかりだ。だが原則や公式をいくら教科書に掲載しても、理解せず読み飛ばしてしまう者が大多数。あるいは拒否反応を起こす。

国連の力不足だ。まだまだやるべきことがある。ソフィアは痛感する。

数限りなく間違い続けてきた。それが人類の歴史。だが変えられる可能性がある。しかも万人に平等な科学の力で。そんな時代がようやく来たのだ、後退してはならない。ようやく灯った叡智《えいち》の火を絶やすな。祈りがソフィアを支配した。同じ理性の船に乗るウィメンズ・クラブの面々が、アイリスやトーマが、いますぐ自分を励ましてくれることをソフィアは望んだ。

それはかなわない。代わりに脳裏に去来したのは〝伝説〟だった。救いを求めるがあまり、砂漠に現れる蜃気楼《しんきろう》のように。

いや――国連の長として、自分だけが知ることができる事実がある。彼らはいた。少なくとも、〝世界連邦革命〟のあの時期には確実に、地上に存在していた。

彼らは大国の軍事力を手放させた。国連の機密文書に残された、紛れもない真実。同時に、二度とない奇蹟か？　まだ幼い頃、彼女が国連を志す前に起きた神話のような出来事。

トゥルバドール。

彼らが消したと思われた争いの火は、また甦り、燎原《りょうげん》に広がってゆくのか。再臨がなければ、彼らのもたらした〝恩寵〟は消え、人類はまた野蛮な時代に戻るのか。

都合よく頼ることなどできない。誰にも。いま、目の前の頑なな男にぶつかれるのは自分のみ。

「オビク司令官。私が命令しても、従わないというのですか」

危険な原野に足を踏み入れた自覚はあった。自分こそ怒りという感情から逃れられない。間違っている、道を踏み外しかけていると知りながら、戻れない。

私を止めてください。間違っているなら。

一瞬、全神経を込めて壁の写真を見た。かつての国連事務総長たち。

だが、偉大な先達たちは穏やかな表情で見つめているだけだ。

「私の命令に従わないなら、規定違反です。ガードを差し向けざるを得なくなります」

言ってしまった。国連事務総長が、脅し文句を。

『承った』

返ってきたのは、呟きのような言葉だけだった。

気づけば回線が切られている。ソフィアは一人取り残された。

6

広間の真ん中に立つ女の姿。

久しぶりに命の危険を感じたな、と望月友哉は思い苦笑する。

決して大柄ではない。武器も持っていない。なのになぜ、鋭い鞭《むち》そのものに見えるのか。

「ご託は要らない。殺し合わせるのみ」

三人の男を睨みながら女は言葉を放った。

いきなりか、と思った。挨拶もなく、自らの存在理由を述べた。友哉は小さく震える。

知っている。この女がイザナギにおいて、サキと呼ばれていたことを。

「おお、我がカーリー神よ。大儀だった」

教主・サイトーは手厚く迎えた。一度、軽く跪《ひざまず》いてみせたほどだ。

女はその敬意に慣れているらしく、表情を変えなかった。

「なぜ、山は動かなかった」

どうやら頭に血が上っている。

「茂木司令は待っていた。彼の号令に応じる指導者を。将軍どもは、何をしていた?」

「山は動きかけていた」

教主はなだめるように、前屈みで女に言葉を届けた。

「警視庁が優秀すぎた。あれほど早く、茂木司令の身柄を陥れるとはな。国連の動きも速すぎた。忌々しいあの尻軽オジー、ウォーカーが、意気揚々と赤道を越えてアジアに入っていった」

「本当に早すぎました。サンゴール事務総長と一体化しているかのようだ」

執事のアルフレッドがすかさず教主を援護した。全く効果はなかった。

「茂木司令はとんだ道化だ! 梯子《はしご》を外されて、半殺しの目に遭った」

女は怒りを解放した。この場の誰をも恐れていない。

「分かっている」

サイトーは殴られたかのような表情で何度も頷く。

「機を窺っていた者たちは、出鼻を挫かれ、また殻に引き籠もってしまった。だが、次こそは——今度こそは、〝ジェネラルズ〟は本気で動く。彼が動きをつかんでくれた」

いままで無視されていた自分に、いきなり女の視線が突き刺さる。友哉は表情を変えないように気をつけた。

「Xデイはまもなくです。今度こそ確実に、将軍たちは蜂起します」

「見よ。貴殿の怒りはもっともだが、茂木の蜂起は、無駄にはならない」

教主は本気で女の機嫌を取っているように見えた。

「先触れとして、充分に役割を果たした。このように、市場が一気に活気づいた」

教主の言葉に合わせて、執事が中空で手を振った。すると広間の壁の一面が明るくなる。そこに映ったのは、黒くて鋭角な金属工業機械の列の映像だった。

目を凝らす。大量の兵器と武器だ。

「ある者は防衛のために。ある者は蜂起のために、活発に動いている。必要な血が、全身の血管を巡るように」

「そう。我々は心臓だ。どんどん送り出そうぞ！」

教主の煽りに酔った執事が唱和する。

「真新しい優れものも多い。なんとなれば、我々が編成した傭兵部隊だけで、万人警備隊《UG》を凌駕《りょうが》することも可能だ」

「専守防衛の軍など恐るるに足らず。必要なら、地上最大の先制攻撃で灰燼《かいじん》に帰してみせましょう」

男どもが勝手にボルテージを上げていくのを見て、

「簡単に言わないで」

女が腹に響く声で釘を刺した。

「ウルが表に出る？　で、教主。あなたが帝王に即位する？　違うでしょう。社会の裏側から暗然と支配するのが本性だ」

サイトーは凹まされたように首をすくめた。

「貴殿の言う通りだ。デマやカルトで愚民を扇動するのは、かつてほど楽ではない。忌々しいことに、ファクトチェックのシステムも進歩している。教化と扇動は手間暇がかかるのだ」

「あんまり傲《おご》るなよ。所詮は商人の分際で」

それは、これ以上なく苛烈に響いた。執事がグワッと目を剝いたが、教主はふやけたような笑みを浮かべたままだった。

望月友哉は軸を見失いそうになる。この広間で、主従関係が消え去っている。

「巨獣を飼いならすことに集中しろ。本当の主人になりたいなら、自ら武器を取るな」

その罵りの声は、実は酷《ひど》く優しいのかもしれない。そう感じ始めている自分がいる。眩暈がひどい。

「貴殿は自由だ」

サイトーは再び恭《うやうや》しく礼をしてみせた。

「私は、貴殿の望むようにいくらでもバックアップする。時に、フクシマの光景はどうだった？　茂木司令の軍が、戦車や装甲車や歩兵が、市街を進む光景は？」

女は辟易《へきえき》とした顔をするが、男どもは構わない。執事もコロリと表情を変えて嬉々とする。

「陥落させた議事堂と官邸の居心地は？」

「囚われた政治家や、警察官たちの顔色は？」

サイトーとアルフレッドは競うように訊いてくる。

サキだった女はそれには答えない。ただ宣言した。

「これから私は違う皮を被る」

「ご随意に。必要なものは、すべて与える」

サイトーはふいに教主らしい威厳を滲ませた。

「我々は志を共有している。互いのために力を尽くすのは当然のことだ」

言われるまでもない、という様子で女は頷く。

「ノーマンもズヴェズダも、貴殿に劣らず着々と成果を積み上げている。ギロチンと、石打。切腹に負けない華々しさだと思わないか？」

紛れもない喜悦。思わず鳥肌が立つ。望月友哉は知ったばかりだ。いまの二つの名前が、それぞれのテロ組織に加わって残虐な処刑を実行したことを。その二人に会ったことはまだないが、遠からず会うことになるだろう。

「これは王政復古の号令だと、敏い者は気づいている。待ち望まれた帝政時代の先触れだと、賢い者をざわつかせている」

「そんなことは分かりきっている」

答える声にはどこまでも情がない。そこに、ある種の魅力が溢れていることを友哉は否定できない。女はまだ若く、男たちにない活力に溢れている。下働きに見えて実は支配者。驚異だった。

ウルは普通の組織ではない。もとより知ってはいたが、想像を超えていびつで、前例がなく、組織を超えた組織だった。常識を捨てなくては到底、身を置けない。

自分を強く持たなくては負ける。並び立つ、燃え立つような強固な自我に。この女一人でこれだ。気圧《けお》されぬよう耐えるだけで消耗する。

だが、自分が耐え抜けることを知っていた。

俺も自分の仕事を貫徹する。命を賭してでも。

望月友哉は胸のうちで誓った。

7

女は思う。長居するのは時間の無駄だと。

サイトーの温和な眼差しは底知れない。慈悲深く見える。ついていきたい、包み込まれたい、と思わせる何かがあるのだろう。大勢の有象無象《うぞうむぞう》にとっては。

女はそう思い、内心で冷笑した。間抜けどもは救いようがない。

対して、サイトーの傍らのアルフレッドは生まれながらの執事だ。サイトーに惚れ込み、サイトーのためならどんなこともする。奉仕精神の権化。暑苦しい幇間《ほうかん》。だが、目の底に油断ならないものを抱えている。女は警戒を怠ったことはない。

比較的新顔の、望月友哉に対する警戒心も消えない。自分に通じる破壊衝動は感じた。笑みに狂気が滲んでいる。だが間諜がせいぜいだ。ノーマンやズヴェズダのレベルまでは上がって来られない。

むろん私の足元にも及ばない。

「国連と警視庁の最新情報が入っていると聞いたが」

ブスリと言ってやる。

「おう、そうだそうだ」

サイトーが慌てたように望月を見た。

「彼が国連本部からやって来たばかりだからな。ぜひ教えてくれ。君が所属することに成功したチーム、〝サーヴェイス〟の様子は？」

　すると望月は、どことなく歪んだ微笑とともに喋り出した。

「警視庁から、吉岡冬馬という刑事がやって来ました。実に興味深い人物です。ちょっと、彼のことを説明するには、一晩かかりそうだ」

「説教師だろ？」

　女は一刀両断した。

「あたしがいちばんよく知ってる。一度マイスナー・ネットで捕まえた。殺せなかったがな。忌々しいシールド使いだ」

　女の言葉に、活発すぎる反応が返ってくる。

「そうか！　シールド使いでもあるのだな」

「シールド！　我々の最重要課題の一つではないか」

「まさに。開発に先を越された新技術！　ぜひ捕まえて、サンプルを取りたいものだが」

「あたしへの当てつけ？」

　女は苛立ちを隠さない。

「あんな貧弱な磁界ロープじゃ、捕まえるのがせいぜいよ。シールド自体はビクともしない」

「まだ開発途中だ。そこは容赦してくれ」

教主は殊勝だった。さすがに女も矛を収める。

「奴を逃した言い訳をする気はないけど、あの説教師は、とんでもない女参謀を抱えてるんだ。やっと分かったよ、正体が」

「なんだなんだ！　教えてくれるかね？」

「アイリス・D・神村」

名前だけではピンと来るまい。親切にも解説してやることにする。

「警視庁の頭脳と呼ばれてる女は、チャールズ・ディキンソンの孫だ」

「な、なんと」

笑ってしまうほど分かりやすい衝撃が返ってくる。

「一度東京を奪い、そのあと、守護者となったあの男が……」

「待て。何より特筆すべきは、彼が継いでいる血だ」

「……そうか。そうでした。なんという因果だ！」

アルフレッドが興奮で我を抑えられなくなっている。

「敵なのか？　敵に回るのか。一族で敵か！　馬鹿な」

この男たちにも事態の深刻さが飲み込めたらしい。

だが女の機嫌は改善しない。この男どもは血について騒ぐが、所詮は他人事。自らの血に流れる業の深さを知らない者は、どれだけ騒ごうが空々しいだけだ。

「吉岡冬馬とアイリス・D・神村。この二人こそが、警視庁で最も強力なユニットということだな？」

「なぜこれほどコンビネーションがいいのか？　恋人同士か？」

空騒ぎが続く中、新参者が自分の存在感を見せようとした。

「幼なじみのようです」

望月友哉。早耳の持ち主であることは確かなようだ。女はじろりと睨めつける。

「祖父母の時代から、両家は繋がりが深い」

望月はこちらを見返さない。ただただ教主を見つめ、わずかに得意げに喋った。

「吉岡冬馬は、祖父母が二人とも刑事でしたから。東京ジャック事件の当事者です。その時から、一族を上げての結びつきが生まれた」

「そういうことか。血族のような結束は、そこに由来するか」

「チャールズ・ディキンソンが気になる。いま何をしている？」

愁眉の教主が前のめりに問うてくる。

「一人で東京を乗っ取った〝C〟。伝説の天才児は、いま何歳だ」

「生きていれば、一〇〇歳近くになるはずです」

望月の答えに、すかさず執事が声を上げた。

「最近の医療技術なら、生きていることはあり得る！　あれほどの天才だ、自らの寿命を延ばすこともやりかねない」

「そうだな。調査せよ。所在と健康状態を知りたい」

「了解いたしました。まあ、さすがに、出歩くこともない。力は衰えているでしょうが」

「連中のブレーンである可能性はあるぞ。警視庁の後ろ楯は、あの男だったのか？」

サイトーは両手を小刻みに震わせた。ただの恐れではない、と女はすぐに看破した。

「チャールズ・ディキンソン。実に象徴的な人物だ。光と闇の複合体」

感銘。崇敬。女は教主を忌々しく思った。所詮はトリックスター、底の浅い男だ。

「彼が後ろ楯ならば、納得がいく！　警視庁が、新技術をどんどん実用化できるのはいいブレーンがいるからだ。日本には、傑出した人材が集中している」

「ディキンソンが、シールドの開発にも関わっているというのですか？」

教主と執事の掛け合いをもはや女は耳に入れない。

目をすぼめる。ここにはいない誰かを睨みつける。

「いつものチームを借りてくよ」

低い声で宣言した。男たちの会話が止まる。

「あいつら以外は使い物にならない」

「もちろんだ。彼らは貴殿の帰還を心待ちにしていた」

気前のいい教主の声を背中に聞きながら、女は広間を去る。

Ⅵ　スペース・ライフル

1

モスクワ南部の郊外に位置するドモジェドヴォ空港に到着するなり、アイリスが目指したのは警視総監に紹介された男の家だった。

立石勇樹は悩んだ挙げ句、現役の刑事への顔繋ぎをやめた。危険すぎるという判断だ。いくら人柄に信頼を置ける人物でも、組織に属しているとどうしても情報が洩れる。結局は権力に歯向かえず、アイリスにとって不利益な行動に出る可能性を捨てきれない。

すでに組織の外に出ている人物なら安全だろう。しかも、高潔な志を持つがゆえに組織から弾き出された人物ならば。名前はセルゲイ・ネステロフ。四十六歳。現役時代はサイバー捜査に長け、テロリストやスパイの摘発に活躍したらしい。立石とは国際捜査の場で協力関係にあったという。だが、数年前に情報漏洩の疑いをかけられて警察を去っていた。

緯度が高く、日の短いロシアの秋。迅速な行動を心がけたかった。だから午前中に着く便を選んでやって来た。アイリスはタクシーを捕まえ、空港からほぼ真西に移動してポドリスクという町を目指した。モスクワ中心街から四十キロほど離れているとはいえ、二十万人ほども住む衛星都市の一つだ。この街を流れるパフラ川の河畔《かはん》に、ネステロフの家はあった。昼前に着くことができた。立石が自分につけたという護衛者の都合は考えない。自由に動いていいという条件でOKしたのだ。

ＧＰＳで住所を確認して特定した。ネステロフの家はレンガ造りの瀟洒《しょうしゃ》な一軒家だった。アイリスはさっそく呼び鈴を押す。

応答がなかった。アイリスの訪問は立石から知らされているはずだ。不在ということは考えにくい。

だが何度押しても反応がない。門の奥を覗《のぞ》いても、人の気配を感じない。

アイリスは警戒レベルを上げた。監視されていたとしても気取られないよう、さりげなく辺りを観察する。パフラ川のゆったりした流れから爽やかな風が吹き寄せてきた。陽射《ひざ》しも穏やかで、いまモスクワの郊外にあるのはただただ穏やかな光景だ。血の臭いなど嗅ぎつけたくはない。

だが、一滴の胆汁《たんじゅう》のような苦い味が舌を刺す。五感が呼び覚ます危機意識が、身体に微かな拒絶反応を呼び起こした。振り返ろうとして、左脚の運びがもたつく。神経細胞が軽い不和を引き起こしているようだ。

初めての感覚ではない。凶悪犯と対峙していた時代に磨かれた鋭敏さは、ブランクを経ても働いた。同僚からはアンドロイドやＡＩ疑惑を被せられているが、人間という生物が極限状態で発揮する感受性の鋭さはどんなセンサーをも上回ることを知っている。

自分は見られている。いまこの瞬間も。

護衛者とは思わない。仲間の視線ならなぜ、のどかな秋の景色に霜柱《しもばしら》が突き刺さるような感覚に襲われるのか。

害意が含まれているからだ。おそらくは、銃口さえ向いている。

アイリスが装着する、特製のスマートゴーグルのアラートサインがそれを裏づけた。不審な動きを捉えたのだ。肉眼では捉えられない遠方の動きだった。アイリスは小声でゴーグルに指示を与え、アラートのレベルを上げた。

すると、百メートル以上先の地点で不審人物の気配を捉えた。

アイリスは思考を切り替える。これはかえって好都合だ。この家の主・ネステロフに頼るべきではない。彼はマークされている。最悪の場合、すでに殺害されているかも知れない。ここに留まって生死を確かめるのは、得策ではなかった。

何にも気づかないふりをしてアイリスは移動を開始した。車道に出ると再びタクシーを捕まえ、モスクワの中心部を目指す。もちろん自動運転のタクシーを選んだ。

アイリスのゴーグルには追尾データが逐一表示される。マーキング済みの人影が、車に乗ってアイリスのタクシーを追跡し始めたのを確かめて、ふだん持ち歩いているツールを取り出してタクシーのコンソールに接続した。ロシアの自動運転タクシーのOSへの勝手な侵入は完全に違法だが、痕跡が残るようなヘマはしない。最新技術の粋を集めたツールを駆使して、アイリスは、通常ではあり得ない運転方法とルートをインストールした。

モスクワの中心部にさしかかるまでのんびり走っていたタクシーは、モスクワ川を越えたところでいきなり出鱈目なルートを駆け回った。細い路地を好んで選び、法則性の一切ない曲がり方を繰り返す。ランダムなアルゴリズムに従って、完全に行き先の予測を不可能にさせた。生身の人間が尾行するのはまず無理だ。その代償は、スピードと急激なGにひたすら耐えること。

アイリスは耐えきった。やがて、追っ手が追跡を諦めたことを悟った。

同時に、立石が派遣した護衛者まで撒《ま》いてしまったことを知った。致し方なかった。だがそれで終わりではない。アイリスがロシアに持ち込んだツールの真骨頂はそこからだった。この追尾システムは、世界各地を飛ぶ監視衛星をも従属させている。

警視庁の権限で、日本籍以外の衛星を正式に徴用することもあれば、ハッキングで強制利用することもある。アイリスは不世出のハッカーの孫だ。ツールの基礎設計はチャールズ・ディキンソン本人の手による。それはカーレースで言えば、世界最高のエンジンを積んだハイパーモービルを一人だけ所有しているのと同じだった。

逆襲。アイリスは指令を発した。

今度は監視衛星に、マークした人物を自動追尾させるのだ。

三十分と経たずに答えは出た。追跡者はモスクワ中心街の一カ所に落ち着いた。幸い、アイリスが潜む場所から遠くはない。さんざん通った路地を避け、今度はゆったりした大通り、サドーヴォエ環状道路を堂々と北上する。

北東の交差点まで来て、とことんまで酷使したタクシーを解放した。心なしか、タクシーは元気なさそうな状態で去って行った。通ったルートは綺麗に消去してあるので、タクシー会社のメンテナンス担当は、この車にいったい何が起きたのか。嵐の中でも通り抜けたんじゃないかと訝《いぶか》しむことだろう。

そこからは徒歩で、目的の建物を目指す。

見えた。巨大なのでずいぶん手前から視認できた。

学生時代も訪れている厳《いか》めしい伝統建築が、目に麗しい。こんな状況でもアイリスは感動を覚えた。建設を命じたのが、あの悪名高いスターリンだと知っていても、造形に対する称賛の念は抑えられない。

ホテル・レニングラード。モスクワでも一、二を争う名門ホテルだ。

泊まったことはない。敷居が高すぎる。学生時代など、ロビーに入るだけで胸が高鳴った。できるだけ長く居て、あらゆる角度から建築の細部を確かめた。何度も溜息《ためいき》が出た。豪奢《ごうしゃ》にして繊細。ヨーロッパとスラブとアジアのエッセンスが絶妙に入り交じっている。

ロシア社会主義全盛期の質実剛健さと、強大な権力の威圧感と、周辺民族統一への狂熱が混交しているかのような。

さすがにいまは、自らの趣味に走っている場合ではない。アイリスはマインドセットを刑事のそれにチューニングした。自分を追跡した人物は警察署か、政府関連の建物に入っていくことを予想していたのに、間違いなくこの名門ホテルに入っていったのだ。いまも中にいる。並大抵の身分でないことは明らかだ。

ネステロフの家に先回りされていた。警視庁からネステロフに情報提供の要請があったことが筒抜けだったようだ。あるいは、ネステロフ元刑事は常に監視下にあった。ネステロフ自身が裏切った可能性も捨てきれない。いずれにしても、接触してきた人物は追尾。そういう手はずになっていたのか。

立石に伝えなくてはならない。短いレポートを警視総監宛に送信してから、アイリスは呼吸を整え、改めて追尾データを精査した。ターゲットが、どの階の何号室にいるかまでは不明。ただし、AIの分析によれば上層階にいる蓋然性《がいぜんせい》が高いという結果が出た。豪華な部屋ほど上層階にあるというのは常識だ。

正面ロビーに乗り込む。かつて憧憬とともに見上げた光景が天蓋いっぱいに広がっているが、感情を封印した。ホテルマンやコンシェルジュに見咎められないよう、自然な挙動を心がけつつエレベータホールに向かう。

エレベータの扉がいくつも並んでいる。すでに開いている扉を選び、乗り込んだ。ドアが閉じようとする。

だが、閉まる寸前に再び開く。だれかが乗り込んできた。女性だ。小さなハットを被り、顔立ちはよく見えない。

あまりに何気ない光景であり、危険を呼び起こす要素はないはずだった。入ってきた人物は自分よりも小柄だし、武器どころかバッグ一つ携帯していない。

だが、アイリスが装着したスマートゴーグル内の光景は全く違った。エレベータが上昇を開始した途端アラートがスパークする。真っ赤な矢印が点滅し、乗り込んできた人物を指した。

データにある中で最も危険な人物が現れたことを、それは示していた。

アイリスは自分の甘さを呪う。敵の術中に落ちたのだ。逆襲し追い詰めたつもりが、裏をかかれたのはこちらだった。手ぐすね引いて待ち構えていた。そこにまんまと飛び込んでしまった。

一度アイリスに背を向けた人影は、くるりと振り向いて顔を上げた。

薄い笑みが広がっている。アイリスの目には、災厄そのものに映った。

「あたしはあんたを知ってる」

聞こえてきたのは、日本語だった。

2

アイリスは目を瞠《みは》る。私こそあなたを知っている。胸の内で言う。

イザナギのサキがそこにいた。

あの、日本最悪のテロ組織の中で唯一、フクシマの動乱を逃れ、日本をも脱出した女。

出自も本名もいまだに突き止められない女。

自分の狙いが当たったこと——いや、当たりすぎたことを知った。ウルの影がロシアで濃いのは確かだが、サキの逃亡先であることを期待していたわけではなかった。しかも、監視衛星が捕捉した人影は男性だった。この女に尾行されていたわけではない。ということは、アイリスをここに誘導した男は、サキの仲間か。

「あんたはあの、口の減らないヤドカリ野郎、吉岡冬馬の相棒だ。しかも、警視庁の頭脳だって？　ずいぶんな大物が、のこのこ飛び込んできてくれたもんだ」

自分の詳細を知られている。やはりただのテロリストではない。

アイリスは大きく二度瞬きし、スマートゴーグルが正しく反応したのを確認してから言った。

「あなたはウルのメンバー」

黙っているのも芸がない。淡々と伝える。

「自らイザナギに所属して、組織の実力を底上げしていた。サキと名乗り、いろんな人間に切腹させて回っていた」

サキはピンとこないような顔をした。全くの他人事のような。

その無感情さは衝撃だった。もはやどうでもいい過去なのか？

ただの記憶障害ではないと直感した。この女は〝サキ〟を切り落とした。

「あなたがモスクワにいるということは……ウルの本部が、ロシアにあるということかしら？」

球をもう一球投げ、相手の表情や目の動きに注目した。短い間に微妙に変化する様子を捉えたかった。これは録画されている。アイリスのスマートゴーグルを通してＡＩで解析すれば、きっとある種の症状を感知する。

この女テロリストの人格はどれほど歪んでいるのか。過度な暴力衝動の源泉を知りたい。

「あなたに撃たれた鴇田隆児は、生きている」

アイリスは試す。できるだけ多くの反応を引き出して、相手の精神の地図を描きたい。

「あなたの情人だった男が死んでいなくて、ホッとした？」

笑みまでぶつける。一方で、相手の暴力の爆発に備えた。狭い個室だから逃げ場もない。

ジェネレーターの調子を確認するが問題はなかった。

「あなたの良心は、疼《うず》いていないの？」

　いくら問いを重ねても、サキは歯牙《しが》にもかけなかった。

「お前は何語を喋ってる」

　虚《うつ》ろな笑いが、顔の下半分だけに揺らめいてる。

「無駄な会話をしている暇はない。まもなく着くぞ。あたしの根城に」

「あなたはサキと名乗っていた。本名を教えて」

　答えが返ってくると期待したわけではない。激昂するかも知れないと思った。ところが女は、首を傾げて考え込む素振りを見せた。興味深い反応だ。

「カーリー。あたしをそう呼ぶ者がいる」

　言ったあと、顔が喜悦に染まった。

「殺戮《さつりく》の女神の名を。あるいは、エリスでもいい。マタ・ハリでもいい。西太后《せいたいこう》でも、ネメシスでも、ティシフォネでも、なんでも構わない。好きにしな」

　引っかかる単語ばかりを投げてくる。脳に爪を立てるような。どれもが不穏な背景を持つ名で、瞠目《どうもく》すべきはすべてが女性の名前だということだった。性的な揺らぎはこの女の中に微塵もないらしい。女性として激し、女性として殺戮する。多重人格者は大概、相反した性のキャラクターも持つものだが、この女は違うのか。ひどく特殊だ。

　自分が動揺していることをアイリスは認める。この女の狂気と憎悪に呑み込まれるのが怖い。人間存在としてこれほど手強《てごわ》い相手との対面を想定してはいなかった。敗北主義に陥る趣味はないが、最悪の事態を覚悟すべきだとアイリスは感じた。待って、私には二重の楯がある。

すぐにそう自分を鼓舞する。だから単身で乗り込んでこられた。

「貴様。こっちを見るな。ゴーグルを取れ！」

相手の様子が変わった。アイリスは思わず瞬きする。何がきっかけになったのか、女の位相が変わったと感じた。不穏な女たちが、目の前の一人の中にひしめく怪異を描いた絵画が網膜に焼きつく。誰も見たことのないモザイク画だ。

「あなた、心が苦しくない？」

通じようと通じまいと、言葉を投げずにいられなかった。自分こそ、ある種の精神的危機に瀕しているのをアイリスは感じた。精神を蝕む濃い黒色が広がっている。深淵に染み通るほどの狂気、何もかもを滅して顧みない害意。アイリスはこれほどの脅威を目の前にしたことがなかった。

「救いが必要。いますぐ専門家に相談するべき」

だからこそ言った。言葉の壁を立てる必要がある。魔法陣のように人間に作用することを知っていた。適切に扱わなければ効果は出ず、掻き消えるほど脆《もろ》いものだとも知っている。目の前の暴風雨のような女に魔法が効くとは思えない。そう自己分析した通りになった。

「あんた、思ったより馬鹿だな」

女はそう言って笑ったのだ。

「自分が病んでることなんて、とっくに自覚してる。こんな狂った世界で、狂わずにいられるわけないだろ。あんたがあたしを救えると思うなら、めでたすぎる」

そう言いながら、魔法を使ったのは相手の方だった。いつの間にやらその手には拳銃が握られている。間髪を入れず撃ってきた。

微かな衝撃がアイリスを一瞬揺らした。が、それだけだった。

「ふん。確かめるまでもなかったね。あんたがシールド使いじゃないはずない」

アイリスが備える科学的な魔法は効いた。だが少しも安心できるとは思わない。

「跳弾《ちょうだん》が怖いから、こんな狭い場所での発砲はよしなさい」

思わずたしなめる自分の中にも、揺るぎないものを感じてアイリスは背筋を伸ばした。

相手を凝視する。この女が鍵なのだ。世界を蝕むウルの一員。人類がかかる宿痾《しゅくあ》のワクチンを造りたい。この女こそ生きた研究材料だ。アイリスの中の不動の科学者がこの女を手に入れろと言っていた。アイリスの中の常識人は、無茶を言うなと乾いた笑いを放っている。天災を家に持って帰れるはずがないと。

「発砲の角度を考えてないと思うのか。馬鹿」

生きた災厄はアイリスを言葉で刺した。そして、もう片方の手に握られた別の道具を起動させる。アイリスは対処しようとしたが、遅かった。

「おいおい。あんたらはいつもこの手に引っかかる。少しは学べよ」

嬉々として侮辱されたが、抗弁の余地はなかった。

気がついた瞬間には捕縛されていた。見えない力場によって。仲間が喰らった手を自分も喰らった。鳥取で吉岡冬馬が手も足も出なかった最新技術。おそらくは強力な磁界を利用したもので、シールドに対抗するために開発されたウル製の陰険な拘束具だ。その底知れない実力を発揮したまま、エレベータは上層階に着く。

扉が開いた途端、特殊な手袋を塡めた男たちが雪崩《なだ》れ込んできてアイリスの身体を持ち上げた。シールドがある故、直接身体に触ることはできないが、アイリスを捕まえたエネルギー場ごとえっちらおっちら運ぶ。最後のところはローテクなのも、鳥取で冬馬が味わった体験とまったく同じだった。

あの時はアイリスが冬馬を救出したが、まさか自分が同じ穴に落ちるとは。思わず歯嚙みする。これでは彼を笑えない。

運び込まれたのは豪勢すぎる部屋だった。このホテル内の最高級のスイートルームと知り、アイリスはほんの一瞬だけ学生に還る。夢に思い描いた建築と装飾の極致を目蓋《まぶた》に焼きつけるが、それをいま掌握している女の、恐るべき資金力に意識を振り向けた。

それはウルの無限の財を証明していた。闇武器市場を仕切れば、資金に困ることは絶対にない。

　スイートルームの床に転がされながら、もっと自分の危機に敏感になるべきだと思った。シールドキーパーでなければ、どんな狼藉《ろうぜき》も陵辱《りょうじょく》もあり得る絶望的な状況だ。一瞬、自分がなぶり殺されるヴィジョンが脳裏を掠《かす》める。だがそこまで切迫感を得られないのは、自分もまた病んでいるからだろうか。

　いや。信頼が背筋に芯を入れてくれているからだ。アイリスは思わず頷いた。自分のみならず、仲間の刑事たちを守っているこの技術は盤石だ。こうやって外から捕まえるのがせいぜいで、シールドの内側には何人《なんぴと》も入れない。どんな攻撃も浸食も跳ね返す。

　そう思っていると、女はあっさり装置のスイッチを切ってアイリスを捕縛から解放した。呆気にとられたが、大勢で取り囲んだことで安心したのだと納得する。

　アイリスは床に手を突いて立ち上がった。しっかり胸を張って誇りを見せる。自分は日本の警察機構の代表でもある。

　女を中心にし、左右に二人ずつ男が立っていた。男たちが荒事に精通しているのは顔や体格を見れば分かった。スーツ姿の者も、作業着姿の者もいる。この中のだれかが自分をこのホテルまで誘導したに違いない。

　エンジニアふうの男が一人、カメラのレンズをアイリスに向けてきて端末で解析を始めた。アイリスを守るエネルギー場を調べている。正体を見極めて破る方法を探しているのだ。だがしきりに首を捻っている。センサーに期待したものが引っかからないのだ。アイリスは口元をほころばせた。

シールドは簡単には解明されない。むろん特許を開放していない。

〝サキ〟がエンジニアに近づき、端末の画面を覗きながら何事かやり取りする。他の男たちは技術用語が理解できないのか、仏頂面だ。畏怖の念を顔に表している者もいた。シールドという未知のものを恐れているのか。

「ほう！」

〝サキ〟がいきなり声を上げた。

そしてアイリスをじっと見る。自ら近づいてきて、

「……これは知らなかった」

目を円くする。アイリスのパンツスーツの裾から覗いている左足を見ての感想に違いなかった。気分は良くない。アイリスは足を引いた。

「おい、アイリス・D・神村」

女の名を呼ぶやり方は、舌でねぶるようだった。

「お前の身体に、そんな秘密があったとはな！　どうしてそんなことになった。答えろ」

アイリスは口を開く気配すらさせなかった。

サキのこめかみに罅が入ったような錯覚が襲う。この女の怒りは、周囲に波動として伝わる。四人の男たちが緊張するのが分かった。

「あたしはお前に手出しできない。シールドは完璧だ。お前はそう考えているか？」

怒りに震える声。むろんアイリスは答えない。

「こっちも馬鹿じゃない」

女の笑みは、笑みというより歪みだった。

「まず、このスイートはあたしたちが完全に押さえてる。隔離されてて絶対に助けは来ない。あたしはこうやって、透視もできる」

言いながら、自分用らしいゴーグルを装着する。さっそくアイリスの身体をじっくり見た。赤外線など別の波長でスキャンしているようだ。

「シールド使いを捕まえるこのツールも改良中だ。いくら時間がかかっても、必ずお前のシールドを破ってみせる。お前が飢え死にしたあとでもいいんだ！」

言いながら、女は手の中のコントローラーを操作した。再びアイリスの身体が自由を失う。かかる負荷も、さっきより強い。アイリスの身体は徐々に回転させられた。強大な力で後ろを向かされる。

「ジェネレーターはどこについている？」

女はアイリスの腰の辺りを覗き込んだ。

「透視スコープを通しても、お前のジェネレーターが見つからないぞ。どこだ？」

殺戮者は焦りをそのまま口に出した。

「ジェネレーターさえ手に入れれば、シールドの仕組みは明らかになる。場所を言え！　どこに隠してる？」

もちろんアイリスは相手の欲求を満たさない。自分の口から情報を与えるほど愚かなことはない。

幸い、この捕縛力にも限界がある。身体を屈曲させようとするとシールドが攻撃とみなし、反応して押し返してくれる。ひどく苦しい体勢にはならなくて済んだ。

「そうか」

だが女は、感づいてしまった。

「そこに埋め込まれているのか！　脚をもいで、分解してやろうか？」

脅しの口調ではなかった。料理の話でもしているかのようだ。

「おい。シールドは、百年後の技術だ。どうやって実用化した？」

いきなり本質を抉られた。この女がただの暴力衝動の塊でないことが分かる。優れて知的な面が垣間見られて、また興味を掻き立てられた。明かせない秘密に迫られているにもかかわらずだ。

「開発者は見当がついている。お前がよく知っている人間だろう？」

アイリスはなおさら反応を消す。表情一つ変えたくない。

「あの不良老人だ。死に際を間違えた、生まれつきの悪戯っ子だろう！」

答える必要はまったくなかった。

「シールドの秘密さえ暴ければ、あたしたちの勝ちだ」

女は目を剝いて、視線を合わせようと顔を下げてきた。アイリスは頑なに目を合わせない。

「なぜなら、シールドは――トゥルバドールの力と似ている！」

相手に感心する思いもある。だが、相手の血走った目と不快な波長の声にさらされると、不条理な狂言を無理やり見せられている気分になる。

「お前たちは、トゥルバドールに情報提供を受けた。あるいは、連中の技術を直接授かったのだ。そこからシールドを作った。違うか？」

悪夢の感覚に襲われながら、アイリスは己の真ん中に意識を集中して耐えた。

目の前にいるのに届かない言葉。絶対的に溶け合わない心。

大丈夫だ。揺れるな。私は守られている。多様な楯が私を救う。いまは孤絶しているように見えるが、仲間がいる。信頼は揺らがない。

アイリスは目を閉じて口を噤んだ。遮断。物理的にも精神的にも閉ざす。

罵倒の言葉が続けざまにアイリスを刺してくる。そんなものでは痛痒《つうよう》を覚えなかった。

ただし、

「いまどこだ？　あの目障りな説教師は？　これから合流する予定か？」

という問いが聞こえたとき、アイリスは閉じた貝でいることができなくなった。

「彼は自分のミッションに集中してる。私のことなんか気にしない」

言い放つ。

どうやらそれが、相手が秘めている扉の鍵を開くことになった。また罵倒を重ねたあとで、女はこう告げたのだ。

「お前がまだ知らないことを教えてやる。あたしの血の話だ」

稲妻が走り、アイリスの脳内をくまなく照らし出した。

3

吉岡冬馬は、国連本部に近いホテルの一室で思案に耽っていた。

ニューヨークに来てまだ二日目だが、濃度が高すぎていささか胸焼けしている。出会う人間も、もたらされる情報も、起きる事件も刺激がありすぎた。とどめは、国連事務総長室に残された悪質な脅しのオブジェだ。

あのあと、冬馬と〝サーヴェイス〟の面々、やってきた保安担当者と総出で、念入りに部屋の中を捜索して安全を確認し終えた。するとソフィアは、「これから、通信で話したい人が大勢いるの。トーマ、申し訳ないけど、今日はここまで。また明日会いましょう」

冬馬もソフィアを休ませてやりたかったので、おとなしくホテルに戻った。舎弟のような男を引き連れて。

鴇田隆児も、突発事の連続に心の整理がつかない様子だった。何よりウルの影が衝撃をもたらしている。サキの記憶が呼び起こされ、心底震え上がっている。平気な顔を取り繕っているが、やせ我慢だ。今日はもう休ませてやりたかった。

連日国連に顔を出せば、鮮度の高い情報が次々に入ってくる。切れ者揃いのサーヴェイスの面々からも学べることは多そうだった。あの望月友哉という妙ちくりんな男は別にして。

だが、いつまでもニューヨークにいても仕方がない。立石が紹介してくれたFBI捜査官のいるワシントンD.C.を訪れるべきか。だが、フランクリン・チャンのおかげでFBIに対するイメージは相当込み入ったものになった。では、軍需企業〝ボーグナイン〟の本社のあるシカゴを訪ねようか。虎穴《こけつ》に入《い》らずんばなんとやらだ。ソフィアのそばにいるのは快適だが甘えてばかりもいられない。明日ソフィアに相談しよう。ボーグナインについて有益な情報を持っているかも知れない。

軽食を摂って一息つくと、アイリスのことが気に懸かった。もうロシアに入っているはずだ。問題なくやっているだろうか。

久しぶりに自分で捜査に出ているのだから、いつものように参謀扱いするわけにはいかない。気軽に連絡することは控えた。それでも、心配だ。やはり声だけでも聞きたい。

端末を握って迷っていると、その端末が震えだした。緊急連絡のサインが浮かび上がる。だが表示された相手のIDに見覚えがない。通信では初めて話す警察官だ。だれだ？

『吉岡警部。こちらは、速水レイラです』

「お、君か」

特殊急襲部隊の副長だ。何の用だろう。

『実はいま、私、モスクワにおります』

「なに？」

頭が切り替わらない。日本からの連絡だとばかり思ったのに、なぜだ。

モスクワ。急激に予感が弾けた。

『立石総監からの直命で、神村警視の護衛についていました。神村警視は必要ないとおっしゃったのですが、私は喜んで着任しました。ボディガードというより、少し離れて見守る役割です』

「そうか」

小声で応じる。アイリスらしいと思った。彼女も一人を好む。

『しかし私は、しくじりました。神村警視に撒かれてしまったのです』

「撒かれた？　どうして」

つい声が大きくなる。

『私を撒こうとしたのではないと思います。不審な車に追われて、それをかわそうとして、結果的に』

「それで？　アイリスはどうなった？」

『GPSの記録から、神村警視がホテル・レニングラードに入ったところまでは把握できています。しかし、そこから出てきません。通信にも応じません』

「……拘束されたか」

『はい。おそらく』

「君一人か？　どうする気だ？」

『総監に報告し、隊にも助けを求めています』

決意の連絡だ。呼べる救援は全て呼ぼうとしている。

「そうか。よく俺にも連絡をくれた」

『しかし、なにせモスクワです。すぐに駆けつけられる人間がいません！』

熱湯が噴き出すように危機感が脳内に満ちた。国連大学爆破のときも味わった、相棒を失う恐怖。二度と味わいたくないあの感触が、再び自分を捕まえている。

「こっちもニューヨークだ……他の連中は？」

『朴隊長が空港に向かっています。直行便を押さえられましたが』

「それじゃ遅い。半日近くかかるだろう」

『はい』

「他に頼れる仲間は？」

『いません。私が単独で、ホテルの内部に潜入しようと思います』

「待て。早まるな」

冬馬は止めた。アイリスを重視するあまり、速水の命を軽視してはならない。いくら有能な特殊部隊員でも、一人でできることは限られている。

必死に考えた。最善策はなんだ？　アイリスがシールドキーパーであることは、最低限の安心をもたらしてはくれる。滅多なことで彼女は傷つかない。

だが、次の速水の言葉で安心が吹っ飛んだ。

『神村さんが、拘束されたと思われる直前に、手がかりになる情報を送ってきてくれました。警視総監宛だったんですが……撮影されたばかりの写真です』

言ったそばからデータが送られてくる。冬馬はすぐに開き、驚きのあまり凝固してしまう。

写真データの枠内に捉えられているのは、明らかにあの狂気の女。サキだ。しかも至近距離。狭い空間内で撮られたものだ。写真に記録されているタイムを見てもそれほど時間は経っていない。

アイリスはモスクワでサキに捕らえられた。

最悪だ。かつて自分を捕らえたことを思えば、サキはシールドキーパーの扱いに慣れている。まずい。これはまずい。

「速水。俺がそっちに行く」

考えずに言っていた。

『来られますか。どうやって？』

「最短の方法で」

『最短？　どの方法ですか』

「ここはニューヨークだ。いい便があると聞いている」

記憶を辿って確かめた。いけるかもしれない。

「俺が着くまで待て。くれぐれも焦って突入するなよ。そっちに着く時間が分かったら連絡する」

相手を承諾させるが早いか、冬馬は自らの端末で調べ始めた。身体は落ち着かない。勝手に走り出していきそうだ。

4

強いノックの音が聞こえた。

自分の部屋のベッドの上で微睡んでいた鴇田隆児はあわてて身を起こす。隣りの部屋に泊まっている吉岡冬馬が来たに違いない。

ドアを開けると案の定だったが、その顔に異変が起きていた。

「アイリスが危ない」

青ざめた頬。突き抜けるような眼差し。この男がこれほど我を失うとは。

「隆児。相手は、サキだ。サキはモスクワにいた」

今度は隆児がひっくり返る番だった。

「モ、モスクワ?」

「来い」

問答無用で冬馬の部屋に引っ張り込まれた。備え付けられたモニタに端末が繋がっている。冬馬が簡単な操作をしたあと、画面に映ったのはソフィア・サンゴールの顔だった。

「すまん、ソフィア。疲れてるところに」

『いいえ。まだ帰れないから』

　国連事務総長の返答は丁寧だった。今日あった出来事を通して、隆児はすっかりこのセネガル人女性を尊敬していた。どんな脅しにも屈しない勇気の持ち主だ。隆児は感動する。

「ソフィア。アイリスが……」

　冬馬がいきなり言葉に詰まる。

『トーマ。アイリスがどうしたの？』

　国連事務総長の顔が懸念に曇る。

「……連絡を絶った。おそらく、拘束されてる」

『そんな』

　ソフィアは心底悲しげな顔になった。

『アイリスはいま、どこに？』

「モスクワだ。秘密捜査のために現地に飛んでいたが、護衛役からいま、連絡が」

『トーマ。アイリスを救って』

　吉岡冬馬に懇願した。アイリスという刑事が、このソフィア・サンゴールにとっても特別な存在だと隆児にも伝わる。二人のやり取りが全て日本語なのも隆児の心を打った。日本で培われた絆なのだ。

「もちろんだ。ニューヨークから、弾道飛行は可能だったよな？」

『なるほど』

ソフィアが大きく頷いた。

『スペース・ライフルがいちばん早いものね。任せて。手配する。クララ！』

ソフィアは秘書官を呼んで英語で指示した。さっきまで泣きべそをかいていたクララ・マッケンジーもまだソフィアのそばにいる。画面の隅の小さなワイプに、使命感も露わにインカムをつけて喋る姿が映った。話す先は、空港か？

「そうか。有り難い。国連事務総長が手配してくれるなら、間違いないな」

冬馬は言うと、隆児に向き直った。

「サキは、自分を追ってきた刑事をどうする。教えろ」

隆児は冬馬に迫られて泡を吹きそうになった。すごい眼力だった。

「おい、シャンとしろ！　サキとお前は、他人じゃなかったんだろ」

厳しい言葉に目を覚まさせられる。罪悪感を覚えたての少年のようだと自分で思う。

「責任を取れ！　お前も俺と一緒にモスクワだ。これからすぐ」

「これからすぐ？」

目が回る。ニューヨークに来たばかりで、今度はモスクワ。サキを追いかけて。愛した女の面影が脳内をぐるぐる回る。あんなに近しかったのに何よりも遠い。俺があの女の何を知る？

「サキは……シールドの謎を解きたがってた」

ぽろりと自分の口から零《こぼ》れた言葉に、冬馬は激しく反応する。

「アイリスもシールドキーパーだ。だが絶対に口を割らない」

アイリスとは噂に聞いていた科学捜査官だ、と遅ればせながら思い当たる。イザナギの誰か、それこそサキが、敵意に満ちた様子で教えてくれたのではなかったか。人間AIのような天才。ロシアに乗り込んでサキを見つけだした！　相当優秀なのだ。囚われたことを別にすれば。

「でも」

誠実に伝えなくては。サキについてのすべてを。それが、いま自分ができるせめてものことだ。

「サキも引っ込みません。必ず目的は果たす」

「アイリスが口を割らなかったら？」

「殺すと思います」

言うのを躊躇っている場合ではなかった。冬馬は拒絶するように激しく首を振る。

「殺せない。シールドがある」

「あいつは……ともかく、言ったことは実行します。殺すといったら殺す」

隆児は言い切った。苛立ちと恐怖が極まったかのように冬馬は身震いする。それを、国連事務総長が我が事のように見つめているのに気づいた。こっちのやり取りも全部送られている。

『アイリスを狙ってるテロリストね？　元イザナギの……そんなに危険なの』

日本語の美しい発音に、隆児は場違いに感動した。懸命に答える。

「躊躇いがないんです」

自分の言葉を直接届けられて嬉しい。

「あそこまで、自分のやることに疑問を持っていない女は、いない」

「あの女、自分を神だとでも思ってるのか」

冬馬が激し、

「そうかも知れない」

隆児は首を傾げながら言った。自信はないが、何か宗教的信念のような強い力に動かされているのを、ふだんから感じていた。冬馬は呆れたように首を振る。

「お前、よくあんな女とくっついてたな」

「……普通に、いい女だったときもあったんです」

しょんぼりと言う。それから、国連事務総長の視線を意識した。彼女の前で何を喋っているんだろうと恥ずかしくなる。

「たまにいる。まったく別人になる犯罪者が」

冬馬はそんな納得の仕方をした。大勢の犯罪者を〝説教〟してきた経験から言えること。

実際にサキと喋った時に感じたのだろう。彼女の抱える深い闇を。

隆児は若かった。サキを、人一倍移り気な女だとしか思っていなかった。次第に残虐さを露わにするにつれてサキの心の深淵に慄《おのの》き、ただパニックになった。

「お前は、死神の隣りで寝てたんだ。いまさら怖がれ」

隆児は泣きたい気分になった。冬馬はあまりにも正しい。なぜまだ自分は生きている？運がいいだけだ。

改めて不思議になる。首相官邸の中庭で、サキはなぜ自分を撃ち損なったのか。わざと心臓を外したのではないか？　そう疑い出している。それは仏心ゆえか。それとも、裏切り者は簡単には殺さないという修羅の心ゆえか。怖い。ひたすらに怖かった。

再び会った時、サキはどんな顔で自分を見るのか。

あの女の素顔を自分は知らなかった。愚か者だ。だが、会うかもしれないのだ。これからモスクワに行けば。

「本当に、俺も行っていいんですか？」

「お前が来なくてどうする。お前はサキの専門家だ」

その評価は間違っていたが、隆児は頷く。逃げたら男じゃない。自分の尻は自分で拭え。

『トーマ。飛行の準備ができた』

国連事務総長の親切な声が聞こえた。

『いますぐNALへ行って』

「ありがとう、ソフィア」

『アイリスをお願い』

「必ず救い出す」

警視庁の刑事たちは国連のトップと親友のような絆を結んでいる。隆児は、場違いな誇らしさを感じた。

俺ごときが、この人たちの力になれるだろうか。

なりたい。心のどこかから血が流れている気がした。俺は心の底から、この人たちのために命を懸けたいんだ。迷うな。振り返るな。

5

急いで荷物をまとめてホテルをチェックアウトした。気忙《きぜわ》しく歩道を進む冬馬を見失わないようについていきながら、

「どこへ行くんですか?」

と何度も聞いたが答えない。タクシーを捕まえ、乗り込むや否や電話で話し始めた。

「総監! 速水に聞きました。アイリスの救出に向かいます。弾道飛行の許可をくださ

い」

警視総監に直訴している。警察の最高司令官に対し直電。遠慮を感じない。警視庁にとってアイリス・Ｄ・神村とはそれほど大事な人材ということか。それにしても弾道飛行とは何だ？

電話のやり取りを終えると、冬馬はようやく隆児を見た。

「手続きは済んだ。モスクワに入るぞ」

「は？　いま、どこへ向かってるんですか？」

「ニューアークリバティ空港。俺たちが日本から来たときのＪＦＫ空港とは、別の空港だ」

「ニューアーク……そこに何があるんですか？」

「弾道飛行便だ。モスクワまでショートカットする」

「弾道飛行って」

「聞いたことないのか。半宇宙旅行だ」

冬馬は邪魔くさそうに言った。

「短い間だが、大気圏の外に出る。成層圏の上を飛べば、地球の裏側にだって数時間で着ける」

ああ、と思った。さっきソフィア・サンゴールが口にしたスペース・ライフルという言葉に聞き覚えがあったのだ。

「危なくないんですか？」

急激に不安が膨れ上がる。

「ロケットって、たまに爆発したりする」

「弾道飛行はロケットほど燃料を使わないから心配ない。外宇宙に出るわけじゃないんだ」

「そ、そうなんですか？」

「準軌道飛行とも言うくらいだからな。大気圏外に完全に出るわけじゃない。大気に波乗りして滑っていくような感じだ。宇宙飛行としては、原始的なタイプだよ。一四〇年前、NASAがやった初めての宇宙飛行が弾道飛行だった」

刑事の口から滑らかに出る説明に呆れながら、

「しかし、相当の費用がかかるんじゃ？」

隆児はなおも訊く。内心の怯えをごまかすためだ。

「だから総監に許可を取った」

冬馬の笑みは引き攣っていた。

「むろん経費だ。私費で飛んだら、一生かかっても返しきれない借金になる」

ニューヨークのイエローキャブ——全てが自動運転化されている——の進みは快調だっ

た。信号に捕まることもなくマンハッタンの中心街を抜けていく。

「おまけに環境破壊になるから、五百本の植樹代も込みだ。何度も使える手じゃない」

「植樹……五百本」

弾道飛行は、大量のCO_2を排出するらしい。その埋め合わせに植樹するのか。それを条件に許されていると思うと、どこか釈然としなかった。

「文句を言うなよ？　命が懸かってるんだ。俺は絶対にアイリスを救う」

その執念は充分に伝わっている。隆児は言った。

「相当優秀なんですね。事務総長も心配してた」

「ソフィアとは親友だ。いつもソフィアを助けてるし、俺も助けられてる。鳥取でお前らに捕まったとき、助けてくれたのがアイリスだ」

「へえ」

冬馬を監禁したことなど遠い昔のようだ。軽く返してしまって申し訳ないと思ったが、冬馬は気にする様子がない。むしろ饒舌になった。

「去年まで俺とコンビだった。だがその前から、子供の頃から知ってる」

「え。幼なじみですか？」

「そうだ」

ふいに冬馬に睨まれた。

「助けるのは、私情だっていうのか？　違う。アイリスがいないと警視庁の戦力が半減する。大損害だ。しかもあのサキがいる。駆けつけない理由はない。そう思うだろ？」

はい、という答え以外は許されなかった。

冬馬はわずかに笑い、すぐ真顔に戻る。

前にも増してアイリス・D・神村という刑事に興味が湧いた。だが、生きては会えないかもしれない。シビアに考えるとそうだ。希望を見つけるのは難しい。

サキの苛烈さは狂気。シールド使いを殺す方法も見つけ出す。口にはできないが、隆児はそう思った。

二人を乗せた黄色い自動タクシーは着実に摩天楼《まてんろう》をすり抜けてゆく。

6

車窓に映る壮麗なビル群も、目に映るだけで一向に心に入らない。

冬馬の脳裏に去来するのはアイリスの面影ばかりだった。最近のアイリスよりも、なぜか幼い頃の姿が溢れ出して押し寄せる。

冬馬に、アイリスと出会ったときの記憶はない。幼すぎたせいだ。気づけば一緒に遊んでいた。物心付いた頃にはアイリスを家族と認識していた。それぐらいに近しいつきあいを、一族同士でしていた。六歳の年の差があったが、アイリスは利発な子供で、背が伸びるのも早かったので年齢差を感じたことがない。いつも同じ目線で遊んでいた。東京の互いの家はもちろんのこと、祖父母が移り住んだ静岡に冬馬が泊まりがけで行った夏休みも、アイリスが両親とサウサンプトンに移住した時期も、互いの土地まで訪ねて行って遊んだ。思い出は全てが鮮やかな色彩を帯びている。虫取り、川遊び、海水浴。自然の中での遊びは特に忘れられない。野生児同士だった。テクノロジーが急速に発達し、多くの土地が都市化する時代に自然のそばにいられた。親たちからは格別に良い情操教育をしてもらったものだと思う。

同僚としてのアイリスと重ならないぐらい、あの頃のアイリスは天真爛漫《てんしんらんまん》だった。男の子顔負けの腕白さで虫を追いかけ、木に登り、無邪気な笑い声を上げていた。大人になってからは笑い声を聞くことが珍しくなった。仕事柄笑うことが少ないのは仕方ないが、アイリス自身が変貌を遂げたせいでもある。刑事という仕事を選んだ瞬間にある種のスイッチが入った。冬馬はそんなふうに捉えていた。するとなおさら、二度と戻れない季節が思い出の中で輝いた。

幼い二人を、目を細めて見ていた美結おばあちゃんの顔も浮かんでくる。

優しかったイメージしかない祖母が、かつては強行犯係の刑事として殺人犯を追いかけていたなど信じられなかった。自分が刑事になってからはなおさらだ。

いまこそ亡き祖父母に話を聞きたかった。同じ職業を選んだ孫の愚痴《ぐち》を聞いて欲しい。悩みを聞き、相談に乗って欲しかった。遅い子供だったせいで、共にこの世にいた時間が短すぎた。祖母も祖父もいずれも、冬馬が学生時代に世を去った。

むろん、冬馬の両親が望んで遅くに自分をもうけたわけではない。遅かったおかげでアイリスと同世代になったとも言える。〝東京ジャック〟当時、関係者の中で抜群に若かったチャールズ・ディキンソンの孫と、自分が生まれた時代が近くなったのはまったくの巡り合わせだ。

アイリスが桁違いに優秀なのは、チャールズ・ディキンソンの孫だという説明だけで足りる。公教育に頼る必要もないのは、身内に別格の天才がいることが答えだった。チャールズと対話しているだけで知性は高まる。博覧強記どころではない頭脳の持ち主だからだ。アイリスの両親も秀でた存在で、父親が宇宙物理、母親が歴史学の教授だ。その娘が刑事をやっている意味が分からない、と誰もが思う。なぜそんな苦行に身を投じたのか。冬馬さえアイリスを責めたくなる瞬間がある。

では幼い頃の天真爛漫なアイリスは、失われたのか？　そうではないと冬馬は知っていた。ただ、途轍《とてつ》もなく多層構造になった。他の層に隠れて見えにくいだけで、よく笑う悪戯っ子は生きている。アイリスの分厚い自己は何重にも折り重なっている。冬馬は時に、自分の単純さを貧相に感じた。だが、幸か不幸か二人は同じ職業を選び、捜査一課で同僚となった。子供時代とは違う絆だが、責任を共有しながら二人して凶悪な事件に向き合う感覚は悪くなかった。コンビ時代は二年に満たなかったが、これも忘れられない時代だ。

アイリスの両親は、アイリスの仕事に理解を示しているという。対して自分の両親はどうか。父親の拓馬は、息子の生き様に大いに眉を顰めている。〝説教師〟などと言われ出してからはさらに顔が曇っている。まさか息子が、自分の親と同じ刑事になるとは思っていなかったようだ。自分と同じようなアカデミズムの世界か、芸術系に進むと信じていた。拓馬が、自分の一族の伝統――警察族――を好ましく思っていないことは、冬馬も肌で感じていた。一柳美結と吉岡雄馬。両親ともに刑事だということが、子供には不幸でしかなかったことは理解できる。慌ただしすぎる日常。凶悪犯と対峙し、帰ってくる保証のない日々。気が気ではない。

父親は孤独を感じていた。いつ親を失うか分からないという恐怖とともに大きくなった。それには大いに同情する。冬馬は結婚していない。当然子供もいない。刑事が家族を作っても心配をかけるだけだ、という思いが自分を恋愛から遠ざけていることは否定できない。

だが父親の拓馬は、両親がかつて東京を危機から救ったことに誇りを感じていないのだろうか。日本の恥とも言える武器商人を、その手で逮捕した母親を誉めたたえたいと思わないのか。直接訊けたことはない。

だが、拓馬がどれだけ母親を愛し、誇りにしていたかを冬馬は感じていた。父親の雄馬に対する尊敬の念も強い。両親を誇りに思いつつも、親としての評価とはまた別。刑事という仕事に対しては憎しみさえ感じている。ということなのだろう。そんな父親にも、冬馬は惜しみない尊敬と愛情を注ぎたかった。祖父母の職業を引き継いでしまった親不孝者としての自覚はある。父親は警察の門をこそ叩かなかったが、法学者として警察と緊密な関わりを持つ立場だ。両親の影響以上に佐々木忠輔の影響の強さが、父親にその仕事を選ばせたのは明らかだった。屈折しているかもしれないが、拓馬は拓馬なりに、自分の親たちの世代の人々の思いを引き継いでいるのだ。

冬馬は刑事になってから、警視庁のアーカイヴにアクセスして祖父母が関わった事件を詳しく調べられるようになった。本人たちが冬馬に語らなかった過去が明らかになるにつれ、ますます二人への思慕が深くなった。

祖母の美結は、殺された家族の復讐を誓って殺人を犯す寸前だった。最もそばで美結を支えたのは警察学校の同期である祖父の雄馬だった。他にも大勢の人間が美結を支え、最終的に復讐を思い留まらせた。雄馬が美結と添い遂げたことには感動を覚えずにいられない。自分のルーツには悲しく美しい物語があった。なんと劇的で、なんと紙一重だったのか。一つ間違えば自分は生まれていない。

佐々木忠輔もチャールズ・ディキンソンも美結を支えた。警察の先輩刑事や同期たちにも支えられた。当時、所轄署の巡査刑事でしかなかった祖母がこんなにも多くの人に愛されたという事実が、何より幸福感を呼び起こす。強大な敵を向こうに回し、何度も生命の危機に直面した祖父母がいとおしくてならなかった。

祖父母の血を受け継いだことは、誇りだ。刑事に向いていないと思いながら続けているのは、祖父母の成し遂げた仕事の大きさへの感動が続いているからだった。もう少し刑事を続けたい。世界は危険な場所になりつつある。自分にできる全てをやり尽くしたい。警視庁の刑事であることは多大な権限を付与されることだ。シールドも賜《たまわ》った。茂木一士の叛乱は鎮圧できた。もっと英雄的な仕事をなせるかも知れない。自分のためではなく、世界中の人のためにこそ。祖父母が目指したのはそういう仕事だ。

だが、アイリスを救えなければ何の意味もない。

アイリスはいま、どうしているだろう。北の大地で一人、囚われの身になって何を感じる？　どんな目に遭っているのか。しかも相手は、世界最凶に思える女だ。

一刻も早く引き離したい。漆黒《しっこく》の魂からアイリスを遠ざけたかった。

7

いつの間にかハドソン川を渡って州境を越え、ニュージャージーに入っていることを、隆児はタクシーの自動音声で知った。ニューアークリバティ空港がＪＦＫ空港よりもアクセスが良いのは分かったが、その外観に際立った特徴はない。ありふれた空港に思えた。

ここにロケットに類するような乗り物を打ち上げる設備があるのか。激しいエンジン噴射を伴うとしたら、周りの住宅に騒音被害があるに違いないのに。タクシーを降りて飛行場の管制施設に入り、あれだ、と指で示されて、隆児は拍子抜けしてしまった。

「あれですか？　飛行機に見えますが」

「そうだよ。飛行機型の弾道ロケットだ。上空でブーストするから、地上の住民に迷惑はかけない」

「思ったより、その……」

「心配するな。小さくても頑丈だから」

「吉岡さんは、乗ったことが？」

「一度だけな」

口元が歪む。苦い思い出らしい。

「成田からリオデジャネイロ。警視総監のお付きで同乗させてもらった。そん時は俺も、いまのお前ぐらい緊張した」

なるほど。地球の裏側へ直行できるのが弾道飛行。一度は日本からブラジル。今回はアメリカからロシアか。

「さて、席に着いたら、絶対にシートベルトは外すな。無重力空間を通るからトイレは使えない。下《しも》に自信がないならオムツをつけろ。どうせすぐ着くが」

「えっ……」

絶句している間に搭乗時間が迫ってくる。あわててトイレに行ってから戻ってくると手荷物を回収され、「念のため」と言われつつ酸素マスクを装着。そのくせ専用のスーツもなしに席に着かされた。シートベルトは二重になっている。これから拷問を受けるんじゃないかと不安になった。

機内は広くない。シートは通路を挟んで左右に一列のみ、十人ほどでいっぱいになるコンパクトさだった。乗客は、隆児と冬馬のみのようだ。特別チャーター便か。

短いアナウンスのあと、あっさり滑走路を滑り出すとふわりと空に飛び立つ。離陸はまったく普通の航空機と同じだった。

だが、離陸してからの加速が尋常でないことはすぐに感じた。景色も斜めだ。雲に入ってしばし見えなくなる。

雲を抜けた。見えた、雲海だと思った瞬間に「うおっ」と思わず声を洩らした。ブースト。爆音が響き、機体を大きく振動させた。そんな隆児を、隣りの冬馬がちらりと見た。かつての自分を重ねて微笑ましく思っているのか。

窓の外でどんどん雲海が遠ざかっていくのを見て、隆児の股間がきゅっと縮んだ。こんな光景を多くの人間が経験しているとは思えない。自分はいま、着実に地球を離れつつある。窓の外も暗くなり始めた。続いてふわり、と身体が浮く感覚に襲われる。大気圏から出た証拠か？　隆児には自信がない。

このまま暗闇の彼方《かなた》に放り出されるような恐怖が襲ってくる。

「待ってろ……」

すぐ隣りから、冬馬の呟きが聞こえる。

「あっという間に着いてやる。サキに、アホづら曝《さら》させる」

隆児に聞かせるというより、独り言のようだった。この刑事は経験済みのせいか、大気圏外に出ることを恐れていない。もう再突入したあとのことを考えている。

ところがふいに睨まれた。

「アイリスを、必ず無事に助けるぞ。彼女は大事だ。警察にとっても国連にとっても」

それは、ソフィア・サンゴールの様子を見ても感じた。大勢の人間が頼りにする特別な刑事。稀少、というより唯一の存在かもしれない。

「俺が殉職しても誰も気にしないが、アイリスが死んだら大勢が泣く。立石総監なんか、日がな一日泣いて立ち直れないだろうな」

反応に困る冗談だ、と思ってみると、冬馬の目が底光りしている。そこで二度目のブーストが起きた。隆児はしばし完全にシートと一体化した。

わずかに首を動かして窓の外を見ると、漆黒だった。青白い線――水平線か地平線か分からない――が彼方に見えた。直線と思いきや、緩やかな曲線だ。地球の丸みだった。見とれてしまう。時間的には夜から朝に向かって突っ走っていることになる。時差の計算が頭の中でうまくいかない。ただ、窓の下方に広がる景色がますます鮮明になり、隆児を圧倒した。きらめく大西洋を越え、とてつもない広さの陸地が広がってくる。ヨーロッパ、その先に広がるユーラシア大陸だった。

隆児が見とれていると、声が聞こえた。

「おい。ベタなことを言わしてもらうが、国境なんかどこにもない」

窓の外を見たまま、隆児は冬馬の声を聞いた。夢を見ているような気分のいまなら、素直に聞けた。

いまや飛行は安定している。安定しすぎて怖かった。爆音もなければGも感じないのだ。そもそも隆児は、いままで地球を感じたことがなかった。この星は間違いなく宇宙に存在している。言葉にすると馬鹿げたほど単純な事実が、両目から注ぎ込まれてくる。

「隆児。お前がサキを捕らえるんだ」

ふいに使命が降ってきた。

「お前なら、あの女の隙を突けるかも知れない」

隆児は思わず目を剝く。この絶景の前で言うことかと思ったが、いま言う意味も分かる気がした。ただでテロリストを連れてきたわけではないのだ。

「でも」

隆児は思い切って訊く。

「殺さないで、逮捕するんですよね」

「当たり前だ」

冬馬は呆れたように首を振る。

「お前はいま、警察の側にいるんだぞ。いつまでテロリストのつもりだ」

改めて言われると、不思議になる。警察は宿敵と信じてきた。永遠に争う相手だと。

サキは許さないだろう。いまの自分を。また恐怖を感じた。

あんな恐ろしい女を殺さずに捕らえるなどできるはずがない。会いたくない。殺されたくない。弱気が隆児の胃を締めつけ、しばらく冬馬の声が聞こえなかったが、ふいに耳に入った言葉がある。

「言っただろ。教科書読んでないのかって」

「教科書……」

「読み直せ、劣等生」

現実から遊離した〝説教〟がすぐ隣りから注ぎ込まれてくる。地上では素直に聞けない言葉も、地球全体が視野に入るここでは、違う響き方をした。この刑事は、自分に授業をするためにこんな上空まで連れてきたのか？

「教科書の冒頭に載ってた公式ぐらいなら、覚えてんだろ。あの公式、俺が小さい頃はまだ載ってなかった」

隆児とは反対側の窓から絶景を眺めながら、冬馬は腕を組んでしみじみ語った。

「載りだしてからも、すぐには意味が分からなかった。みんな不満の声を上げてたな。それでも、世界を変えた人の公式だ。で、修正国連憲章にも加わったんだ。噛み締めろ。いまは意味が分からなくてもいい。いつか分かる」

隆児は記憶の断片を繋ぎ合わせた。かすかに浮かぶ言葉を口の中で咀嚼《そしゃく》した。意味を考えたことのない、短くて奇妙な公式を呟いてみる。

微かに理解の光が灯ったと思った矢先、機体が振動し始めた。

「まもなく再突入します」

というアナウンス。一気に緊張する。窓の外を見ると光が明滅していた。大気が濃くなり、温度が上がっているのが分かる。思わず身体を窓から遠ざけると、窓外のシャッターが閉じ出した。

そうか、と思った。大気圏外に飛び出す時より、突入する時の方が摩擦熱が激しいのだ。

「教えてください、吉岡さん」

問いは自然に導かれた。公式の話が、脳の中をどう繋がったものか自分でも分からなかったが、いま訊きたかった。

「トゥルバドールとは、なんですか」

祈るような訊き方になった。自分の中には、望む答えがある。期待通りの言葉を聞きたい。実在を否定してほしい。

「俺も詳しくは知らない。お前と同じ程度しかな。ただ」

冬馬はあっさり隆児の祈りを打ち砕いた。

「デマではない。伝説でもない。実在した、ってことだけは知ってる」

「どうして？」

疑るような訊き方になってしまう。だが冬馬は揺るぎない。

「会ったことがある人を知っている」

ハッとした。決定的な証言に思える。

だが隆児は諦められない。

「会っただなんて、信用できるんですか？」

「信用しないでどうする。相手は、チャールズさんだ」

「……チャールズ・ディキンソン⁈」

レジェンドの名前がここで飛び出す。その名を知らなければ日本人ですらない、と隆児は思っていた。チャールズ・ディキンソンは全てのテロリストの夢を叶えた男だからだ。たった一人で東京を転覆させた。しかもわずか十五歳で。

「彼の証言によれば」

冬馬は着実に言《げん》を積み重ねる。隆児は後悔した。自分の祈りなど灰燼に帰すばかり。

「トゥルバドールとは、複数の人間で構成されたキャラバンだ。中心人物が一人」

「ひ……一人」

信じがたい話が続く。これは夢か。それとも宇宙酔いか。

「ああ。その一人を守るように、数人のロマの人々が、常に一緒にいる」

「ロマ？」

「かつてジプシーと呼ばれた人々だ。トゥルバドールは……旅芸人として、世界各地を放浪していたらしい。にわかには信じがたい話だが」

冬馬の言う通りだ。意外すぎて反応もできない。

「その姿を吟遊詩人に見立てた人たちが、彼らをトゥルバドールと呼ぶようになった」

冬馬の語り口こそが吟遊詩人だと思った。街角で虚実不明の話を披露して、聞く人々の心をつかむ旅人。現実味が全くない。トゥルバドールが吟遊詩人を意味することは知っていたが何一つ納得がいかない。やはり俺はからかわれている。テロリストだった俺を侮辱するために、この男はこんな与太話を造り出したんじゃないか。

いや。冬馬の顔を見れば、いたって真剣なのは疑いようがなかった。

おかしい。この機体はいまどの辺りだ。本当に地上に着くのだろうか。

「それじゃあ……その、トゥルバドールが」

どうにか気を取り直す。どんなに眩暈が激しくても、このことだけは訊いておかなければ。

「異常な力を発揮したというのは？　さすがに嘘でしょう」

「お前が聞いた噂とは？」

冬馬の目が据わる。

「いや……その、俺もよくは分かりませんが、イカれた噂が山ほど……」

すると冬馬は、諦めきった哲学者のように頭を振った。

「いろんな噂が飛んでるな。その多くはデマだろうと、俺も思うよ。突拍子もない話が多すぎるからな。だが、真実のかけらは、その中に転がってる」

隆児は痺れたまま頷かない。遮蔽された機体の外壁の向こうで熱気が唸っている。地獄で焼かれる悪魔の叫びに聞こえる。

「チャールズさんも、明言しなかった。どれが本当かっていうことは。大いなる秘密がある。想像もしない真実が」

冬馬はふっと頭を揺らし、破顔一笑した。

「いずれにしても、彼らのおかげで、大国は武装解除に応じた。それが歴史の事実だ」

これ以上聞きたくない。だが聞きたいというアンビバレンツ。人生観を変えたくない。

変わってしまうという強烈な予感しかしない。

「国連は何度も、彼らに特別な権限を与えようとしてきた。だが、彼らは対話しようとさえしなかったらしい。やがて姿を消した。いまは、世界のどこにいるのかも分からない」

音もなくシャッターが上がる。窓の外は明るかった。いつしか身体に体重が戻っている。通常の航空機と変わらない乗り心地になると、隆児の心も日常に復帰していく。そんな実感があった。

「吉岡さん。俺は、トゥルバドールというのは」

まともに聞こえる質問を放つことができた。

「……新兵器を開発して、各国の首脳を脅したんじゃないかと、なんとなく想像してたんですが」

「テロリストの発想だな」

冬馬は冗談めかしてこき下ろした。

「そんなチャチなことじゃないことだけははっきりしてる。大国の、トゥルバドールへの恐れは何十年も続いたんだ。傲慢な権力者たちが、ちょっと脅されたぐらいで軍隊を手放すか？　もっと根本的な何かだ。どんなに凶暴な連中でも、腹の底から震え上がるような何かだ」

じゃあそれはいったい何なんだ、と思わず声を荒らげたくなる。

「何なんだろうな。知りたいな、本当に」

吉岡冬馬は誠実だった。分かることと分からないことを目の前に平等に並べる。自分に都合のいい方だけを取らない。真実を何より尊んでいる。

「あ、あとな。言ってなかったたっけな。これから俺たちが救うアイリスは、チャールズさんの孫だ」

目の前に火花が飛び散る。自分には推し量ることもできない深い摂理が働いている。とめどない溜息とともに、ちっぽけな魂が大地に降りてゆく。地上に帰れば駆けずり回ること必至だ。有り難い、と思った。汗をかけ。休まず身体を動かすんだ。余計なことを考えなくて済む。

「さあ。降りたら、すぐ仕事だ。覚悟しろよ」

すると冬馬は、着陸までの数分間、背もたれに深く座って目を閉じた。

隆児は無言で頷く。心が落ち着き出している。

けじめという言葉が浮かんだ。落とし前、という表現も。

日本男児なら決着をつけなくてはならない。

決着。つまり、自分とサキ。どちらかが倒れるまで闘う。

∴望月友哉の奇妙な弁明∴　～その一～

某月某日。

「なんで僕が、いきなり流暢《りゅうちょう》な関西弁使ってんだって言いたそうですね。アイリスさん」

『流暢とは言っていませんが』

その声が冷たく聞こえるのは、回線越しの声だからというだけではなさそうだった。

「そいつは失敬！　いやね、あえて、使ってるんですわ。文化保護、いうんですかね。そんな大層なもんじゃありませんが、僕は故あって、特に関西には思い入れがある。先達に傑出した方がおられてね。ずっと関西弁やったんです」

対話の相手は呆れたように黙っている。

「日本の方言、時代を追うごとに特徴が消えていってるやないですか。関西弁は、以前から文化的に市民権を得てたし、標準語化に抵抗する一大勢力だったんやけど、それでもコテ、テ、テコテの関西弁を話せる人は減っとる」
画面に映る話し相手から、微かな頷きを引き出しただけで良しとする。

「実は僕自身、正統な関西弁を喋っとるいう自信はおまへん。ただただ、ひとりレジスタンスですわ。きっつい訛りで喋っとったら、影響されて方言話す人が一人でも増えたらええなあ、ちゅうね」

また相手が頷いたことにして続ける。

「日本語やったらこの調子でいけますねんけど、英語はねえ。関西訛りに近いいうたら、アメリカ南部の訛りになるんですかね？　や、ロンドンのコックニー訛りかな、それともリヴァプールのスカウス？　ちゃうか、オーストラリアかな。いっそのことインドの訛りの方がええかも。なかなか難儀です」

『そろそろいいですか。本題に入っても』

いつの間にか相手の声は冷えたスープよりもぞっとする温度になっている。

「どうぞどうぞ。ほな、お好きにお話ししてもらいまひょ」

『あなたには、説明していただかなくてはならないことがあります』

「なんでっか？」

『なぜあなたは、フクシマの官庁街で、ビルの上から冬馬さんを狙撃したんですか』

望月友哉の顔が強張ったのはほんの一瞬のことだった。

「ありゃ。ばれてましたか」

ニヤニヤしながら頭を掻く。

『殺人未遂ですよ。おどけている場合じゃない』

アイリスが鋭い声で刺すが、

「殺すつもりはありまへんでした」

まったく悪びれない。笑みも消えない。

「逆にうかがいたいんですがね。絶対死なないと知っている相手を狙撃しても、殺人未遂罪に問われるんですかね？」

『え。なにを……』

警視庁の警視が虚を突かれていた。

「僕は、知ってましたから。冬馬さんがシールドで完璧に守られていることを」

『……罪は問える。当然です。とぼけている場合ではない』

アイリスは画面の中からきつい目で睨めつけてくる。

『動機をうかがいます』

「あ。取り調べ、始まってます？」

『ふざけないで。速やかに答えてください』

アイリスの刺々しさは不動だった。望月友哉はあっさり折れる。

「頼まれたんですよ。あの方に」

『あの方？』

地球上で最も冷静だと思える女性が、再び虚を突かれた。それだけで友哉は満足だった。

『なぜ……なにを考えて』

「データを取る必要があったんやろか？　僕にも、しかとは分からんのです」

この口調が相手の神経を逆撫ですることは承知の上で、友哉は自分の歯が浮き、舌が勝手に回ることを止められない。

「ご存じの通り、ターミナルの元締めとしてあの方がいる。メンテナンスに必要やったのか。それとも、吉岡冬馬さん個人について、何か知りたかったのか。分かりまへん。根掘り葉掘り聞けるような相手やないですから」

『……了解しました。もし伝えられるなら伝えてください。祖父が会いたがっていると』

「伝えたいのは山々ですけど、無理なんです。連絡は一方通行やから。次に会えるのは来年か、十年後かも分からへん」

それに対する返事はあったのだろうか。気づかぬうちに画面からアイリスの顔は消えていた。

「ありゃ」

友哉は苦笑いする。地面に蹴《け》躓《つまず》いたかのように。

Ⅶ　ホテル・レニングラード

1

隆児と冬馬を乗せた弾道飛行便は、シェレメーチエヴォ国際空港に到着した。モスクワに数ある国際空港の中でも最大で、モスクワ中心街の北北西にある。

空港の滑走路に着陸する様は、まるで普通の旅客機。宇宙を通り抜けてきたなどと匂わせもしないような、さりげない到着だった。改めて技術の進歩と、大気圏外飛行の速さと便利さを思い知る。限られた人間にしか許されないルート。ほんの二時間前までニューヨークにいたとは信じられない。

機内で冬馬から詳細を聞いた。神村刑事の護衛として派遣された特殊部隊員が、神村刑事が監禁されている場所のそばで監視を続けているという。まずはその隊員と合流する。自動タクシーを捕まえて、冬馬が告げた行き先が意外だった。

「ホテル・レニングラード」

「ホテル？」

隆児が問いかけても冬馬は無言だ。集中している。

だから隆児は、フクシマで冬馬から与えられた端末を使って検索してみた。名前からしていかにも由緒ありそうだが、やはりロシアで最も格式の高いホテル。一九五三年に建立、〝スターリン様式〟と呼ばれる巨大で重厚な建物がモスクワの各地に七つ建てられておりセブンシスターズと呼ばれているが、その中の一つだった。

時代を超えてなお、モスクワの象徴となっている建物に向かう。そこにサキもいるのか？　タクシー内のモニタに表示されているマップを目で追う。いま走っている道路は欧州自動車道路のAクラス幹線道路。どうやら、ノルウェーからロシア、ウクライナを貫き黒海まで延びる大動脈らしい。自動運転らしく緩急もなく、至極滑らかに目的地に向かっている。

これから当たる悲壮な任務にそぐわない、あまりにも快適なドライヴが、やがて終わる。

気づけばモスクワ中心部の賑《にぎ》わいの中におり、壮麗な建物の偉容が目に入った。

冬馬が細かい指示を口にすると、タクシーはホテルの横をすり抜け、道を渡ったところにある大きな公園のそばで止まった。

タクシーから降りると冬馬は迷いなく公園の奥へと向かう。高い樹木の向こう側に、開けた芝生のエリアがあった。隆児がふと振り返ると、尖塔のようなホテルの先端がよく見える。

芝生のエリアの端、樹木の下の目立たない場所に女がいた。スーツ姿でサングラスをかけている。一見若い日本人ＯＬのように見えるが、近づくと鍛え上げた筋肉質が見て取れた。鼻や顎のラインに鋭角が混じっていて西洋の血を感じさせる。女の名は速水レイラ。警視庁特殊急襲部隊の副長だという。

　フクシマ占拠の時、隆児は首相官邸の方にいたから直接会ってはいないが、新国会議事堂ルートの地下潜入部隊の先発隊リーダーを務めたという。だが爆破によってルートを限定され、東アジア警備隊《EAG》の兵士たちに拘束された。後発隊が潜入して彼らを解放すると、公安刑事の樋口に率いられて茂木一士司令官を急襲。身柄の確保に成功した。いわば英雄の一人だ。

　サングラスをずらすと、いきなり茶色の瞳で睨めつけられた。隆児に対し、にっくきテロリストとしての怒りを持ち続けている。当然だと思った。冬馬の陰に隠れておとなしくする。

「吉岡警部。早かったですね！」

「弾道飛行はやっぱり効率がいい」

　冬馬はごく簡単な説明で済ませ、

「アイリスはどこだ？」

　と急ぎ確認する。

「あのホテルです」

やはり。威圧感さえ感じる巨大なホテルの中に囚われているのだ。

「どの部屋か分かるか？」

「神村警視の部下の、宮里《みやざと》ベンジャミン警部補に助けを求めました」

「そうか。ベンはあわててるだろう」

冬馬の眉が同情で下がる。よく知る仲間なのだろう。

「はい。一人でロシアになんかやりたくなかったと。しかし、神村警視は宮里に留守を任せたかったようです。宮里は日本から、ホテルの予約システムのハッキングを試みました。そして当たりをつけてくれたのですが、二十一階のスイートに監禁されている可能性が高いと」

「間違いないのか？」

「ＡＩ分析による確率は八九・七。賭けるに値する数字かと」

「そうだな。どうやって潜入するかな」

「部屋を取りますか？」

「それしかないか。同じスイートをとるとしたら、目玉が飛び出るほどの額だろうが。総監に泣いてもらう。まあ、弾道飛行に比べれば安い」

「では、さっそく？」

「迷ってる場合じゃない。アイリスが送ってきた写真に写ってるサキってのは、最悪の女だ」

「承知しています。切腹強要を繰り返していた、クレイジーテロリストですね」

言った瞬間にまた隆児を睨んだ。隆児はただ顔を伏せる。俺もサキに撃たれたんだ、と泣き言を言うのは控える。なおさら怒られるに違いなかった。

連れ立ってホテルに近づく。世界に冠たるホテルの入り口は、古城の正面玄関のように重厚なアーチの下にあった。くぐるだけで威圧されそうだった。

周囲に目を配りながらロビーに入り込むと、まさに映画でしか見たことのない宮殿の内部さながら。床も壁も柱もすべて大理石だった。見上げると、天井を彩る金色の幾何学模様は全体が芸術品のようで、眩暈で膝を突きそうになる。見上げたことを後悔するほどだった。

テロリストとしての意識がエコーする。隆児はすべての特権階級を敵視してきた。並外れた贅沢は悪だ、という感受性は変わらない。だが、サキがこんな豪奢なホテルを利用しているとしたら?

やはり自分の知るサキではない。イザナギに所属していた頃は、完全に演じていたのだ。愚直で粗暴な、庶民出の若僧を内心は笑っていただろう。屈辱感がじんわりと身体を熱くさせる。

「警部。チェックインをお願いします。私は、周囲を警戒しています」

役割分担通り、吉岡冬馬はフロントへ。速水レイラはさりげなくその後ろにつきロビー全体を見張る。もし不審なことが起これば懐から銃を出すのだろう。自分は役立たずだと隆児は思った。革命家気取りの井の中の蛙《かわず》。いまはただの雑用係だ。

冬馬が手続きをしている間、隆児はロビーを観察した。豪勢なソファが並んでいて、客が座って思い思いに過ごしている。これだけ見ていると二十世紀にタイムスリップしたようだ。きちんとした身なりの人間が多いせいで、自分が浮いて感じられる。警視庁が支給してくれた、ありふれたジャケットとズボン姿の自分がみすぼらしい。

強いて意識を切り替えた。すぐそばにサキがいると考えろ。離ればなれの時期もあったが、東京にいればくっついていた。何度も夜を共にした。すべてが夢のようだ。

さっき検索したデータによれば、このホテルの客室棟は二十一階まであり、総室数二七三。最も豪奢な部屋はキング・アンバサダー・スイートと呼ばれる。九十平米あるというから、隅から隅まで歩くだけで疲れるだろう。そこでサキが女刑事を監禁しているのか。リアリティを感じない。

油断なくロビーを監視する速水レイラには感心するばかりだった。一瞬たりとも気を抜かない。これが特殊部隊員か。これほど張り詰めた人間はイザナギにはいなかった。ジロウもタダシも腕っ節は強かったが、所詮は野良テロリストだ。いちばん近いのはサキではないか。サキ自身の武術のスキルを見た覚えはないが、相手を圧する殺気で敵う者はいなかった。躊躇いのなさも余人を寄せつけない。

その速水の眼差しが、すうっと細められた。

鋭い息遣いが耳に届く。その拍子に冬馬がこちらを向いた。チェックインの手続きが終わっただけか。いや、速水の変化を感じ取った。

隆児は速水の視線の先を追った。

ロビーには黄金色の、絢爛《けんらん》たるシャンデリアがいくつもぶら下がっている。キャンドルの形をしたライトが何十本も並んでいる。

シャンデリアの一つは、牛よりも巨大だった。フロント付近から見ると、ロビー奥の壁伝いに上へと伸びる石造りの階段を、半ば覆い隠すように垂れ下がっている。キャンドルとキャンドルの間を動く人影が見えた。細身でしなやかな姿。女性だ。

シャンデリアと一体化していたその人影が、光から洩れ出るようにして姿を現す。階段をゆっくり降りてくる。

あっさり現れたその姿を、見覚えのある顔を、隆児は現実と受け止められない。光の悪戯。脳が作り出した幻覚と信じた。

階段のその人物は、ふいに足を止めた。

紛れもなく、フロント脇にいる隆児の顔に気づいた。じっと視線を送ってくる。

その瞬間に悟った。破滅が訪れたと。

隠密行動がぶち壊しだ。いきなり鉢合わせてしまった。冬馬に申し訳ない。速水にも申し訳ない。己の運の悪さが。しかも武器を持たない自分だけが何もできない。

隆児は両手を上げ、自分だけを目立たせるようにした。フロントから急いで離れる。せめて他の刑事たちから注意をそらしたい。撃つなら撃て、そんな気分だった。身を挺《てい》して刑事たちを逃がすぐらいしか思いつかない。

遠目にも、サキが微かに笑った気がした。こっちの意図に気づいたか？　距離のせいで確信はない。

「警部！　奴が」

速水の鋭く叫ぶ声。瞬時に拳銃がその手に出現したが、銃声の方が早かった。広いロビーに鳴り渡って耳を圧する。

撃ったのはサキだ、と気づいたのはフロントに着弾してからだった。

隆児の目から見えるロビーの光景は、全てが凍りついているかのようだった。客は誰一人動かず、移動しているのは二人の刑事のみ。速水レイラが応射したことは近距離の銃声から知れた。身を屈め、物陰を探しながら連射する。さすが特殊部隊員の身のこなしだった。

対して自分に飛びついてくる影は、冬馬だ。引き倒してどうする気だと思ったが、撃たれないようにするためだと気づく。

そのときにはもう、銃声は止んでいた。撃ち合った二人はどうなった？

視線を走らせると、速水レイラはロビーに何本か突き立っている大理石の円柱で身を守っていた。冬馬は隆児の上から覆い被さったまま。障害物に隠れてはいない。自分のシールドで身を挺して守ってくれた。

ゆっくりと、冬馬とともに身を起こす。階段の方を見ると、サキの姿はなかった。再び階段を上って逃走したに違いない。

ロビーにいた客が軒並み身を伏せている。遅ればせながらソファに隠れたり、物陰で身を震わせている。一見して死者はいないが、よく確認してみないと分からない。流れ弾に当たった客がいるかも知れない。

「アイリスが危ない！」

冬馬は、円柱の陰の速水に叫んだ。

「俺たちが先にスイートに着くぞ！　エレベータに乗る」

そう言って駆け出した。フロントから少し離れた壁の奥にエレベータホールがあり、何基ものエレベータが待機している。そちらへ向かおうとした矢先、再び銃声がした。しかも途切れなく続く。

隆児は今度は引き倒されなかった。冬馬がただ、隆児の前に仁王立ちになる。

隆児はわずかに頭を傾ける。

「動くなよ。俺の背中にぴったり貼りついてろ」

速水レイラが瞬時に円柱の陰に戻った。危険だと分かっていながら、隆児はわずかに頭を傾ける。奥の階段にサキが戻ってきたのか確かめたい。

違った。階段を下りてきたのは複数の男だった。手にしているのはどうやらサブマシンガンだ。サキの仲間に違いなかった。だが信じられない、ロビーにはこんなにも客がいる。構わずに撃ってくるとは。フロントのホテルマンたちはとうに姿を消していた。奥に避難したか、フロントの下に身を屈めて非常警報でも押しているのか。すぐモスクワ市警が駆けつけるだろう。それまでこの男たちは、銃を撃ち続ける気か?

ふいに弾幕が止んだ。

「吉岡冬馬! よく来たな!」

ロビーを渡ってきたのはサキの声だった。

「こんなに早く来るとは! 驚いたぞ。どうやってロシアに入った?」

宇宙経由で飛んできた、などという親切な説明は誰もしない。冬馬が吐き出したのはストレートな怒りだった。

「サキ。お前を許さない!」

2

「お前は殺しすぎだ！」

冬馬は続けざまに叫んだ。

「お前を日本まで引っ張っていく。法の裁きを受けさせる」

宿敵と出会えた。冬馬は、ロビーの先の階段の上にいる女を見据えた。

捕われたアイリスのことを問う前に、サキへの感情をぶつけたのが自分でも意外だった。隆児を背後に隠している。若僧の楯になって守る、という意識もしっかり持っている。俺は冷静だ。

「サキとはだれだ？」

ところが、空っぽの笑みが返ってくる。

冬馬は銃撃を浴びたかのようにたじろいだ。これほど不気味な反撃があり得るとは。

サキの人格を摑んだと思っていた。鳥取のガレージでやりあった時の感触は忘れない。ところが、再会した女はすでに印象が違う。

「お前らは、まるで亀だ。踏み潰しても潰れない」

乾いた諦観。シールドによほど参らされていることは、痛快だった。

「力比べはやめた。だから、雑談することにしたんだ。なかなか楽しいな、あのアイリスという女は」

アイリスは生きている。希望が燃えた。と同時に不気味さも増す。いったい何を言い出す？　サキの正体がぼやける。摑んでも手の中からすり抜けていくウナギだ。

「あたしだってとことん喋れば、お前たちにかかっている呪いを解けるかも知れないからな！　世界連邦という虚妄を。佐々木忠輔というエセ宗教を。あたしも説教師だ」

距離はあっても、女の声はよく響いた。女の笑みの空恐ろしさも、距離で中和はされない。いつしか冬馬の背筋に冷気がまとわりつく。

「こっちだって周到に準備した。だけど破れない。貴様らシールド使いは、本当に厄介だ」

大げさに手を広げた。階段を舞台演出に使っている。あの女は天性の役者で、憑依《ひょうい》型だ。正体が見えない。

怯《ひる》んでいる場合ではなかった。幼なじみが無事だという安心が、冬馬に高らかに宣言させた。

「アイリスはシールドマスターだ」

「はあ？　そんなことでは驚かない」

返答が奇妙だった。冬馬は食い入るように見る。

「あたしが驚いたのは、あの女が半分しか人間じゃなかったこと」

「……お前はなにを言ってるんだ？」

正しい反応が分からない。全くの意味不明だったからだ。

「アイリスを返せ」

冬馬は不安を断ち切るために声を大きくした。

すると、女の目が輝く。冬馬の反応に何かを見出したことは明らかだった。

「お前、知らないのか！」

狂喜と言ってもいい笑みが弾ける。

「それでも仲間か。秘密主義者の集まりか、警視庁は！」

「黙れ」

冬馬は相手の言い分を無視することにした。

「アイリスは、これから連れて帰る」

「あの女に続いて、お前の説教も、とことんまで聞いてみたいところだが」

ふいに女の様子が変わる。冬馬はまた脅かされた。大輪のような笑みが一瞬ですぼまる。

ここまで表情が急変するのはまともではない。

「そうもいかないようだ。この場を失礼する」

「待て。お前を逃がすわけないだろう！」

冬馬は相手を怒らせたかった。鳥取のときのように。イザナギのサキはもっと御しやすかった。怒らせれば反応が単純になった。この女は違う。

「おい！　見ろ」

冬馬は懐から自分の拳銃を出した。

「今日は俺も、銃を持ってる」

サキの周りの男たちが一気に緊張する。いまにも一斉射撃を開始するという瞬間に、

「お前は撃たない」

女に軽く返された。冬馬はぐっと詰まる。

「説教師ほど怖くないものはない。あたしには絶対に説教が通用しないからな」

敗北感を覚えた。精神のミュータントに言葉は通じない。真実だ。

「どうせ手遅れだよ。巨大隕石《いんせき》の衝突よりも激しい衝撃が、まもなく地球を揺るがせる」

今度は妙な予言が飛び出た。冬馬が返答に迷っているうちに、

「あとは任せた」

そう仲間の男たちに言うと優雅に階段を下りだす。また自分だけ離脱する気だ。

「待て！」

という冬馬の声は掻き消された。たちまち、さっきより激甚《げきじん》な弾幕が生じたからだ。速水レイラが時折応射するが焼け石に水。対峙し合う二つの勢力と、挟まれたホテル客たち

が動けない中、かつてサキだった女だけが、別の時空にいるかのように優雅に歩く。一人正面玄関に向かう。

速水が狙い撃ちしようとするがすぐ弾幕に弾かれる。あまりの激しさに、冬馬は隆児を再び床に蹲《うずくま》らせて上から覆い被さった。これほど弾が飛んでくると跳弾もあり得る。少しでも隙間を埋めないと被弾してしまう。

冬馬は肌で、衝撃は感じた。この地上に耐えられる者はいないと思うほどの衝撃だということも分かる。

だが冬馬は全く無事だった。自分の身体に届く寸前で全ての弾が勢いを失った。次元を分ける境界が存在するかのように、どんな暴虐も堅固な関所を越えられず、門前払いを喰らう。腰の震動がわずかに大きくなっている。ジェネレーターが出力を高めているが、フル稼働しているというほどではない。思ったほど負荷がかかっていないと知って頬が緩んだ。首相官邸でヒューマノイドに押しつぶされそうになったときの方がよほど危なかった。

俺は打ち負かされない。

自分自身の力ではない、与えられた最新テクノロジーのおかげでしかないのに、冬馬は自らの胸の内で宣誓していた。俺は打ち負かされない。

シールドが体現しているのは〝非暴力こそ最高の人間性〟という規範そのものだ。いまや教科書の一ページ目で教わることで、世界中の教育機関がそれを採用しているものの浸透には程遠い。せめて、世界連邦を主導した日本生まれの人間が先頭を切って、武器以外で闘う。それが人としてのあり方だと示したい。ピエロでもいい。いくら笑われても、理解されなくても。

激しい銃声の嵐が、ふいに止んだ。

3

いったいどれほどの時間が経ったのだろう。

ひたすら床に蹲っていた。覆い被さっていた刑事がどいたことで、銃撃戦が終わったことを隆児は知った。自分は赤ん坊より弱いと思った。

顔を上げてロビーを見渡すと、サキの姿が消えている。男たちの姿まで消えている。悔しそうな顔で速水レイラが寄ってきた。さしもの強者《つわもの》も拳銃一丁ではあれほどの物量に敵わなかった。女ボスも、配下の連中も逃した。退場を見送るほかなかったのだ。

やはりあの女は狂気の塊だった。これほどの乱射……ロビーを見渡すと、世界に冠たるホテルが爆撃でも受けたかのような有り様だ。客にも死者が出ているのは間違いない。泣き声や呻《うめ》き声が聞こえる。地獄絵図だ。

冬馬も速水も顔色を無くしている。敵を捕らえられないばかりか、惨禍を広げてしまった。自分のせいだと隆児は思った。シールドのない人間は、冬馬が身を挺して守らない限り死んでしまう。自分で身を守れる特殊部隊員とは違う。いない方がよかった。来るべきじゃなかった。サキは見事に自分を無視した。いる価値のない者のように扱った！　俺を忘れ去ったかのようだった！　まったく敵とも勘定されなかった。死に損ないのゴミだ。

　床にいるとき何度か目を開けた。死をもたらすフルメタルブリットが冬馬のシールドに触れるや無力になり、次々と床に零れ落ちるのを見た。敬虔な心持ちにさえなった。

「すみません、吉岡さん」

　心からの詫びが出た。まったく血色を欠いた顔を見て、冬馬は察したようだ。

「俺が連れてきたんだ。お前のせいじゃない」

　優しい言葉に感情が決壊しそうになるが、

「アイリスを救うぞ」

冬馬が言いながら立ち上がったので隆児の背筋に芯が入った。大きな仕事が残っている。

「警部！　ここの客の救出はどうしますか？」

　速水レイラが訊いた。

「悪いが、ホテルスタッフとロシア当局に任せる。俺たち三人じゃ大したことはできない。アイリスに集中しよう」

「了解しました」

目標がはっきりした。まもなくモスクワ市警も駆けつける。日本の刑事たちが、恐るべき集団と撃ち合いをしたことはすぐにばれるだろう。事を構える前に、仲間を救って離脱するのだ。三人でエレベータホールに急ぐ。

4

付き従う男たちを引き連れて、戦場をあとにした自分は優雅な貴婦人さながらだ、と思い、その似合わなさに顔が緩む。気分は悪くない。せっかく捕まえたあの女を手放すのは癪《しゃく》だが、ホテル内を焼け野原みたいにしてしまった。さすがに、上に戻って女を抱えてホテルを出て行くのは無理。一時的にせよ、モスクワ市警と事を構えることになる。忌々しい説教師ども！　だが、警視庁の連中とのいざこざは、これから起こることに比べれば前菜のようなものだ。吹けば飛ぶようなガキが刑事の隣りにいた気がするが、もう忘れた。

待機役の男がバンを路駐し、ドアを開けて女たちを待っていた。

悠々と乗り込む。男たちを先に乗せ、女は一人、ホテルを振り返った。

緊急車両のサイレンが続々と取り囲んでいる。古式ゆかしいホテルに取り残された日本の刑事たちは面倒な事態に陥る。意地悪な歓びに顔が歪んだ。ロシアの強権力の前にはシールドも無力だ。シャレも言い訳も通じない。むろん、ロシアの権力者と懇意なら話は別だが。あたしのように。

勝ち誇ったままバンに乗り込み、その場を去ろうとした。

だがすぐ違和感を感じて車内を見回す。

おかしい。

温度が高い。異臭もする。

男たちは気づいていない。硝煙の嵐から抜けてきたばかりだ、身体はほてり、鼻も利いていない。

だめだ。このままでは、この連中もろとも死ぬ。

「すぐ降りて！　この車、爆発する」

男たちは呆気にとられた。リーダーの警告がにわかには信じられないようで、半信半疑の顔で動き出すものの、鈍い。

「早くしなさい！　死にたいの？」

女の剣幕に押されて、まず一人が降りた。もう一人が降りようとして身を捩《よじ》り、車の天井に手を触れて、

「あづっ」

と叫んで手を引っ込めた。それがきっかけになった。

異様な熱と臭気に感づいた男たちは我先にバンを飛び出す。女もルーフの下から飛び出

ると、天を睨んだ。

「神龍め！」

三〇〇キロ上空に届けとばかりに叫ぶ。

「クソ不良老人！　相変わらず陰険な死に損ないだ！」

悪態をつきながら車道から離れ、街路をジグザグに走り抜ける。

「みんな散れ！　一時間後、ポイントFに集合」

そう号令をかけると、蜘蛛《くも》の子を散らすように去る。

同時に、路上で豪快な火柱が上がった。

加えられた熱に耐えられずにバンが爆発したのだった。

走る女の顔には歪んだ笑みが貼りついていた。楽しい。これすらも、これから起こる大饗宴の前触れでしかない。モスクワでの弾幕と火柱は、開幕を告げるファンファーレだ。まもなく世界中で火の粉が飛び散る。野蛮な凱歌《がいか》が上がり、帝国があちこちで息を吹き返す。荒々しい時代が来る。これが笑わずにいられるか。

女の疾走と哄笑は加速してとどまるところを知らなかった。

5

ホテル・レニングラードのエレベータホールはロビーから見て少し奥まった場所にあるため、銃弾が届いていない。エレベータは破壊されていなかった。

安堵するまもなく冬馬は飛び乗る。急がなければ。早くアイリスの無事を確認し、共にホテルから離脱する。それ以外は考えない。速水レイラも隆児も乗り込んでくる。

「速水。ナビは任せた」

「二十一階です」

言いながらボタンを押してくれた。箱が上昇する間も気が気でない。サキたちの脅威は去ったが、代わりにモスクワ市警やロシア当局がやって来る。しかしサキはなぜ階段から下りてきたのか？　ちょうど外へ出るところだったのか。下層階で食事でも摂っていたのか。とにかく、鉢合わせてしまった。ついていない。

だが、アイリスが無事ならば御の字だ。アイリスが囚われているフロアにはだれも残っていないのか。その保証はなかった。

待ち伏せされている、という可能性を考えて、速水も隆児も二十一階に着く前に壁に身を寄せた。開いてすぐに弾を撃ち込まれるかも知れない。冬馬が前面に立つ。

着いた。扉が開く。

廊下に人の姿はなかった。銃撃される気配もない。三人は素早く箱を降りた。

「こっちです」

分析通りなら、この速水のナビに間違いはない。冬馬は恐ろしく緊張した。無事に違いない、違いないが、アイリスはたった一人であんな狂悪な連中に囲まれていた。それを思うだけで胸が痛い。

「この部屋です。おそらく」

このホテルで最も豪奢な部屋の扉は、まさに王族の居室。黄金色の細工を施した植物状の文様で飾られていた。これまた金色の球状をしたノブを掴む。ひねると、あっさり開く。鍵がかかっていなかった。

「怪しい」

冬馬は口にした。

「気をつけろ。罠《わな》があるかも」

言いながら真っ先に乗り込む。通常なら突入を買って出るはずの特殊部隊員も、シールドキーパーに敬意を表して突入を任せた。

入ってすぐの豪華な広間には丸テーブルが置かれ、囲むように椅子やソファが並んでいる。人の姿はない。

その向こう側に扉がある。閉ざされている。

微かに異音がする。直感が囁いた。

「隆児。あの音に似てないか？」

冬馬は背後の若僧に問いかけた。

「俺を捕らえた、あの妙なロープの発生装置《ジェネレーター》に」

「そういえば……」

やはり隆児にも覚えがあった。間違いない。あの扉の向こうにアイリスは囚われている。

冬馬は一秒でも早くドアを開けたかったが、トラップに気をつけなくてはならない。警戒しながら近づいていくと、

「危険です」

速水レイラがドアに銃口を向けながら警告した。

「どうせ誰かが開けなくちゃならない」

冬馬は淡々と言った。

「このまま開ける。俺はシールドがあるから、爆発しても大丈夫だ」

「本当ですか？」

「ああ。二人は、物陰に隠れてろ。部屋の外でもいい」

二人は迷ったが、部屋に留まった。壁際までいって、クローゼットやデスクの陰に隠れ

る。

冬馬は微笑み、扉のノブに手をかけた。

「アイリス！　いま助けるからな」

叫んでから、ぐっとノブを回す。

大丈夫だと直感した。罠はない。

サキたちの反応を見ても、こんなに早く冬馬たちが駆けつけることは予想していなかった。まだ敵が来ないのに、自分たちの居室にトラップを仕掛けはしないだろう。やはりドアは無事に開いた。

「……大丈夫だ」

冬馬は仲間たちに聞こえるように言い、ドアを開け放った。

広い寝室だった。求める姿をそこに見つけた。アイリスはベッドがあるのに床に転がされている。冬馬が囚われていたときと同じように無造作に。

そばにはあの装置。冬馬のときと型は違っていて、こちらの方がずっと新しくて性能もアップしていそうだが、原理は同じだ。冬馬は近づいて電源を切ろうと試みた。一瞬、これがトラップだったらいけないと迷ったが、腰のジェネレーターはまったく震えていない。危険はなさそうだ。

日に日にシールドと自分が通じ合っていく気がする。警告がないなら大丈夫だ。冬馬は自分の感覚を信じ、電源ボタンと思われるものを押す。たちまち出力が下がった。力場が消え、アイリスが拘束から解放される。

駆けよって表情を確かめた。気丈な顔が、冬馬を迎えた。眼差しは強く、顔色は青いものの傷一つない。シールドはしっかりアイリスを守っていた。冬馬は心の底から感謝した。

アイリスは床に横たわったまま一度弛緩し、細かく身じろぎした。上体を起こし、強張った身体をほぐすように両手を自分の身体に回す。そうしている間に、強烈な違和感が冬馬を乗っ取っていった。

「アイリス……なにをされた？」

表情は冷静だ。よく知るアイリスがそこにいた。背筋を反らし、首を左右にゆっくり動かす。血液を全身に行き渡らせようとしている。こんな状況でも優美だと感じた。だがこの失調感はなんだ。

冬馬はアイリスに手を伸ばし、そのまま宙で固まった。

説明を求めるように見てしまう。するとアイリスは、目を伏せた。

怖い。確かめたくない。

だが、いま自分の目で見ているものを否定もできない。黒いスーツ姿のスラックスの裾から覗いている左脚。

異様だった。白い肌が見えない。代わりにあるのは、セラミックふうの黒い光沢。

初めは強化用のパワードレッグかと思った。テーピングの最進化版だ。だが、それにしてはぴったりすぎる。左脚の細さは右脚と同じだが、材質感が違う。スラックスのフォルムも左右で微妙に違った。黒いセラミックの部分が、左の足首だけではない。脹《ふく》ら脛《はぎ》も、腿《もも》も同様の素材でできていることを想像させた。

左脚が、付け根からすべてカバーされる状態はあり得ない。それはまるで――

アイリスは左脚を引いた。見られたくないという素振りを見せる。衝撃が積み重なった。

手を伸ばし、アイリスの足に触れて確かめる。シールドキーパー同士は弾き合わない。

腿の部分も硬い。左脚の付け根から下すべてが、硬質の素材で覆われている。

もっと簡単に言うべきだ。これは機械だ。

――義肢。確信した瞬間、頭蓋が割れるような感覚に襲われた。

裸に剥いて調べるわけにもいかない。だが、少なくとも左脚が生身でないことは確かだった。そんなことはまったく知らなかった。そんなことはあり得ないと思っていた。アイリスは冬馬に何も伝えていない。

「君は、いつから、こんな」

息も絶え絶えな、死にかけたような声が中空を伝わった。かろうじて。

背後の二人の存在は念頭になかった。目の前の幼なじみしか見えない。

アイリスは答えるつもりがなさそうだった。覚えがないほど儚げな眼差しが、ほんの目の前で逸らされる。

アイリスは自分の脚を冬馬に見せる予定がなかった。知られたくなかったのだ。

冬馬の身内に毒が回り始めた。それは全身に行き渡り、正気を失わせるかに思えた。

Ⅷ　モーメント・オブ・トゥルース

1

　冬馬の視線を浴びながらアイリスは思い出す。ほんの数十分前に、天災のような女に言われた言葉を。

「機械女め。ボロボロになっても主人に忠実なんだな。警視庁のイヌは、憐《あわ》れだ」

　罵倒しつつも感心していた。表情には喜悦に似たものが滴っている。

「そんな有り様になっても、刑事でいたいのか？　見上げた根性だよ」

　この女の異様な精神構造が表に顕れていた。敵であろうと、気に入ったものは称賛する。自らの脅威をも愛でる気質がある。ただし、対抗心も余人が及ばない領域にある。ウル製の道具を指して勝ち誇った。

「こっちも進化してる。ただじゃおかない。これは吉岡に使ったものより強力だ。お前を一度捕縛したら放さない。つまり、お前はここから出られない！　せいぜい飢えろ。渇け」

アイリスは唇を噛んだ。シールド場ごと捕まえられたことは痛い失点だ。

「ウルの情報をどこまでつかんでる？」

そして質問攻め。アイリスはせめて貝になった。女をできるだけ焦《じ》らし、掻き乱したい。

「吉岡はいまどこだ？」

女の顔が紅潮し始める。

「あの目障りな説教師は？　これから合流する予定か？」

「馬鹿言わないで」

気づくと言い放っていた。

「彼は自分のミッションに集中してる。私のことなんか気にしない」

アイリスは、自分の言葉で目覚めた気分になった。それは真実だ。だから独力でこの難局を乗り切らなくてはならない。

「なんでも知ってるようなツラしやがって。それが気に食わないんだ」

女は震え出した。

「お前がまだ知らないことを教えてやる。あたしの血の話だ」

驚愕に我を失うことは、あってはならない。それがアイリスの信条だが、数瞬の間不覚を取った。理性を総動員する。解釈と分析。真実の全体像はたちまち脳裏に焼きついた。

い、い、い、い、
あたしの血の話だ。その短いフレーズで充分だった。雷光が迸るかのようだった。

「あなた、まさか」

悟りすぎる自分の質《たち》が呪わしくなる。

すると、目の前の顔に得も言われぬ複数の表情が細波を立て、消え去っていった。

残ったのは、燃えるような双眸《そうぼう》。

「あたしは田中晃次の孫」

答えは鼓膜に突き刺さった。同時に悟性も、内耳で弾けた。その答えが予測したものだったにもかかわらず、小型爆弾と同じ衝撃が生じ、異様な懐かしさと悲哀が鉄砲水のように自我を洗う。アイリスは弄《もてあそ》ばれ、どこまでも流された。自分の中の少女が泣きながら笑いながら怒っていた。なんだ、なぜだ、なんだ。この女の激しさ。モチベーション。嗜虐性。すべてを満たす事実が日の下に現れた、すべてが符合しすぎてかえって失調をもたらすという倒錯。アイリスは必死に眩暈を振り払わねばならなかった。情緒の奔流《ほんりゅう》に溺《おぼ》れてしまうと窒息する。

「あなたは……お祖父さんの影を、追いかけているの？」

アイリスが選んだ言葉はそれだった。混沌《こんとん》と怒りと憎悪の森をかき分けて前に出なくてはならない。己への命令だった。

理を保て。清冽《せいれつ》な湧水のような言葉を浴びせろ。

「やはり、ウルは、皇帝の意思を受け継いでいた……あなたは」

言う方も言われる方も、一言一言で表情が変わっていく。

「生き方を模倣しようとしているの？　それは、人間業じゃない」

敵同士でありながら、切れない絆が目の前に転がっている。はっきり見える。

「なぜ、そんな……無理をするの？」

「無理じゃない」

返ってきたのは世にも奇妙な笑みだった。

「下手くそな模倣なのは、分かってる。だけど、あたしの爺さんはだれよりも正しかった。それはよく知ってるんだ。追いつけ追い越せ、よ」

そう言う瞳は、純真そのものに見えた。衝撃だった。

「あたしは、もっと殺さなくちゃ。人類のために」

「あなたは間違っている」

アイリスの抗弁はシンプルだった。目の前の存在を全否定する。

「間違ってる？　あんたに何が分かるの」

その笑みは悲しげでさえあった。アイリスは場違いに魅了された。この女は表情の宝庫だ。暗黒星を散りばめた負の宝石箱。

「アイリス・ディキンソン！　よく聞け。田中晃次の孫なんて、珍しくもないんだ。世界中にいるんだから。どの子孫をも上回ろうとすれば、ぬるいやり方をやってる場合じゃない」

脳髄に異様な電流が行きつ戻りつするのを感じながら、アイリスは思考に挑んだ。田中晃次が世界中に大勢の子供をもうけていたことはチャールズから聞かされている。チャールズ自身が、その一人だ。

チャールズは自身の親を〝現代のラムセス二世〟と揶揄していた。少なくとも百人以上、一説には二百人の子供をもうけたと言われる古代のエジプトの王だ。

チャールズは自分以外の子孫の数と行く末を調べたが、キリがなくなってやめたと言っていた。それぐらい、世界中に遺児、遺孫がいるということ。

チャールズが付言していたのは、子孫のすべてが危険人物だと決めつけることは到底できなかったということだ。平凡な人生を送っている者も多いと言っていた。田中晃次の血を引いていること自体を知らない者も多かったという。漠然と父親のことを知っていても、稀代の武器商人だとまでは知らないケースがほとんどだった。

だがいまは、その他大勢のことはどうでもよかった。お互い以上に大事なものはない。

この女と自分は血縁者。武器王の末裔同士だ。

アイリスの曽祖母のカレン・ディキンソンは、田中晃次との間に二児をもうけた。チャールズとアストリッドだ。アストリッドには子供がおらず、チャールズには孫が一人だけなので、ディキンソン家の末裔は自分一人ということになる。

カレン・ディキンソンと田中晃次の間に恋愛感情と呼べるものがあったかどうかは知らない。アイリスは曾祖母に会ったことがない。ただ、田中晃次はまさに皇帝だと思い知るのみ。もうけた子供同士が骨肉の争いを演じている。歴史上、強い支配者の子孫が常に繰り返して来たように。

生き残った者だけが血統を継ぎ、覇を唱える。呪いを感じた。抗えない宿命。

当初、父親殺しに狂奔し、そのために東京ジャックまで敢行したチャールズは結局、手を下さなかった。佐々木忠輔とともに、田中晃次を牢獄に留めることに腐心した。チャールズなりに負の連鎖を断ち切ろうとしたのだ。

世界で最も難しい仕事の一つだったと、アイリスは心底思う。いまだにその偉業に崇敬の念を覚える。大勢が田中晃次の解放を迫った。各国政府の圧力から、暴力組織の直接的な襲撃までありとあらゆる苦難が襲ったが屈しなかった。当時の日本政府、田中晃次を捕らえた警視庁、そして佐々木忠輔とチャールズの努力で、すべての攻撃を跳ね返し続けた。

「あなたがいくら頑張っても、田中晃次にはなれない」

届けるべき言葉は自然と溢れ出してきた。

「彼は、とっくに死んだ。そして彼は間違っていた」

「勝手な判定を下すな！」

この初対面の血族は、激昂状態こそ平常だった。情緒のレベルが常人とは違っている。

「いいえ。佐々木忠輔さんがとうに証明している。科学的に」

「まやかしだ！」

女が手にするコントローラーのつまみが回る。シールドを締めつける力が限りなく上がるのが分かった。直ちにシールドが、それに抗して出力を上げる。

「どいつもこいつも、インチキ男を崇拝しやがって。チャールズよりもインチキな、詐術の親玉！　吉岡も同じだ。佐々木を気取りやがって！」

この女は何もかも気に入らず、何もかも焼き尽くしたいように見えた。

これが田中晃次の血。その正統なあり方だというのか？

違う。自分の中でこんな血は燃えない。どんなことがあろうと絶対に。

「佐々木教に狂ってる奴らはみんな黴菌《ばいきん》だ。駆逐する」

異常な欲求がこの女を突き動かしている。アイリスは自分の中に激怒を感じた。

「私も冬馬さんも、忠輔さんを個人崇拝しているわけじゃない。彼が解き明かした普遍的真理に感動しているだけです」

「そんなものはただのプロパガンダだ！」

溢れる激情と害意。どんな遺伝的要素がこの女を生んだ？　本当に同じ血が流れているのか。

「洗脳に弱い人間が軒並み、やられてるに過ぎない！　ああ、殺したい」

殺したい。その言葉がスイッチを入れてくれた気がした。

「忠輔さんはすでに亡くなっています。彼には子孫もいない」

理性が自分を御すことは常に喜びだ。

「一生独身で過ごしたから。あたしたちの祖先とは、ずいぶん違う。田中晃次はあらゆる意味で現世を支配したがっていた」

だから自分の種をこの世に蒔《ま》き散らした。浅ましい。自分の中に流れている血が疎ましかった。穢れ。

どうすることもできない。一個人に過ぎないこの身には。この世の常だ。不本意なことに満ちている。血族に邂逅《かいこう》したとて、喜び合う素地は微塵もない。相手に牙を剝くばかり。無常だ。

この因果から抜け出す方法を佐々木忠輔は語ったのではなかったか。解脱《げだつ》する公式を適用しても、見えない縄が絡みついてくる。目の前の女の激情と偏執が自分を捕らえる。この強固な鎖を、断てない。

サキは飢えて音を上げることを狙い、アイリスを豪奢な寝室に独り打ち捨てた。冬馬が味わった兵糧《ひょうろう》攻めを今度はアイリスが喰らう。因果は巡り、自分はそれに値すると感じた。甘受せよ。耐える営為こそが自分を浄化する。だが、どんな思考も謙虚さも痛み止めには不充分だった。この世に苦痛は存在する。脚を失ったときの自分といまの自分の区別がつかない。

苦しみに満ちた時間は永遠に続くかと思われた。

ところが、狂暴な女と男たちは唐突に去った。代わりに、幼なじみが現れた。鳥取で起きたことと何もかもが逆になったと知り、アイリスは渇きを忘れて微笑まずにいられなかった。

しかも冬馬は、地球の裏側から駆けつけてくれた。数時間前までソフィアと一緒にいたはずなのに。

そしていま目の前で、アイリスの脚を見つめて我を失っている。

2

膨らみきった疑問が脳内中の血管を駆け巡る。いつだ？　いつからアイリスの脚は機械に置き換わった？

一点に収束していく。一年と少し前、コンビだった時代の最後の事件に思いが行き着く。アイリスは爆発の余波を受けて入院した。冬馬は病院に見舞った。アイリスはベッドに伏していたが、回復は順調に見えて、冬馬を安心させてくれた。

あの時、アイリスの脚はどうなっていた？

思い出せない。冬馬はガラス越しにしか会えなかった。ベッドの上のアイリスの下半身はシーツに覆われていた。たぶんそうだ……脚の様子の覚えがないのは、隠されていたから。

「嘘だろう？」

自分の声は罅割れていて、不協和音しか発しない。

サキの階下での言葉がフラッシュバックした——あの女は半分しか人間じゃなかった。

「いや、違う！　一度会ってるじゃないか！」

一筋の光明に縋る。冬馬は鳥取での記憶を呼び覚ました。

「俺が、イザナギに囚われたとき……君は、俺を救い出してくれた。わざわざ現場に来てくれた！　君は元気に、エアモービルを運転して」

ハッとする。あのとき、アイリスは車から降りなかった。しかも、冬馬が車に乗り込もうとすると拒絶したのだ。

俺はアイリスの脚を見ていない。見られたくなかったのか。目を覗き込んで確かめたかった。だがアイリスは顔を伏せたまま。

「なぜこうなった……」

答えない。それがアイリスの答えだ。

「国連大学か」

言ってから、自分の喉《のど》に刃《やいば》を突き立てたくなる。

「……あの爆破で、君が負った怪我は、凄く、重かったのか」

やはり答えがない。それが真実だからだ。

隠していた。脚を失うほどの重傷を、冬馬にも、誰にも明かさなかった。

そのあと、アイリスは警視総監付きになり現場に出なくなった。

「馬鹿な……」

この一年余りの間、会おうと言い出さなかった自分にこそ絶望した。愚劣だ。聞かされて信じ込んだ。アイリスはすっかり元気だと。自分の目で確かめもせずに。

「どうして、言ってくれなかったんだ」

それにもアイリスは答えない。

知られたくなかった。なぜだ？

俺を傷つけたくないから。相棒を助けられなかった情けない刑事を。

「ばかやろう……」

この一年の日々が冬馬の中で崩壊していく。それは虚妄だった。巨大な傷を覆い隠す年月。気づかなかったのは俺だ。ひとえに吉岡冬馬だ。

なんと能天気でいたのか。愚かすぎる。

幼なじみは身体の一部を失い、機械と融合して暮らしていた。そんなことも知らず、元相方は相変わらず表をほっつき歩いていた。気ままに方々で説教をかまし、注目されていい気になっていた。シールドに守られた、虎の威を借る狐だ。

俺は最悪のパートナーだった。

その事実に耐えられず、冬馬は怒りの矛先を探した。秘密を隠すためには共犯者がいる。

当然、あの男だ。

「くそ、総監め」

冬馬は罵った。警察の最高司令官を、親の仇のように。

「今度ばかりは文句を言ってやる。やっていいことと悪いことがある！」

「私が頼んだんです」

アイリスがようやく口を開いた。

「表沙汰にしないでくれと」

「だから君は……滅多に外へ出なくなった」

アイリスは微笑を浮かべる。

「すみません。リアル・アームチェア・ディテクティブになってしまいました」

おどけたように両手を広げた。冬馬の両目から感情が溢れ出しそうになる。

「……笑えないよ。自虐のレベルを超えてる」

「すみません。でも、問題なく歩けます。ほら」

アイリスは立ち上がってみせた。部屋の中を数歩歩く。言う通りだった。不自然さは感じない。

「現代のテクノロジーが許す、最高級品をあてがってもらいました」

振り返ってにっこりする。眩しすぎて冬馬は目を細めた。涙が滲む。神村さん、という呟きが聞こえたので目を向けると、速水レイラが呆気にとられてアイリスの脚を見ている。生身でないことに驚愕している。背後からずっとアイリスを警護していても気づかないほど高性能な義肢か。

いや、速水は以前のアイリスを知らないのだ。多少歩みに不自然さがあっても、それを当人のクセだとしか思わない。

「この人工脚は脳波を感知して、誤差なく動いてくれる」

アイリスは律儀にも解説を加えてくれる。

「走ることさえできます。ふとしたときに、ちょっとした動きのぎこちなさは出るし、たまに誤作動も起きますが」

「俺は君の相棒だった。知らなかったじゃすまされない」

冬馬は無念の塊を吐き出した。頬が濡れているのを隠す気もない。両手が滑稽《こっけい》なほど震えている。

「友人として、失格だ。君の命の危機も知らず、そのままコンビを解消して、俺だけ気ままに出歩いていた。自分が恥ずかしい」

自責の念が溢れ、まったく抑えられない。

「それは、こちらが秘密にしていたからで……」

「俺は捜査一課の係長だ。当時は君の上役だった。俺の責任だ」

「いまは私が上役です。だから、私が気にするなと言ったら気にしないで」

あえて強い口調になるアイリスを見ただけで、また涙が込み上げてくる。

「くそ、総監め。やっぱり許せない」

だから無理やり怒りを掻き立てた。声を荒らげて端末を取り出す。

「文句言ってやる。いますぐ」

「やめてください。冗談ですよね？」

アイリスはあわててみせた。速水レイラも警部、と注意するように言った。軽挙妄動を阻止したいのだ。

「文句を言いたいのは本気だ」

冬馬は端末を下ろしながら、無力な笑みを浮かべた。

「総監の顔を見たら、自分を抑える自信はないね」

「過ぎたことです。いま怒ってどうするんですか」

アイリスが優しく言い、冬馬はますます笑みをひしゃげさせた。

「失って初めて思い知るって、あれだよ」

アイリスは小首を傾げた。

「あなたは私を失っていない」

「失う寸前だったし、俺は、真実を失った。少なくともこの一年以上の真実を」

無念が積み重なり、はけ口が見つからない。自分を罰したくてたまらないが方法が分からない。

部屋の隅で元テロリストがポカンと口を開けていた。状況を吞み込めないにせよ、何か感じていた。揺れる瞳の頼りなさは、年相応の青年だった。

冬馬は少し落ち着きを取り戻す。またアイリスに向かった。

「嘘を信じていた自分が許せないんだ。いや、違う。君への心配が足りなかった自分が許せない」

それが真実だ。冬馬は顔が上がらなくなる。

「俺は、不人情だった。もっと訊くべきだったんだ。怪我の具合はどうだ？　顔色を見せてくれ。俺の前で歩いてみせてくれ。そう頼むべきだった」

「私が望んで引っ込んだのです。気づかなくて当然です」

「いや……」

「あなたは、私の家族ではありません。そこまで気にする義務はない」

突き放すつもりで言ったのでないのは分かっている。だが胸を串刺《くしざ》しにされた。

「家族じゃない？」

反芻《はんすう》する声は、虚ろな怒りの塊だった。

何もかも間違っていると思った。受け入れられない。

「冬馬さん？」

アイリスの顔が曇る。

「怒らせたのなら、謝ります」

「そうじゃない。君に対して怒りはない」

アイリスに気を遣わせていることまでが怒りを増幅させる。

「君を不死身だと思うのは、やめることにする」

冬馬は声を低くした。

「俺は、間違っていた……何もかも間違っていた」

アイリスは優しく頭を振った。

愚かな過ちを包み込むかのような笑みが、消えずに目の前にある。

冬馬は間を空けなかった。力任せに、細い身体を抱き寄せた。

そうしてから、相手の脆さに初めて気づいたように動きを止める。

脆くない部分こそが、改めて冬馬に痛みをもたらす。左の膝が冬馬の脛《すね》に当たっている。

が溢れる。

強化繊維と金属の複合体。この硬さ、誰が触れても生物のものではないと分かる。また涙
「冬馬さん？」

幼なじみが心の底から驚き、たじろいでいるのが分かる。微かに震えている。だが、突き放しはしない。

冬馬は嬉しかった。してやったりだ、と思った。

「君は傷ついた身体で、文句も愚痴も言わず、仕事をこなしてきた。常人よりもよほど有能に、大量の、困難な仕事を」

言葉はよどみなく溢れ出た。どんな犯罪者に言葉を投げるときよりも滑らかに。

「俺は君に報いたい」

アイリスはさらに動揺し、身を振った。義足の硬質がどれだけ痛みをもたらそうと、冬馬は両手を放さない。シールドはお互いを弾かなかった。もしこれを攻撃だと勘違いしようものなら、冬馬は腰のジェネレーターをちぎって捨てていただろう。これほど攻撃と真逆な存在はいない。これほど大切に感じる人間はいない。こんな異物と融合して生きることになった幼なじみが不憫《ふびん》でならない。

少年に戻った気がした。野山で遊び合ったあの頃、抱き合ったことはむろんない。それでも、あの頃を強く思い出した。

ふいに湿気を感じた。香ばしい匂いも。

相手の肩を離して、顔を覗き込んだ。

「……アイリス」

冬馬は打たれた。

相手の頬に涙が伝っている。

奇蹟を見た気持ちになった。入庁以来、アイリスが備える全ての形式が抜け落ちる瞬間を、冬馬は初めて目撃した。

「俺は、本当に、何もかも間違っていたらしいな」

無念の唸り声が絞り出される。

「何度謝っても気が済まない」

そう言って相手をさらに戸惑わせる。だが止まらない。

「俺はいったい、どうしたら、贖《あがな》えるんだろう」

「なにを言ってるんですか？　任務の最中です」

アイリスはおかしそうに笑った。瞬きのたびに、涙が目から溢れる。実際にその涙に洗われた。冬馬は救われた。

ふと、視界の隅に映った速水レイラは表情を消す努力をしている。だがその顔には、微かに笑みが溶けている。鴇田隆児の顔も確かめた。

笑顔だった。この非常時になにをやっているのかと呆れるより、微笑ましく思ってくれているようだった。アイリスを物珍しそうに眺めてもいた。とりわけ左脚を。

「すみません、神村警視。吉岡警部」

速水レイラが控えめに割って入った。

「ロシア当局が迫っています。ここに長居は危険です」

「ああ、すまん。そうだな」

いま向かい合うべき現実。だが、どこから脱出すればいい。すでにホテルは取り囲まれているだろう。

「エアモービルを呼びます。屋上から乗りましょう」

アイリスが言い、さらに小声で何か言った。装着しているスマートゴーグルに指示を送っている。

「なに？　自分のを、持ってきてるのか」

「持ってきてはいませんが、用意してもらっています」

意味が分からなかったが、アイリスはなおも指令を出し続けているので黙った。ここは頼るしかない。

「俺は、君の労に報いたことがない」

頃合を見計らって言った。しつこいと思われてもいい。言いたいときに抑えることはやめた。後悔するだけだ。

「君にふさわしい扱いをしたことがない。できるうちに、やらせてくれ」

冬馬は自分の言葉に大いに頷いた。だがアイリスは小首を傾げる。

「おっしゃる意味が、よく分からないのですが」

「ああ。馬鹿だと笑ってくれ。だが君は、国に身を捧げすぎだ。背負いすぎなんだ」

「好きでやっているんです」

アイリスの顔が引き締まる。

「あなただって、人のことは言えない」

「お互い様だな。仕事に魂を盗られてる」

冬馬も精いっぱいの笑みを届けたかった。

「もう少し、エゴイストでもいいのかも知れない」

この緊急時にまったくふさわしくないと知りながらも、やはり視界にはアイリスしか映らない。エアモービルが着くまで時間があるだろう。いまのうちに言い切る。

「俺たちはたぶん、一日も休んでいない。とりわけ、頭が」

アイリスの眉が顰められる。

「いえ。いまこそ不休で働くべきです。世界は危機に瀕している。私心を捨てて、大義に身を捧げるべきです」

「正論を言わないでくれ。いまは聞きたくない」

冬馬は耳を塞ぐ仕草をする。だがそうしたところで、いやでも音は忍び入る。窓の外で物々しい音が大きくなっている。緊急車両が続々到着しているのだ。見なくても分かったが、隆児が窓に飛びついて下を覗き、

「パトカーが集まってます！」

とわざわざ報告する。

「急ぎましょう。屋上ですね？」

速水レイラが確認し、アイリスが頷く。

「アイリス、肩を貸す必要は？」

「ありません」

アイリスが滑らかに歩き出し、みんな納得した。

四人は未練げもなく豪奢な部屋をあとにした。ただ上を目指す。

3

その報告を初めて聞いたとき、ソフィア・サンゴールが真っ先に思い浮かべたのは、囚われの身となった親友のことだった。

モスクワで捜査していたアイリスを冬馬が救いに行っている。いつ報告が来るのか気が気ではなかった。無事であることを知るまでは眠れそうにない。自分にとってどれほどアイリスが大切か思い知らされる。無二の親友であることももちろんだが、いつも最高のアドバイスをくれる年下の師匠であり、自分に幸運をもたらすタリズマンのようにも思っていた。

だから、新たな凶報がもたらされたとき、アイリスの不在をなおさら強く意識した。

「広場に首がごろごろ転がってる！」

正気とは思えない報告だ。悪夢を見ているのかと疑うような。そんなヒステリックな叫びが公式報道としてまかり通るなど、あり得ないではないか？　だが、欧州のテレビ局が映し出すインタビューで一般人が興奮して叫んでいる。これは現実だ。常軌を逸した事実。一気に中世の暗黒時代に回帰したようだ。

リポーターがそこに声をかぶせる。

「武装勢力が、パリのコンコルド広場で、大臣や上級公務員を次々にギロチンにかけている、という情報を確認中です。ただし、警察が近づけずにおり、パリ市民は恐慌状態に陥っています」

なぜヨーロッパなのだ。

ソフィアは唸ってしまう。きな臭い地域は他に山ほどあるのに。ヨーロッパでも陰惨な事件は散発的に報告されてはいた。だがそれは到底、クーデターに繋がる規模ではなかったのに。

「クララ。真偽を確認して。現地の職員に動いてもらって」

ソフィアの指示に、秘書官は確実な仕事で応える。まもなく連絡が来た。

『前からマークされていた、あいつらです』

テレビ電話で伝えてくるのは国連ヨーロッパ支部のベテラン職員だった。

『連中に広場が占拠されたことは、間違いありません』

「〝ジャン〟ね。蜂起したの?」

以前から要注意だった武装組織〝ジャン〟の仕業。フランス語で民族を意味する。レ・ミゼラブルの主人公、ジャン・ヴァルジャンも意識していると言われている。民衆の代表というイメージを打ち出したいのだろうが、実態はひたすら野蛮な暴力礼賛《らいさん》主義者たちだ。自由・平等・博愛という価値観に最も馴染んだ国にして、こういう反動勢力が現れることが現代に衝撃をもたらしていた。

「リヒター司令官は、出動準備はできている?」

ソフィアはクララに確かめた。

「準備完了との報告、入りました」

「回線を繋いで」

テレビ電話の画面に、一見ふだんと変わらない冷静な顔が映った。

『ヨーロッパがお騒がせしてごめんなさい。ひどく野蛮なニュースをお届けしてしまって』

ヨーロッパ警備隊《EG》司令官、ハリエット・リヒターはいきなり詫びてきた。ソフィアは首を振って訊く。

「現状はどう？」

『パリ市警が広場を取り囲んでいるけど、人質にした首相たちを楯にしているから、突入に踏み切れずにいる』

図らずも、ハリエットが最も確実な情報をもたらしてくれた。噂通り、武装勢力の暴動は最も深刻な状況を作り出しているようだ。それでは……

「大統領は？」

『……駄目だったみたい』

ソフィアは言葉を失う。真っ先に大統領が狙われたという情報は入っていたが、まだ未確認だった。最悪の結果だ。

信じがたい蛮行。フランス革命の恐怖政治時代と同じ。権力者を根絶やしにする気か。彼らは民主主義によって選ばれた人間であって、貴族ではないのに！

虚を突かれた。常に文明をリードしてきたとされる地域。社会が成熟し、高度に組織化され、基本的人権が根づき、野蛮さから最も遠いとされてきたヨーロッパではこんなことは起こらないと誰もが信じ込んでいた。そこにつけ込んだ何者かがいる。

『フランス国家警察が、このまま事態を打開できないようなら、介入します。許可をください、事務総長』

ハリエットが改まって要請した。

「コマンダー・リヒター、介入を許可します」

明言したあとは必ず虚脱感が襲う。恐怖と言ってもいい。いくら正しい判断だと自信を持っていても、ぬぐい去ることのできない後ろめたさ。大勢の人命に関わる決断を下すことには、死ぬまで慣れないだろう。

たった一つの決断でも疲れていたところに、別の報告が届く。クララ・マッケンジーは平静を保とうとして失敗している。顔色が青すぎた。

「事務総長。アルゼンチン警察の特殊部隊が、ブラジルのポルト・アレグレの警察署を襲撃したとの情報が」

「そんな馬鹿な。あり得ない」

ソフィアは言下に否定した。

ポルト・アレグレはブラジルの最南部の州都。ブラジルとアルゼンチンが国境を接する州で、アルゼンチンから見れば戦略上、他の国を通らずにブラジルに侵入できる土地ではある。

　だがまさか、南米の大国同士がもう一方を侵犯？　まるで十九世紀の政情不安期のようだ。目の前が暗くなったが、クララまでが様子がおかしいのは胸が痛かった。凶報の連続を伝えるのは気が引けるだろうが、彼女が悪いのではない。

　不穏な世界情勢に便乗しての、悪質なデマの可能性はまだある。情報の出所を突き止めて鎮めたい。むやみに不安を煽らない方法はないか、とソフィアは焦る。ブラジルとアルゼンチンのライバル意識は有名すぎるほどだが、それでも、両国が最後に交戦したのは大昔。二十世紀、二十一世紀と二百年以上にわたって大人同士の関係を結んできたのだ。銃を向け合うことはあり得ない。

　マヌエラ・デ・ソウザに連絡を取らなくては。頼りになる南米警備隊《SAG》の司令官に。本部のリオデジャネイロとは時差があまりないことだけが救いだ。繋がるや否や訊いた。

「デマを疑っているんだけど、実態はつかめている？」

『ソフィア。それが、どうやら、デマじゃないようなの』

「そんな」

　信じたくない。だが画面に映るマヌエラの顔も微かに引き攣っている。キャプテンシーの塊にして、かつてない緊張状態にいた。

『アルゼンチン政府に問い合わせているけれど、彼らも混乱してる。つまり、アルゼンチン警察独自のクーデターということもあり得る』

「アルゼンチン政府も、コントロールできていないということ?」

『そう。恥ずかしながら』

ブラジル人としてではなく、南米人として忸怩《じくじ》たる思いを見せた。アスリート時代の名主将が悄然《しょうぜん》としているところは見ていられない。痛い胸を押さえながらソフィアは言った。

「どうして、このタイミングで……」

呪わしい。あまりに立て続く。マヌエラにも出動要請しなくてはならない。

「SAGの出動と鎮圧行動を許可します。ただ、どうか慎重に」

『分かってる』

自分のたった一言が、また一つ、強大な暴力装置の封印を解いた。信頼するウィメンズ・クラブの隊であることは慰めだ。雄々しい女性リーダーたちの統制については心配ない。そう知ってはいても、決断には強いストレスがかかる。自分の資質を改めて疑った。この決断の連続から逃げ出す方法はないのか。数十万もの人命の生死の責任を負えない。だめだ。臆するな。放っておけばかえって世界は危険な場所になる。

「事務総長。新たな緊急コールが入りました」

だが、クララの顔がさらに強張って見たことのない表情になっている。

一瞬耳を塞ぎたくなり、それから恥を覚えた。

ソフィアは強いて目を見開き、秘書官を正面から見つめた。

「ロシア政府からです」

頭を抱えそうになる。必死にそれを堪えた。

4

三人の刑事たちのあとを追いかけて、隆児はホテル・レニングラードの屋上まで辿り着いた。

とはいえ、メイン棟の最上階というだけで、屋上からはさらに上に尖塔が伸びている。古来の大教会のような構造だ。これがスターリン・ゴシックと言われる復古的な建築様式か。荘厳さは感じるが、隆児は好感を持てなかった。スターリンに対する印象のせいだろうか。ロシア史上最悪の殺戮者。革命家だったくせに、いざ権力を握ると帝政時代のどの皇帝よりも傲慢になり、気に食わない国民を次から次へと粛清し、周辺国を制圧し弾圧し続けた男。同時代のヒトラーをも凌《しの》ぐ苛烈さだった。

恥を忍んで言えば、憧れていた時代もあった。国を強くするためならどんな手段も厭わない非情な権力者たちに。だが連中は必ず自国民を殺す。結局は国のためでなく自分のためなのだ。命は、彼らにとって価値がない。

ついそんなことを考えていると、いつの間にかすっかり夕闇に覆われた空から、細長い機体が優美さを感じさせる曲線を描いて屋上に舞い降りてくる。騒音の少なさには驚かされた。見るからに最新式だ。広くはない屋上のスペースになんなく収まる。

「自動操縦か？」

という冬馬の問いに、はいと頷くアイリスにも驚く。なんと正確な動きができるのか。

「日本から持って来たのか？」

「現地調達です」

アイリスは涼しい顔で答えた。冬馬は訝っている。

「しかし、どこから……」

「急遽発注しました」

「そうか。チャールズさんか？」

「はい」

「頼りになるなあ」

「相変わらず」

何気ないが、凄い会話だと思った。あのチャールズ・ディキンソンがいまも元気に生きていて、孫をバックアップしているということか？

エアモービルのドアが自動で開く。中は四人乗り、ちょうど全員が乗れるジャストサイズだ。運転席にアイリス、助手席に冬馬。後部座席に隆児と速水が乗り込む。

離陸は滑らかすぎて、浮いた瞬間が分からないほどだった。基本的には圧縮気体の噴出で姿勢を制御するが、技術が進みすぎて風圧をまったく感じさせない。

ホテル・レニングラードがみるみる遠ざかってゆく。ゴシック建築を囲む緊急車両の群れ。すべてが地上に貼りついていて、上空にまでは手が回らない。別次元へ脱出したような壮快さを感じた。機体はさらに上昇し、やがて四人にメガロポリスの景色を堪能させた。夜闇が降り始めたモスクワは衝撃的なほどに美しく見えた。

「ひとまず、北東へ向かいます」

操縦士役の刑事が言う。

「国外に出るルートがあるのか？」

「まだ分かりません。ただ、いったん身を潜めるには、いい場所がある」

運転席と助手席で交わされる会話。そんな中をエアモービルは、あの弾道飛行便よりもよほど穏やかに空を滑ってゆく。大小の光をばらまいた都市の風景が遠ざかってゆく。

「よし。決めたぞ」

隆児があとから思い返しても、吉岡冬馬がとった助走はそれだけだった。

「アイリス。結婚してくれ」

∴望月友哉の奇妙な弁明∴　～その二～

某月某日。

「おい」

樋口尊は呼び止めた。

前を歩く男は足を止める。だが振り返らない。

「お前をマークしていた」

樋口は、相手の妙な反応には構わずに告げた。

「貴様、なぜウルに出入りしている」

すると男は、ようやく振り返った。顔には薄笑いがある。

「望月友哉。貴様は日本人初の、ウルに潜入取材したジャーナリストとして名を売ったが、実はウルのスポークスマンだろう」

なおも男は答えない。樋口に向かって小首を傾げた。

「いや、それ以上だ。貴様は、スパイ活動に手を染めてる」

「それは誤解ですよ、樋口さん」

あっさり名前を言われた。樋口の危機意識が一気にマックスになる。

恐るべきことに、望月友哉はにこやかだ。動揺していない。それどころか……樋口は自分の現実感覚を疑った。この男は、嬉しそうに見える。

公安刑事の訪問を嬉しがる人間はこの世にいない。なぜ予測できた？　俺がここに来ることを。

かまわずに身体検査する。鞄《かばん》と端末を取り上げ、服とズボンを隅から隅までチェックする。武器や不審な所持品はない。

「貴様に俺の情報が入ってるのか？　ウルに筒抜けか？」

すると望月友哉は淀みなく答えた。

「ウルに筒抜けというより、僕に筒抜けです」

何もかも奪われ、無抵抗な状況にされてこの余裕。慈愛さえ感じさせる笑みと口調。わずかな関西訛り。

この男をマークしたことは正しかった。だが、認めたくはないが、想定が甘かった。

望月友哉は想像を超えている。

「貴様、どうやって」

「ふふ。どうやってるんでしょうね。クイズです」

「この野郎」

樋口は激昂した。自分を恐れない者が我慢ならない。公安刑事にとって、相手の恐れこそ最も重要なもの。恐れさせることで十全に力を発揮する。それが通用しない相手に出会ったときは思わぬ脆さを露呈してしまう。

「強がるのはやめろ。貴様は、俺に従うしかないんだ」

主導権を握り返す。手放したら終わりだ。用意しておいた物理的な脅威を目の当たりにさせた。使いたくはない。もっとスマートに行きたかったのだが、いまや手段は選んでいられない。

抵抗は無意味。これに屈さない者はいない。

「従うしかない。そうですかね？」

これは真に脅威だった。

この男は、自分に向けられた銃口を意に介していない。

頭がいかれているだけか？　いや、そんな奴にスパイが務まるはずがない。シールドキーパーの自分でさえ、武器を向けられたら緊張するのに。この落ち着きはなんだ。

樋口は一歩後退した。鼻の下を襲う、ある特有の匂い。こめかみに突き刺さるような冷気を感知したのだった。これは——シールドキーパーにしか分からない感覚だ。樋口はつくづく思う。

あり得ない。まさかもまさかだ。これ以上の想定外はなかった。

なぜこの男が？　どこにジェネレーターを隠し持っている？　いや、身体検査ではそんなものは見当たらなかった。そもそもシールドを持っているなら、望月から見たら敵である樋口を弾かないのはおかしい。手さえ触れられなかったはずではないか？

なにもかもが樋口の想定を超えていた。それは、屈辱だった。

公安刑事は情報の王。策謀で世界のだれをも上回っていなくては価値がない。だれより裏をかいているはずの自分が、目の前の相手にしてやられている。

「馬鹿な。貴様は、まるで……」

その先は口にできない。樋口をして、恐ろしすぎた。

「なんですか」

目の前のとっぽい男が、ますます現実感を失う。

「言えばいいじゃないですか。僕はまるで、なにみたいですって？」

身体の芯から震えが走る。樋口尊は、遠い大陸の息吹を感じた。

氷に閉ざされた美しくも不毛の大地を。致死的に吹き荒れるブリザードを。

Ⅸ　マルティプライズ

1

『東シベリアで、謎の爆発が連続して起きている』

ソフィア宛のコールは、ロシア政府のザハロフ極東管理担当副議長から直々に来たものだった。ロシアで副議長といえば、実質の副首相。そのうちの一人だ。

『パイプラインが甚大な被害を受けた。天然ガス採掘施設を狙ったテロと思われる。非常事態だ』

「まだこちらでは確認できていません」

ソフィアは苦しい返答をした。ロシア政府の高官が国連をデマで騙そうとしているとは思わない。だが、いまは時間を稼ぎたい。事態の全貌を客観的につかみたいのだ。マニュアル通りに返す努力をする。

「それは……ぜひ、貴国の警察で対応を」

『爆発の規模が尋常ではないと言っている！』

ザハロフ副議長は分かりやすく感情を害した。

『全長五〇〇〇キロメートルのパイプラインのうち、ほぼ半分が不通になっている！　中国政府も大慌てだ。事務総長、我が国は、ロシア警備隊、西アジア警備隊、両隊の出動を要請する』

「しかし」

確かに、東シベリアの天然ガスパイプラインは中国と通じており、両国の経済にとってあまりに重要な存在だ。だが、当地の警備隊に出動許可を与えてしまえば、ユーラシア大陸の全武力が稼働することになる。ハリエットのヨーロッパ警備隊もすでに動いているのだ。こんなことはかつてない。

『相手国政府の了承は得ている』

ザハロフは自信満々だった。

「中国政府が同意していると？」

『その通り』

「……確認の必要があります」

『ご随意に。事務総長の許可さえ下りれば、ユニヴァーサル・ガードは問題なく現場に駆け付けてくれるんだろう？』

「いま、同時多発的に、多くの大陸で軍事蜂起が起きています」

ソフィアは正直に説明することで少しでも理解を得たかった。

「一度に多くの警備隊を動かすのは、避けたいのです。これ以上の不測の事態に備えるために」

『他地域の現状は我々にも分からない』

ロシア人はまったく斟酌《しんしゃく》しなかった。

『我々は我々で、差し迫っている。ぜひご決断願いたい』

ソフィアはますます警戒心を持った。だが相手は国の代表だ。むげに要請をはねのけるわけにはいかなかった。相手を納得させねば、収まらない。

いま、ソフィアの手元には説得の材料がなかった。だれかに頼りたい。到底、一人で決断を下せそうにない。だが、最も頼りにするアイリスが救出されたという報はまだない。

冬馬の首尾はどうなっているのか。いますぐ確かめたい。

無理だった。融通の利かないロシア人の青い瞳が画面からソフィアを睨んでいる。容赦なく返答を求めてくる。

画面に別の緊急コールが表示された。

今度ばかりは救われた思いだった。

「ザハロフ副議長。別の緊急連絡が入りました。どうかしばし、時間をください」

『こちらの問題には緊急性がないというのか？』

「そうではありません。ただ、いまは、いろんなことが重なりすぎていて……長くお待たせはしません。どうか、しばし猶予を」

ザハロフが渋々頷いたのを確認して、ソフィアは回線を切り替えた。そして後悔した。

画面に映し出されたのは、隻腕の将軍だった。

2

「アイリス。結婚してくれ」

唐突すぎる。冗談に違いない、と後部座席にいた隆児は思った。前でハンドルを握る女刑事の反応を観察する。

「なんの冗談ですか。感心しません」

アイリス・ディキンソン・神村の声は冷えた金属のようだった。

隆児は吉岡冬馬の顔を確かめようと身体をずらした。そこには、無残な失敗を自覚した表情があった。

「冗談ではない。冗談では……」

頭を掻きむしる。本人も混乱しているらしい。エアモービルが静かすぎるせいで声は後部座席にもぜんぶ聞こえてしまう。おかげで冬馬の思いが生々しく伝わってくる。

幼なじみの脚が義足に代わったことを知らなかった。それが冬馬を壊したのだ。隆児は自分の隣りを見た。速水レイラは何も聞こえていないような表情だった。上司同士の会話に立ち入らないことも任務のうち、とでも言うように。

「君の求めることじゃないかも知れない」

冬馬の唇と声帯は弱々しい。一気に十も年を取ったかのように。

「だが、何が大事か。人生で、それを知る機会は限られてる。いましか言えないんだ」

「気まぐれということですか？　思いつき？」

アイリスはいまにもすべてを拒絶しそうだ。隆児は後ろから、わけもわからず冬馬に加勢したくなる。

「いや」

冬馬はきっぱり首を振った。

「真実に思い当たったいま、この瞬間が大事という意味だ」

「真実とは？」

冬馬はフリーズした。

拳を握りしめ、隆児は思わず祈る。天才女刑事の投げかけた問いは難しすぎる。だが、冬馬の放つ言葉の力を隆児は知っていた。

「君が、俺にとってどれほど大切かということ」

解答が出た。そしてただちに、自分を笑う。

「中学生みたいなことを言ってるのは分かってる。だが、愛情ってのは、中学生みたいに単純なものなんじゃないか？」

アイリスは沈黙した。

隆児は、伝えようと思った。アメリカからロシアへの弾道飛行の間に冬馬が放った言葉をすべて。あなたのことをどれだけ心配していたかを。だが二人の絆の間に割って入る資格がない。自分ごときには。

「私は半ば機械です。結婚には適しません」

アイリス・Ｄ・神村から、恐ろしくシリアスな答えが返ってきた。

いや、これはユーモアか？　隆児には判断できない。

「馬鹿を言うな。君は人間だ」

冬馬にも、相手の真意が分かっていないように見えた。

「冬馬」

その声を聞いて隆児は腰を浮かしそうになる。それは速水レイラも、呼ばれた冬馬本人も同じだと分かった。

アイリスが敬語をやめた。上司と部下でも、相棒でもない。幼なじみがそこにいた。

「生殖能力について、確かめなくていいの？」

冬馬が完全にたじろいだのが分かった。そりゃそうだと隆児は思った。

冬馬は思い切り視線を彷徨わせ、ふいに、後部座席の隆児に気づいた。

「耳を塞いでろ」

命令された。

「塞がなくていい。もう着くから」

アイリスがそう応じた。

空の密室はまもなく終わるらしい。隆児は胸の底から、息を吐いた。

ほっとしたのか残念なのか分からなかった。

3

ソフィアの目の前に現れたのは、見まがうはずもない異相。

隻腕将軍、トム・ジェンキンスだった。

『北米警備隊の出動を許可されたい』

いきなりの要請。結論のみを伝えてくる。

「なぜですか？」

返す声はかすれる。あまりの大物、あまりの唐突さ。威圧されまいと思っても、頬は引き攣ってしまう。出動要請をする理由を合わせて知らせるのが義務なのに、北米警備隊《NAG》の司令官は無礼だった。おそらく意図的に。

『いま、世界中で軍事蜂起が起きているんだろう。知っている。我が国もそうだ』

ところがジェンキンスは、笑ってみせた。決闘前のガンマンのような物騒な笑みだった。

これほど気が向かないことはないが、仕方なくソフィアは訊く。

「アメリカで、何が起きたんですか?」

『ラシュモア山が爆破された』

思いもかけない返答だった。

『許せん。アメリカを造ってきた父祖たちが、テロリストに侮辱された』

「爆破された……それだけですか?」

ソフィアは言ってしまう。

「死者はいるのですか?　どれくらいの被害が」

ラシュモア山といえば、四人の大統領が岩山に刻まれた有名な観光名所だが、人が住む施設などではない。周りにも住居はなかったはず。人的被害が大きいとは思えない。

『事態の深刻さが分かっていないようだな』

将軍は腹の底から唸り声を絞り出した。

『確かに人は死んでいない。しかしあの岩山は、アメリカの魂だ。それを木っ端微塵にされたのだ。放っておくわけにいくか？』

これ以上はキャパシティオーバーだ。そう感じていた矢先、実際にオーバーしてしまった。なんだこの連絡は。ユニヴァーサル・ガードの司令官ともあろう者が、国連事務総長に対し、アメリカ人としてのプライドを振りかざして恥じないとは。

「あなたは勘違いしているようです」

ソフィアは懸命に、声から怒りを取り除かなくてはならなかった。

「それに対処するのはアメリカの警察の役割です。人命も失われていない。あなたは、動くべき時ではない」

『俺を見くびってもらっては困る』

ジェンキンスは見当違いの台詞を吐き続けた。

『俺はユニヴァーサル・ガードのボスである以前に、アメリカ人だ。アメリカの象徴と伝統が汚されたのだ。黙っていられるか！』

「それでは困るのです。あなたはコマンダーでいる間、アメリカ人としてのアイデンティティを捨てなくてはならない。あくまで万人のための存在です。それを思い出して」

『そんな建前はくそくらえだ』

分かりやすい圧力。もはや自らの横暴さを隠す気もない。

「いい加減にしてください！」

ソフィアは声を荒らげてしまった。

「これは警察案件です。誰が聞いてもそう判断する」

世界中から身勝手な要求が次々飛んでくる。そして自分は、神ではない。寛容さにも限度がある。子供の我が儘のような陳情を聞いている暇はなかった。

『その警察から、出動要請が来ているんだ。かつてない異常事態だと、警察官たちは感じている。ＦＢＩも同じ意見だ』

意外に理屈っぽい返答に面食らう。まるで申し合わせているように、結論がとうに出ているかのように話を進める。

『出動許可をいただけるな？』

ソフィアの呼吸が止まる。

許可してはならない。封印を解くな。恐ろしい疑惑が頭を過ぎっている。

自、作、自、演。

疑心暗鬼か？　私は、パニックに陥っている？　いや。無体な要請にもよく対応しているつもりだ。だがユニヴァーサル・ガードの司令官や政府の高官たちがこぞって許可を求めてくる。数十万単位の兵士を出動させろと迫る。自分が圧力に屈すれば、片端から武力行使が可能になってしまう。世界は無法地帯になる。

ふと思う。歴代の事務総長がここまでのスクランブルに直面したことがあったかと。ないはずだ。これほどの非常事態が同時多発で世界を襲ったことはない。

私は、人類史上最も過酷な決断に直面しているのかもしれない。

天才でも超人でもない。徳もなく、卓越したリーダーでさえない自分が、決断から逃げ出すことも許されない。最も信頼する人間とは連絡が取れない。

ならば、と思い立つ。

もう辛抱ならない。将軍にばれぬように別回線でコールを送った。必要な力をもらいたい。声を聞くだけで少し心強くなれるはずだ。

呼びかけに応える反応があったところで、ソフィアはジェンキンスに伝えた。

「いまは結論は出せません。後ほど連絡します」

『なに？』

相手は瞬時に沸騰した。声から憤怒《ふんぬ》が伝わってくる。

『どういうことだ？　ミス・サンゴール。茂木の叛乱に対しては、貴殿はすぐにウォーカーを差し向けたではないか。それとこっちと、何が違う？　国連事務総長が、特定の司令官をえこひいきしていいのか？』

「そんな……それとこれとでは、状況が全く違います」

言いがかりにまともに取り合うべきではない。それでも、えこひいきという非難はソフィアの心を抉った。フェアでないと言われるのが最も悲しく屈辱的なことだ。

『ウォーカーは信頼するが、俺は信用しない。そう捉えていいんだな？』

ジェンキンスは戦車のキャタピラのように無慈悲に迫ってくる。むざむざ潰されてなるものか。ソフィアはできるだけ毅然と言い渡した。

「違います。いま私は、より緊急の事案を抱えていますので、いったん失礼します」

『おい』

あとを続けさせなかった。一方的に回線を切る。

国連事務総長にあるまじきやり方。だが、あるまじき事態が重なりすぎたのだ。正気を取り戻させてくれ。

『だいじょうぶか？』

気遣うような声が聞こえた。それだけで心が温められる。

「はい。すみません、立石警視総監」

4

夕闇から夜闇へと変わる時刻。

モスクワ中心街の人工の光の海から遠ざかるように飛んできたエアモービルは、やがて滑らかに降下し、緑に囲まれた大地に着陸した。

その間も冬馬は痺れていた。

「冬馬」

とアイリスに呼ばれたとき、幼い頃の記憶が一気に脳裏を駆け抜けた。ドアが開いてもすぐには降りられない。瞬きを繰り返し、呼吸を整える。

歓びは傷つかない。むしろ増している。

運転席のアイリスが、機械の脚を巧みに動かしてエアモービルを降りるのを見ていた。奇蹟の光景に見えた。彼女の台詞がリフレインする。

「生殖能力について、確かめなくていいの？」

冬馬はたじろいだ。アイリスの〝女〟がぶつかってきたからだ。だが自分のせいだ、自分の言葉が引き出させたんじゃないか。覚悟が足りない……思わず両手で自分の頬を打つ。

「警視。ここはどこですか？」

着陸後、真っ先に言葉を発したのは速水レイラだった。アイリスが答える。

「ロシニー・オストロフ国立公園。都市部では、ヨーロッパでも最大級の公園よ」

「ただの公園？　ほんとですか？　果てが見えませんが」

四方を見渡しながら言う速水の感想はもっともだった。鴇田隆児も、どこを見回しても人工物が見えないことに戸惑っている。冬馬は遠くを見やり、木々の間に水面らしい光の反射を確認した。池がある。あるいは湖が。首都の近くにこれだけ手つかずの自然があるとは、さすがロシア。

「全長部は二〇キロぐらいあるから。いちばん緑が深いところに着陸しました。林がある から、身を隠すにはちょうどいい」

そうか。考え抜かれた場所だ。針葉樹が連なっている隙間に巧みにランディングした。

だが、ここからどこへ行く？

「できるだけ早く、ロシアを出国すべきだと考えますが」

速水が言い、そうね、と答えるアイリスは妙にふんわりしている。

「警視。脱出ルートを調べてもよろしいでしょうか」

「お願いできる？」

アイリスは、昼食の買い出しでも頼むかのような調子だった。速水はクソ真面目な表情で、自分の端末を覗き込みながら歩き出した。電波状態が悪いのだろうか。端末に備わったライトを点け、足元を照らしながら離れていく。

光はやがて、林の向こう側に消えた。

「あっ。俺もちょっと、あっちの陰で小便してきます」

隆児もそんなことを言い出して離れていった。月の明るい夜だ。隆児の姿はしばらく見えていたが、やがて消えた。

自然の中で二人きりになる。

「あれ。気を遣われてるのか？」

自分の台詞の間抜けさに、冬馬は大いに笑った。

「俺が場違いな話をふっかけたせいだな。申し訳ない」

頭を下げる。

アイリスは冬馬を見ない。上目遣いに月を見ている。

「冬馬さん。私は、怒っていません」

敬語に戻ったことが微かに淋しかった。

それでも、アイリスは怒ってはいない。嬉しかった。

「助けに来るつもりが、君に助けられた。ありがとう」

エアモービルの機体に手を乗せながら言う。この機体の中でアイリスに投げた言葉を一つも後悔していない。我ながらそれが嬉しかった。

アイリスは小さく頷いただけだった。

「君の誠実さに感謝してる」

礼を重ねた冬馬に、アイリスは小首を傾げた。

「君は本当にフェアで、自分について客観的だ。情を排して話せる」

「アンドロイドに近づきましたからね」

微笑。痛みに満ちている。

「……ブラックジョークも大概にしろ」

冬馬も笑顔を作ってみせた。月明かりのおかげで、互いの表情を見逃すことはない。

「話が途中になった。さっきは」

冬馬は口火を切ったが、相手に機先を制された。

「先ほどは、刑事であることを忘れたような発言をしました。謝ります」

アイリスが一歩退いたことを冬馬は知った。

上空では、いつになく踏み込んでくれた。腹の底から言葉を吐いてくれた。地上に戻ればもう、そんなことは起こらない。

いや。俺は引き下がらない。

「やっぱり誠実だ。誠実すぎる」

称賛と非難を同時に投げた。

「……そんなことはありません」

「だが、考え違いをしないでほしい。俺のせいで君は脚を失った。それを隠していたことを、俺は誠実とは思わない」

アイリスが言葉を見失った。

「君は俺と会わなくなった。おかげで、俺は孤独な説教師に変わった。そうなるしかなかったんだ」

「私のせいですか?」

「俺のせいだが、君のせいも少しある」

「八つ当たりはやめてください」

アイリスが睨んでくる。冬馬は意に介さなかった。

「アイリス。さっきの話だけど、俺は」

「私のことよりあなたのことです」

あからさまに冬馬を遮る。

「なぜあなたが妻帯していないのか。浮いた話一つないのかは、知りません。まあ、あなたのセクシュアリティさえ分からないから、詮索するのも野暮ですが」

「そんなことを考えていたのか?」

こんな言葉を、この子から聞く日が来るとは。

冬馬は呆然とし、それから喜びに浸された。圧倒的な喜びに。

「俺の、性的指向は……至ってありがち。何の変哲もないヘテロセクシャルだ」

「そうでしたか」

アイリスは硬い表情のまま。

「では、あなたは、恋愛に興味を持つ人でしたか?」

「おいおい。お互い、人のことは言えないんじゃないか? 君の浮いた話も聞いたことがないぞ。みんなに仕事の鬼と思われてるのは、お互い様だろう」

自分が何を言っているのか分からなくなってきた。俺は説教師じゃなかったのか？　なんだこの体たらくは。ただの思春期の男子じゃないか。

冬馬は口を閉じた。代わりに手を伸ばす。アイリスに触れた。左脚の膝に。

硬い。やっぱり、何度触っても。

涙はまた、自然に溢れ出した。子供の頃に見たアイリスの脚。それは野生の鹿のように美しかった。その片方が失われた。長い間そのことさえ知らなかった。悔しい。アイリスの味わった痛みを思う。涙が止まらない。

潤んだ視界の向こうにアイリスがいる。

命までは、失わずに済んだ。これ以上失う前に手を伸ばしてつかめ。それは、冬馬の命の要請だった。

「君より大切な人間はいない」

跪いていた。アイリスの前で。

「結婚してくれ」

冬馬は改めて伝えた。

「憐れみですか」

その声には純度の高い怒りが宿っている。冬馬の涙を、好意的に捉える気がない。

「だとしたら、あなたは最低の選択をしていると言わざるを得ません」

冬馬は震撼《しんかん》した。眩暈を抑え、息を整える。

「ならば俺も、誠実に答えよう。さっき訊かれたことに」

ふいに、草花の匂いが鼻の辺りを漂う。水の匂いも、土の匂いもする。一緒に遊んだ子供時代の匂い。

「生殖なんか二の次だ。俺は、君を大切に思う。だれよりも大事に思っている。だからそばにいたい。結婚したいっていうのは、そういう意味だ」

顔を上げると、アイリスは正面から冬馬を見据えていた。

吟味している。冬馬の言葉の妥当性を。

「ちなみに、君の答えは関係ない」

力の抜けた笑みが浮かぶ。

「俺の思いは変わらないから。君が大事だ。誰よりも君のことがいとおしい」

ついに、これ以上は言うことがないと感じた。だから口を閉じた。

しばらく、沈黙が漂った。

馴染みのない国なのに、自然の中にいれば懐かしさを感じた。月明かりが精妙に、互いの表情や息遣いを露わにしてくれる。優しい。

速水や隆児の気配が微塵もしてこない。代わりに、鳥の声が聞こえた。風は穏やか。薄曇りの空と月が共演していた。ぬくもりを感じる筋が何本も空を走っている。

やがて微笑が生じた。

「冬馬さん。素敵な台詞ですね」

まだ潤む視界の向こう側で、アイリスは天国にいるような表情をしている。冬馬にはそう見えた。思わず両目を覗き込む。

明るい月が、今日のモスクワの星空を隠している。だが星空はアイリスの瞳の中にこそあった。冬馬だけが知る小宇宙。これを独り占めできるとしたら、俺は神に罰せられるのではないか。迷信的な畏れが兆《きざ》す。

「と、私も、なんの捻りもない評価をしてしまいました。でも本心です」

アイリスの言葉は、まだ照れや論理に包まれている。それでも嬉しい。冬馬は、アイリスの左脚に感謝した。倒錯していることを承知で。

俺は一生言えなかったかもしれない。そばにいたい。君が大事だ。そんな簡単なことを伝えられなかった。刑事同士になってからはなおさら無理だった。仕事がもたらす責任感が重すぎて自分に枷をはめてしまう。

だが、この左脚が蹴り破ってくれた。

「ちなみに、まだ生殖能力はあります」

さらりと言われた。

「私たちは子孫を残すことが、物理的に可能です。保証まではできませんが」

「……凄い表現だな、しかし」

冬馬は、茹でた海老《えび》のようになった自分を笑う。顔が熱すぎてどこへ向ければいいのか。

「では、結婚しよう」

まっすぐにアイリスの顔を見ようとして難しい。それでも、精いっぱい言った。

「形にこだわるのは古い。それは分かってる。だから、式を挙げようとか名字を一緒にしようとか、そういう意味じゃない。ただ……一緒にいたい、という意味だと分かってくれたら嬉しい」

「分かります。丁寧に説明してくださって、ありがとうございます」

その慇懃な調子に、冬馬はかえって不安になった。

「結婚してくれないのか？」

「それは、生殖したいという意味ですか？」

面白そうにアイリスは言った。冬馬は眼球を痙攣《けいれん》させ、

「もっ、もちろん違う」

「違うのですか？」

と問われる。何もかも間違えた気がした。

「いや、その……そばにいたいんだ」

「では、生殖は必要ないと」

「いや、そうじゃなくて」

冬馬はやっと気づいた。からかわれている。なおさら顔から火が出た。若僧がこの場にいなくて本当に良かったと思った。いまの俺はあの若僧以下だ。


フリーズ！


穏やかな自然を乱す怒声が響いた。

冬馬が振り返ると、大勢が草地を踏《ふ》み躙《にじ》っていた。月光の下でそれは一瞬、亡霊の群れに見えた。よく見れば、軍隊が行軍の訓練をしているような有り様だ。思い出す。自分たちは、追われる身だった。

着ている戦闘服を見れば疑いない。この外観をした部隊は一つ。

「――ロシア警備隊」

だが意外すぎる。警察組織に追われるなら分かるが、なぜロシア警備隊が来るのか？ロシア警備隊は政府組織ではない。世界連邦の一翼を担う万人のためのガードだ。

だが、ロシア政府との一体化を疑われている最中。

つまりモスクワ市警察よりも、ロシア当局よりも厄介な相手だった。

両手を上げながら冬馬は逃げ道を探す。むろんどこにも見当たらない。

幼なじみに結婚を申し込んだばかりなのに。いまや、愛しい相手に視線を向けることさえ難しい。

荒々しい軍靴が近づいてくる。

5

「アイリスは無事でしたか？」

泣き言を言う子供のようだとソフィアは思い、顔が熱くなった。

『まだ分かりません』

回線の向こうで答える立石勇樹も、ソフィアとアイリスの堅い友情についてはよく知っている。だがこの男も、とてつもなく胸を痛めているのは同じこと。アイリスのことを実の娘のように大切にしている。彼女は誰にとっても替えの利かない存在なのだ。

『護衛を一人つけましたが、もっとバックアップしてやるべきでした』

立石は己を責めている。ソフィアには、追い討ちをかける気は毛頭なかった。ただ訊く。

「立石総監。相談に乗っていただけませんか」

自分の立場を忘れるな。国連事務総長として、警視庁の長に問うために連絡したのだ。

『私ごときでよければ』

立石は穏やかな表情で頷いてくれる。

「どうすればいいか分からなくなってしまいました。世界中から、一気に火の手が上がっている」

『詳しく説明していただけますか』

「パリ。ポルト・アレグレ。東シベリア。サウスダコタ。同時に火の手が上がりました。そこに、モスクワも加えた方がいいんでしょうか？　まるで一斉蜂起です」

『パリとシベリアの動きは、こちらにも報告が入っていますが』

立石は冷静に返してくれた。

『北米と南米でも？　確かに、それでは同時多発テロ。いや、それ以上の事態だ』

同時多発テロとはこれまで、同じ国の複数箇所で起こることを指すのがほとんどだった。今回は世界全体で起きている。まさにホログラムで見せられた、鏤割れた地球のような有り様。あれは予告だった。

「それだけではありません。まだ極秘なので、そちらもご存じないことが」

『なんでしょう？』

ソフィアは包み隠さない。アメリカの自分への攻勢ぶりを説明した。ジェンキンス司令官。ＦＢＩ。あらゆる形でプレッシャーがかかっている。それがどれほどの脅威であるかを立石は一瞬で察した。

『なるほど。アメリカが本気になった』

立石は深呼吸している。もとから危惧《きぐ》していたのだ。過去の影を色濃く引きずる超大国の動きを。

『国連に対して不満がくすぶり続けていた。そろそろ限界というわけですか』

「世論を見ても、アメリカ国民は、北米警備隊を、かつての国軍と同一視しています。公益のための部隊なのに。守るべきはアメリカでなく、あくまで世界市民なのに」

『教育が遅れていますな。過去との決別を教えるのも、国家の大事な役割です』

「アメリカに限りませんが、うまくいっていません。世界連邦の意義を小さくしようとする。挙げ句に敵視する。かつての軍事大国ほど、その傾向がある」

『そのかつての大国で、そろって不穏な事件が勃発《ぼっぱつ》している』

「その通りです」

『サンゴールさん。これは明らかに、足並みを揃えた行動です』

やはり結論は同じだ。立石はさらに踏み込む。

『お気づきでしょうが、我が国で起きたクーデターと同じ構造だ。まず、武装勢力が火の手を上げ、その国に混乱を引き起こす。それはポーズでも構わない。肝要なのは、ユニヴァーサル・ガードが動かざるを得ない状況を作り出すことです。そしてUGが実際に出動する』

その先を、みなまで言う必要はなかった。

「私が……止めなくてはならないですね。コマンダーたちの暴走を」

『気をつけてください。ならず者はあなたを無視する。法を破って恥じない』

警視総監は無法者の性質をよく知っている。

『もう、実権を握るまで止まらないかもしれない。世界連邦に矢を射かけるかもしれない』

それを黙って看過するなら、私はただのお飾り。カカシ以下の役立たずだ。

要請されるたびに出動許可を与えて、それが新たな叛乱の種を撒くとしたら。

「まだ許可は与えていません。ロシア警備隊や北米警備隊には、ストップをかけています」

『それは何よりです。あなたの統制が効いているうちは、導火線に火は点かない』

立石の評価は嬉しいが、どうせすぐ矢の催促が来る。どこまでガードしきれるか。

「これで終わりではない。もっと多くの火の手が上がる。そう思いますか？」

勇気を奮って訊く。

『その危険性が高いと思います』

立石は認めた。誤魔化す気はない。

「もう、手遅れだと思いますか？」

『いいえ。とんでもない』

　その即答は救いだった。

『できることは山ほどあります。サンゴールさん、まず、信じられる司令官と認識を共有してください』

「はい。それは、すでにやっています」

　ただ、イサ・オビクとの齟齬《そご》についてはうまく伝えられない。

『素晴らしい。彼らとの結束を確認し、叛乱分子に冷徹に対処し、早期に抑え込む。できる限り盤石な迎撃態勢を整えておくのです』

　やはりそれしかない。ソフィアは力強い頷きを返した。

「建前はかなぐり捨てて、信頼できるコマンダーたちと共闘します。万全の備えをしておかないといけませんね……」

『サンゴールさん、あなたならできます。喜んであなたに奉仕する人は、あなたの想像よりも多いと私は思う』

　何という温かい力づけだろう。立石の言葉は重みが違う。彼の指揮によって日本警察は、圧倒的な脅威を克服したばかりだ。茂木司令官の大それた野望を早期に挫折させた。そして東アジア警備隊《EAG》を武装解除に追い込んだのだ。彼の成功体験はいまこそ生きる。

「立石総監。あなたに連絡して正解だった」

『私にできることがあれば、いつでも』

まるで臣下のように、立石は画面の中で深く頭を下げてくれた。

『しかし、私が抱えるのは日本の警察力。あなたは全世界の武力を束ねる指揮官だ。ご自分の公正さに誇りを持ってほしい。心ある人は皆、あなたの味方です』

「ありがとうございます」

百人力だと思った。彼が保証する〝正しさ〟こそが何より力になる。

『サンゴールさん。敵に回る将軍が何人出ようと、味方の方が多い。まだ我々が有利だと思う』

世界の警察組織に助言する立場にあるケーシチョウにも、独自の情報網がある。そこから来る実感だとすれば、これほど心強いことはない。

「ありがとうございます。どうか力を貸してください」

『もちろんです。私が話せる人間とは話しますよ。こんな暴挙を許してはならない。秩序を守り、世界市民の命を守ろうと呼びかけます。我々は連携し合い、世界の転覆を許さない』

それから立石は、指揮官というより親の顔を見せた。

『その前にアイリスを救い出します』

「ぜひ、私からもお願いします」

言い終わる前に、事務総長室のドアが開いた。

6

「事務総長！」

呼びながら入ってきたのはクララだけではなかった。国連本部ビルの保安責任者が一緒だ。ソフィアはとっさに立石との回線の音声をオフにする。

「本部が囲まれています。装甲車が……」

稲妻に打たれたようにソフィアは固まった。

いや、落ち着け。装甲車はニューヨーク市警も所有している。FBIだって持っているだろう。最悪の事態をいきなり想定する必要はない。

だが、真っ先に頭に浮かんだのはあの野卑な隻腕将軍だった。

「銃を持った戦闘服姿の連中も見ました」

保安係のチーフ、六十代の白人男性は身ぐるみ剝がれたかのようなパニックに陥っている。

「あれだけいると、このビルの保安要員だけでは、対抗できません！」

早々の白旗。国連本部は、ニューヨーク市警察が警備に万全を尽くすという建前になっている。だがむろん、組織上、アメリカ政府には逆らえない。

国連本部包囲の命令を出したのはだれだ。暴走ならば、どこの部隊だ。

そこでビル内から内線連絡が届いた。画面に映し出されたのは〝サーヴェイス〟のチーフ、ジョシュ・ソローキン。

『事務総長。ニューヨーク中の人々が、ネットに情報を上げています。戦車の列が、州境を越えてマンハッタンに向かっているという情報も』

一般人が撮影したと思しき映像が画面に映る。遠方からの粗い映像ではあるが、公道に連なる戦車の列が見える。

『レーダーも空影を捉えました。無人の攻撃型ジャイロと思われます』

ソローキンは冷静だった。自分の判断や感情を入れないで報告してくる。

俺を見くびってもらっては困る。

トム・ジェンキンスの台詞が耳に甦った。

俺はユニヴァーサル・ガードのボスである以前に、アメリカ人だ。アメリカの象徴と伝統が汚されたのだ。黙っていられるか！

あの妄言が、いまこそ生々しくソフィアの胸に刺さる。

私が出動要請を保留しただけで、即時の実力行使か。それとも、初めから暴挙に出ると決めていたか。

純粋な怒りが湧いた。有無を言わさず力で来る。その野蛮さが許せない。ユニヴァーサル・ガードとはそんな野蛮さと決別するために創設された。万人のための武力を司令官が私物化するのは、最も唾棄《だき》すべき行為だ。

身体が震えていることに気づいた。私は腹の底から怒っている。これは国連本部に対する脅迫に留まらない。人類の良識に対する冒瀆《ぼうとく》。世界市民全員に対する裏切りだ。

画面の中で、心配げな顔でじっとしている男のことを思い出した。慌てて音声を復活させる。

「すみません、立石総監」

『サンゴールさん。どうしましたか？』

気遣いに溢れた声。ソフィアは画面に向かい、日本式に頭を下げた。

「油断しました。国連本部ビルは、すでに囲まれているようです」

『な……なんと』

さしもの立石も言葉を失った。

それは、国連本部が孤立無援状態になったことを意味した。アメリカ国内に、北米警備隊に対抗できる武力は存在しない。日本の警察に助けを求めることは、もちろんできない。

軍事的には、国連本部は非力。分かっていたことだが、いざホスト国に牙を剝かれると手も足も出ない。

『サンゴールさん』

立石も、いまは名を呼ぶばかりだ。打開策を提示できない。当然だ。日本にいるのだから。

国連の長は一人。私だけだ。

屈するな。知恵を絞り、自らの権限でできる最善の策を取れ。

「事務総長」

『事務総長』

そばにいるクララも、回線越しのソローキンも呼んでくる。いまは皆、呼ぶのみ。指示を待っている。私を支えてくれている全員が。

私は闘う。

あくまでも世界市民の代表として公正に振る舞う。信念を曲げない。卑怯な手は絶対に使わない。

いまできる最善のこと。それは明らかだ。

心が固まった。コンソールのキーに祈りを込めてプッシュする。

ソフィアは、ウィメンズ・クラブ全員に緊急信号を送った。

この作品はフィクションです。作中に登場する人物名・団体名は実在するものとは一切関係ありません。

この作品は書き下ろしです。

中公文庫

世界警察《せかいけいさつ》２

――輻輳《ふくそう》のウルトラマリン

2021年9月25日　初版発行

著　者　沢《さわ》村《むら》　鐵《てつ》

発行者　松田陽三

発行所　中央公論新社

〒100-8152　東京都千代田区大手町1-7-1

電話　販売 03-5299-1730　編集 03-5299-1890

URL http://www.chuko.co.jp/

ＤＴＰ　ハンズ・ミケ

印　刷　大日本印刷

製　本　大日本印刷

Published by CHUOKORON-SHINSHA, INC.

Printed in Japan　ISBN978-4-12-207110-0 C1193

各書目の下段の数字はＩＳＢＮコードです。978－4－12が省略してあります。

中公文庫既刊より

さ-65-12
世界警察1 叛逆のカージナルレッド
沢村 鐵
殺人、戦争、テロ。すべては警察が止める。二一世紀末、理想社会が実現した日本を襲う武装蜂起に、刑事たちが立ち向かう。圧巻の書き下ろし新シリーズ。
207045-5

さ-65-1
フェイスレス 警視庁墨田署刑事課特命担当・一柳美結
沢村 鐵
大学構内で爆破事件が発生した。現場に急行する墨田署の一柳美結刑事。しかし、事件は意外な展開を見せ、さらなる凶悪事件へと……。文庫書き下ろし。
205804-0

さ-65-2
スカイハイ 警視庁墨田署刑事課特命担当・一柳美結2
沢村 鐵
巨大都市・東京を瞬く間にマヒさせた〝C〟の目的、正体とは⁉ 警察の威信をかけた天空の戦いが、いま始まる‼ 書き下ろし警察小説シリーズ第二弾。
205845-3

さ-65-3
ネメシス 警視庁墨田署刑事課特命担当・一柳美結3
沢村 鐵
人類救済のための殺人は許されるのか⁉ 日本警察、そして一柳美結刑事たちが選んだ道は？ 空前のスケールで描く、書き下ろしシリーズ第三弾‼
205901-6

さ-65-4
シュラ 警視庁墨田署刑事課特命担当・一柳美結4
沢村 鐵
八年前に家族を殺した犯人の正体を知った美結は、復讐鬼と化し、警察から離脱。人類最悪の犯罪者と対峙する日本警察に勝機はあるのか⁉ シリーズ完結篇。
205989-4

さ-65-5
クランⅠ 警視庁捜査一課・晴山旭の密命
沢村 鐵
渋谷で警察関係者の遺体を発見。虚偽の検死をする美人検視官を探るために晴山警部補は内偵を行うが、そこには巨大な警察の闇が――！ 文庫書き下ろし。
206151-4

さ-65-6
クランⅡ 警視庁渋谷南署・岩沢誠次郎の激昂
沢村 鐵
同時発生した警視庁内拳銃自殺と、渋谷での交番巡査銃撃事件。警察を襲う異常事態に、密盟チーム「クラン」がついに動き出す！ 書き下ろしシリーズ第二弾。
206200-9